DIE LETZTE UTOPIE

TATSUZŌ ISHIKAWA

DIE LETZTE UTOPIE

AUS DEM JAPANISCHEN
ÜBERSETZT VON
YURI MIZOBUCHI UND
SABINE MANGOLD

mitteldeutscher verlag

AUS DEM RUNDFUNKARCHIV DER NACHRICHTENAGENTUR UNITED ASIA (UA)

1

2026

(23. Dezember 2026, Buenos Aires, UA)

Dr. Johannes vom medizinischen Forschungsinstitut der Staatsuniversität Buenos Aires ist unter Wissenschaftlern weltweit eine Bekanntheit. Der auf einem Auge erblindete, hinkende Mann hatte schon mit dreißig schlohweiße Haare und gilt als hoch angesehener Hormonspezialist. Vor etwa fünf bis sechs Jahren spritzte er einer toten Maus eine mysteriöse Hormonmixtur ins Herz und erweckte sie dadurch wie Lazarus wieder zum Leben. Besagter Dr. Johannes hat nun abermals ein spektakuläres Ergebnis seiner Arbeit vorgelegt, diesmal durch Anwendung des Y-Hormons an einem menschlichen Körper. Diese Neuigkeit dürfte in der gesamten Republik Aufsehen erregen und die Herrlichkeit unserer Utopie noch mehren.

Entdeckt wurde das Y-Hormon schon im Jahre 2003 von seinem Mentor, Prof. Marion, der allerdings eines Sommerabends wegen einer Fehlfunktion seines Fahrroboters von der Küstenstraße ins Meer stürzte und dabei vorzeitig ums Leben kam. Seit dem Gelingen der künstlichen Synthese des Y-Hormons im Jahr 2006 wurde es hauptsächlich bei Nutztieren wie Rindern, Schweinen und Schafen angewandt. Es verkürzte deren Trächtigkeitsdauer auf die Hälfte beziehungsweise ein Drittel und sorgte somit für eine großartige Effizienz im Nutztierbereich. Bereits nach etwa zehn Jahren wuchs die Anzahl der Kühe in Argentinien auf das Doppelte und die der Schweine auf das Zweieinhalbfache an, was der Weltrepublik Nahrungsmittel in ausgiebiger Menge bescherte.

Ende September dieses Jahres besuchte die siebzehnjährige Emilia, hübsch wie eine Rosenknospe und im frühen Stadium einer Schwangerschaft, am Spätnachmittag das Universitätsklinikum und klagte über Beschwerden. Mit Einverständnis der Patientin stach Dr. Johannes mit einer langen, dünnen Nadel in ihren Bauch und injizierte 120 Einheiten des Y-Hormons. Die Prozedur wandte er nach einem Monat zum zweiten Mal und nach zwei Monaten zum dritten Mal an. Am Morgen des dritten Dezembers gebar Emilia schließlich nach einer fünfeinhalbmonatigen Schwangerschaft einen makellosen Sohn. Ist das nicht wahrhaft ein Wunder der menschlichen Kultur, ein Wunder unserer Republik?

Von diesem Ereignis berichtete freudig der Direktor des Universitätsklinikums, der kranichschlanke Dr. Harold:

»Ich kann die Mitteilung von Dr. Johannes voll und ganz bestätigen. Denn ich selbst habe als Verantwortlicher des Klinikums die Patientin täglich untersucht. Der Mutter geht es gut im Wochenbett und das Kind verfügt über garantiert 97 % der Intelligenz und des Körpergewichts durchschnittlicher Neugeborener. Unserer Zivilisation ist es damit endlich gelungen, die Funktionen des menschlichen Körpers zu optimieren. Voraussichtlich wird die Forschung zukünftig in der Lage sein, die menschliche Schwangerschaftsdauer auf drei Monate zu verkürzen. Anders gesagt, meine Damen und Herren, die naturbedingten Beschwerden der Frauen werden auf ein Drittel reduziert und das weibliche Glücksempfinden nimmt um das Dreifache zu. Der Legende nach sprach Gott während der Vertreibung aus dem Paradies zu Eva: ›Unter Schmerzen sollst du gebären‹. Nun aber hat die Zivilisation unserer Republik sogar den Fluch Gottes überwunden.

Seht, die zivilisierte Menschheit und ihre Kultur haben endlich die Stelle Gottes eingenommen! Ehre sei der Kultur der Menschheit, Ehre sei der Republik. Seit gestern stürmen Hunderte von Damen in mein Klinikum und verlangen nach einer Injektion des Y-Hormons.«

Mit diesem Bericht stattete ich der anerkannten Autorität auf dem Gebiet der Hormonforschung im Osten unserer Republik, Dr. Philipp Sano, Mitglied des Bundesausschusses für Gesundheit und Direktor des Staatsklinikums Tokio, einen Besuch in seinem hellen, komplett mit Kunststoff ausgestatteten Labor ab. Mit mürrischer Miene äußerte er sich hierzu folgendermaßen:

(Aufgezeichnetes Interview vom 24. Dezember 2026)

»Für die medizinische Forschung handelt es sich zwar um einen wichtigen Beitrag, aber es ist nicht weiter verwunderlich, dass bei Menschen das gleiche Ergebnis zu beobachten ist, da die Eigenschaft des Y-Hormons bereits seit zwanzig Jahren bekannt ist und sich bei Nutztieren als erfolgreich erwiesen hat. Wir haben es nur bisher vom ethischen Standpunkt aus nicht gewagt, die Erkenntnisse auch in der Humanmedizin anzuwenden.

Meiner Erfahrung nach bereitet eine normale Schwangerschaft gesunden Frauen eher glückliche denn beschwerdereiche zehn Monate. Gerade weil die Zivilisation der Republik enorm fortgeschritten ist, erleben Frauen die Schwangerschaft als glücklichste Zeit in ihrem Leben – nämlich in ihrem primitiven und kreatürlichen Verlauf. Auch in einer hochkultivierten Gesellschaft sollte man solch ein urtümliches Glücksempfinden bewahren. Außerdem sind japanische Frauen immer wie die Blütenstempel der Wildgräser gewesen: Sie werden bestäubt, sobald der Wind weht, werden befeuchtet, wenn es regnet, und kaum berührt, bringen sie neue Sprösslinge hervor. Wenn das Y-Hormon angewandt werden kann, werden sie noch öfter schwanger. Eine Steuerung der Geburtenzahlen dürfte dann kaum mehr realisierbar sein. Es entsteht das gleiche Chaos wie in den Fünfziger- oder Sechzigerjahren, als sich achtzig bis hundert Millionen Menschen in Armut auf dieser kleinen Insel gedrängt haben, was zu unhaltbaren Zuständen geführt hat. Deshalb bin ich gegen eine praktische Anwendung in Japan. Das Y-Hormon ist für Schweine gedacht. Besser wäre es, die Erforschung des P-Hormons, das die Schwangerschaftsrate vermindert, voranzutreiben und mit dem Y-Hormon zu kombinieren. Das wäre eine wahrhaft humane Errungenschaft unserer glorreichen Utopie.

Übrigens gibt es ein gravierendes Problem. Vom Institut für Veterinärmedizin in Sapporo/Hokkaido hat mich ein besorgniserregender Bericht erreicht: Statistiken zeigen deutlich, dass sämtliche Rinder, Pferde und Schweine usw., die nach einer mittels des Y-Hormons reduzierten Schwangerschaft zur Welt kamen, eine auffallend kurze Lebensdauer haben. Das ist nicht weiter verwunderlich. Alle Tiere mit kurzer Trächtigkeitsdauer haben generell keine lange Lebenserwartung. Hasen und Ratten, deren Tragzeit einen Monat dauert, leben drei bis fünf Jahre. Pferde und Rinder sind zehn Monate trächtig und leben daher entsprechend länger. Wird die Trächtigkeitsdauer mithilfe des Y-Hormons verkürzt, betrifft das auch die Lebenserwartung. Das ist ein wundersames Naturgesetz. Selbst die höchste Kultur der Menschheit kann auf dieses Mysterium keinen Einfluss nehmen. Es würden sich große Probleme ergeben, wenn die Entdeckung von Dr. Johannes die durchschnittliche Lebenserwartung von uns Menschen verkürzen würde. Bei Rindern und Schweinen ist das Y-Hormon risikolos, denn sie werden meistens vor dem natürlichen Tod geschlachtet und zu Schinken oder Speck verarbeitet. Aber wenn das Menschenleben mit durchschnittlich dreißig Jahren enden würde, wäre das der Untergang unserer Republik. Wir könnten dann unsere Hochkultur nicht mehr aufrechterhalten. Ich denke, es ist unsere Aufgabe als Mediziner, dem Zentralkongress der RU* ein Anwendungsverbot des Y-Hormons nahezulegen.«

(25. Dezember 2026, Buenos Aires, UA)

Unsere Sendung vorgestern Abend über eine Behandlung mit dem Y-Hormon durch Dr. Johannes hat weltweit Aufmerksamkeit erregt. Ununterbrochen bekommen wir Anfragen über unser kabelloses Telefon. Wissenschaftler aus aller Welt – aus Kapstadt, Athen, Kuba, Saigon und Kopenhagen – treffen einer nach dem anderen per Flugzeug ein. Um sie zu empfangen, eilt der halbblinde Dr. Johannes, das lahme Bein hinter sich her schleifend, völlig verschwitzt unter seinem weißen Schopf geschäftig hin und her. Für morgen, 10:00 Uhr, plant er eine mehrstündige Präsentation, insbesondere für die ausländischen Wissenschaftler unter den Gästen. Außerdem wird sich Sekretär Pierre vom Zentralkongress, der ebenfalls angereist ist, dafür einsetzen, dass beim nächsten Kongress im Frühjahr eine Förderung für Dr. Johannes' Forschung sowie die Gründung eines Sonderausschusses für eine Y-Hormonkampagne beantragt werden.

Auch Dr. med. Patricia von der Universität Kapstadt, eine Koryphäe auf dem Feld der Geburtshilfe, ist gestern Abend mit dem Flugzeug eingetroffen. Zusammen mit ihrer Freundin Sophia, einem neunzehnjährigen Mischlingsmädchen, hat sie am Morgen mit

---

* RU: Republic Union. Abkürzung für die Föderative Weltrepublik

Loloa* versetzten Mate-Tee getrunken. Unserem Reporter gegenüber zeigte sich die blonde Schönheit ganz aufgelöst:

(Aufzeichnung)

»Eine sensationelle Entdeckung. Wirklich großartig, nicht wahr? In der hochentwickelten menschlichen Kultur, die unsere Utopie hervorgebracht hat, ist es allein die weibliche Physiologie, die unverändert auf einer primitiven Stufe verharrt. Der weibliche Körper ist kulturell auf der Strecke geblieben, er ist also immer noch der gleiche wie schon zu Zeiten von Kleopatra oder Yang Guifei, er hat sich eigentlich seit zwanzigtausend Jahren nicht verändert. Durch die Leistung von Dr. Johannes ist endlich ein Lichtstreif am Horizont sichtbar. Zumindest wird die mit Beschwerden verbundene Dauer der Schwangerschaft halbiert. Diese großartige Entdeckung wird in den nächsten sechs Monaten bestimmt vielen Frauen auf der ganzen Welt eine frohe Botschaft sein. Der weiblichen Physiologie wird somit ein kulturelles Denkmal gesetzt. Es ist fantastisch! Die Leistung von Dr. Johannes wird Frauen in aller Welt ewig im Gedächtnis bleiben. Ich für meinen Fall bin ja nicht darauf angewiesen, aber …«

---

* Loloa: Arznei, die eine Aversion gegen Männergeruch auslöst. (Lesbische) Frauen lösen dieses weiß-kristalline Pulver in Getränken auf, damit sie sich nicht in Männer verlieben. Eine Art kontraproduktives Hormon.

2

2027

(1. Januar 2027, Rom, UA)

Zum 50. Neujahrstag seit der Gründung der Republik herrscht in der Stadt Rom seit dem Morgen helle Aufregung. Auf dem Hügel, wo einst der Petersdom und der Vatikanpalast standen, die jedoch im IV. Weltkrieg der Atombombe zum Opfer fielen, steht nun der neu gebaute, prachtvolle Hauptsitz der RU aus schneeweißem Marmor. Hunderte von Nationalflaggen flattern um ihn herum, Tausende von Blumengestecken bedecken den Vorplatz, über den beschwingte Musik schallt.

Die Menschen, die sich in Massen auf dem Areal tummeln, tragen ausnahmslos modische Kleidung. Ihre Gesichter wirken sorglos und zufrieden, Liebespaare schlendern Arm in Arm. Alle haben ein glattes Antlitz, denn sie leben in einer glückverheißenden Republik, in einer Utopie ohne Kummer, Krieg und Armut, wo alle Wünsche wahr werden. Hier findet man keinerlei verdrossene Mienen wie bei Beethoven oder melancholische Züge wie bei André Gide. Ausnahmslos heitere Gesichter wie die von Kindern. Das heißt, Individualität ist in diesem erfüllten Leben überflüssig und somit abgeschafft worden. Alle haben sich zu ebenbürtigen, unterschiedslosen Menschen entwickelt, mit identischem Gemüt, erfüllt von der gleichen Freude. Individualität wurde vom 19. Jahrhundert bis Anfang des 20. Jahrhunderts völlig überschätzt. Jegliche Art von Kriegen ist durch sie verschuldet worden. Sie hat sich als Irrtum erwiesen.

Individualität gehört den Armseligen. Überquellende Garderoben mit haufenweise Kleidung, der Kühlschrank vollgepackt mit Schinken, Käse und Orangen, mit Autopilot ausgestattete Fahrzeuge und Hubschrauber an jeder Ecke, sogar in Parks, die uns Tag und Nacht überall kostenlos transportieren. Sämtliche Vermögen sind gerecht gleichmäßig verteilt, man arbeitet drei Stunden pro Tag und es besteht kein Grund, andere zu hassen oder gehasst zu werden. Glück ist paritätisch, Individualität obsolet. Das Leben ist so einfach – man hat Sex, mit wem immer man will, konsumiert Mahlzeiten mit wem immer man will. Eben diese primitive Einfachheit ist das Wesen der Utopie.

Natürlich stößt man auch hier auf verschiedene Probleme, wenn man pingelig danach Ausschau hält. Roboter weisen hin und wieder Defekte auf, an Liebeskummer leidende Frauen nehmen sich das Leben. Letztes Jahr gab es eine Cholera-Epidemie und die Zahl der Mordfälle stieg auf fünfzig. Dies muss uns aber nicht weiter bekümmern. Es sind doch bloß Accessoires, die dem friedvollen Alltag etwas Abwechslung schenken.

Die heutigen Veranstaltungen waren bunt und vielfältig. Stellen Sie sich vor, die gesamte Metropole Rom war ein rauschendes Fest! Wir möchten hier nur über die Hauptattraktionen berichten:

Um 10:00 Uhr hielt der indische Abgesandte Dr. Ezra Rosamond, Vorsitzender des Oberausschusses der Republik, die Neujahrsansprache von der Terrasse des RU-Hauptsitzes vor 30.000 Menschen, die den Platz bevölkerten. Seine Rede hören Sie im Anschluss.

Es war ein malerischer Anblick, wie sich die dreizehn Oberausschussmitglieder in scharlachroten Roben in einer Reihe auf der Terrasse postiert hatten.

Zum Ende der Ansprache hallte der Jubel der Bürger über dem Tiber wider und ein blütenweißer Hubschrauber flog über dem Platz ein. Als sich die Tür öffnete, erschien dort keine geringere als Flora Victoria, die gefeierte Diva der Republik, angehimmelt von aller Welt, nach der sich in den letzten vier Jahren 3.300 Männer und 2.600 Frauen so verzehrt haben, dass sie sich ihretwegen das Leben nahmen. Die engelsgleiche, wohl gar Kleopatra übertreffende Schönheit schwebte an einem orangefarbenen Fallschirm mit einem Schwan im Arm und wehender hellblauer Schleppe herab, während sie Löwenzahnblüten verstreute und ›Die Herrlichkeit der Republik‹ sang.

Dieses Spektakel wurde bereits im Fernsehen weltweit übertragen. Weitere Berichte dazu können wir uns deshalb sparen.

Eine andere Attraktion war die Veranstaltung im Kolosseum, dem aus der römischen Ruine restaurierten Amphitheater. Tausende Zuschauer fanden sich ein, ein jeder nach seinem Pläsier – männliche Paare, weibliche Paare oder Mann und Frau –, Hand in Hand spazierten sie herein und nahmen gesittet unter blauem Himmel rundherum Platz. Das heutige Programm bestand aus sieben Vorstellungen. Zuerst gab es einen spanischen Stierkampf, gefolgt von einem Kampf zwischen einem japanischen Bären und einem malaiischen Tiger. In der dritten Darbietung traf ein afrikanischer Gorilla auf einen Leoparden aus Südamerika. In den folgenden drei Nummern traten zwei Roboter mit Kampffunktionen gegeneinander an. Das Finale bestand noch einmal aus einem Stierkampf.

Um unsere friedvolle Utopie zu erhalten, ist es notwendig, sich derart grausame Kämpfe anzuschauen, um den primitiven Kampfinstinkt, der in jedem Menschen lauert, zu befriedigen. Frauen wie Männer jeden Alters amüsierten sich wie toll unter tosendem Applaus über die blutenden, leidenden Bestien.

Die Kämpfe zwischen den Robotern fanden jedoch keinen besonderen Anklang. Bewaffnet mit römischen Langschwertern und Schildern droschen sie heftig aufeinander ein. Äußerlich gab es keinen sichtbaren Unterschied zu Menschen. Die Haut aus elastischem Vinyl, das Haar aus braunem Nylon, Leopardenfell als Lendenschurz, rote Lippen und strahlende Augen. Der Gesichtsausdruck zeigte jedoch keinerlei Kampfgeist, sie litten nicht, auch wenn sie schwer zugerichtet waren. Wenn der kritische Punkt getroffen wurde und die Vakuumröhre im Inneren zerplatzte, fiel das Opfer zwar mit verkrampften Gliedern zu Boden, aber es floss kein Tropfen Blut, sondern lediglich Maschinenöl, das schwarze Lachen auf der Erde hinterließ. Die Zuschauer stampften ungehalten mit den Füßen, pfiffen und schrien: Blut! Blut!

Später kam es plötzlich zu einem außergewöhnlichen Aufruhr. Angelockt vom Geschrei der stampfenden achttausendköpfigen Zuschauermasse, verließen etwa siebzig bis achtzig Fahrroboter in dunkelbraunen Uniformen und passenden Krawatten ihre öffentlichen Taxis, die indessen außerhalb des Kolosseums parkten. Sie waren mit Gegenständen bewaffnet, um damit aufeinander einzuprügeln. Etliche Frauen flüchteten, während die Männer jubelnd Beifall spendeten. Angegriffene Roboter wurden funktionsuntüchtig, Federn sprangen seitlich heraus, Funken sprühten aus dem Nacken. Nach einer Weile eilten Sicherheitskräfte herbei. Sie deckten die Roboter mit Netzen ab, verluden sie in Fahrzeuge und transportierten sie zur Reparaturwerkstatt in der kampanischen Ebene, etwas südlich der Via Appia.

Man hielt den Vorfall zwar unter schallendem Gelächter für erledigt, jedoch sollte man es durchaus ernst nehmen, wenn der menschliche Kampfinstinkt auf Roboter übergreift. Unser Reporter begab sich unverzüglich zum Roboter-Verwaltungsrat, um ihm den gesamten Vorgang zu schildern, und forderte eine Erklärung von Direktor Anselm. Dieser war nicht sonderlich überrascht und äußert sich dazu in fließendem Griechisch:

(Aufzeichnung)

»Soeben habe auch ich den Bericht erhalten. Es tut mir leid, dass sich ein solches Chaos abgespielt hat. Unsere Ermittlungen haben ergeben, dass die tobenden Roboter alle vor zwei Jahren importiert wurden. Der Herstellungsort war Madrid, Spanien. Roboter, die aus Italien, der Schweiz, den USA oder Japan stammen, haben sich nicht daran beteiligt, obwohl sie sich auf demselben Platz aufhielten. Eine Untersuchung durch Demontage ist noch erforderlich, um detailliertere Aussagen machen zu können. Jedenfalls haben die spanischen Roboter empfindliche Resonanzböden, schwache Kondensatoren und reagieren sensibel auf plötzliche elektrische Entladung. Daher gehen sie leider schnell kaputt. Ich habe schon mehrmals dem Ausschuss vorgeschlagen, Robotern ein Moralsystem einzubauen. Es ist aber nicht so leicht, eine Zulassung dafür zubekommen. Präzise programmierte Roboter besitzen die Fähigkeit zur Imitation. Deshalb besteht die Gefahr außergewöhnlicher Vorfälle, wenn sie menschliche Untugenden nachzuahmen versuchen. Ich glaube, für das Gedeihen der Republik ist es unabdingbar, Roboter gründlich zu modifizieren und sie zusätzlich mit einem Moralsystem auszustatten, um derartige Vorfälle zu vermeidenn.«

(Januar 2027, Rom, UA)

Dr. Ezra Rosamond stammt aus Indien und ist ein renommierter Gelehrter, der im Fachbereich Neuere Geschichte promoviert hat. Vor zwei Jahren wurde er in den Republik-Oberausschuss gewählt, voriges Jahr zu dessen Vorsitzendem.

In letzter Zeit leidet er unter niedrigem Blutdruck. Trotz dieser Unpässlichkeit stand er heute früh auf dem Balkon des

RU-Hauptsitzes, von wo seine Neujahrsansprache weltweit übertragen wurde:

(Aufzeichnung)

»Werte Anwesende, liebe Bürgerinnen und Bürger der gesamten Republik. Heute feiern wir unser 50. Neujahrsfest. Wir begehen die Feierlichkeiten in Rom – einer Stadt, die von einer zweitausendjährigen, tragischen Menschheitsgeschichte geprägt ist. Ich bin zutiefst ergriffen.

Vergleichen Sie nur einmal das antike Rom mit unserer Republik. Das alte Rom war eine Stadt der Sklaven. Heute dienen uns stattdessen perfekte Roboter. Nach alter christlicher Überlieferung formte Gott Adam aus Erde. Wir schaffen Roboter aus Aluminium, Stahl und Kunststoff. Gottes Weisheit haben wir nun uns zu eigen gemacht. Das antike Rom war eine Stadt des Kampfes, der Macht und der Intrigen. Heute ist Rom eine Metropole des Friedens und des Vergnügens.

Seit 1990 existieren hier keine Religionen und kein Theismus mehr. Dennoch, meine Damen und Herren, ist das von Jesus verheißene Himmelreich hier Wirklichkeit geworden. Unsere Republik ist nichts anderes als das Paradies auf Erden.

Die tägliche Arbeitszeit beträgt drei Stunden. Jeder hat eine Anstellung, die ihm gefällt. Ein Arbeitsplatzwechsel ist auf Wunsch jederzeit möglich. Die allgemeine gesundheitliche Versorgung wird von staatlichen Krankenhäusern gewährleistet, das Vermögen aller vom Staat verwaltet. Man kann sich nach Gutdünken an Sport und Musik erfreuen. Roboter übernehmen unbeliebte und gefährliche Arbeiten. Meine Damen und Herren, Ihre Kinder erhalten bis zum zweiundzwanzigsten Lebensjahr alle unterschiedslos die gleiche Ausbildung in den Schulen der Republik. Jegliches akademische und künstlerische Betätigungsfeld steht ihnen offen. Mögen Friede und Kultur ewig währen!

Die vier Weltkriege, die unsere Vorfahren durchgemacht haben, sollten wir nicht nur als törichte Barbarei betrachten. Der Vierte Weltkrieg, der zwei Drittel der Gesamtbevölkerung hinweggerafft hat, war wohl vergleichbar mit der Sintflut zu Noahs Zeiten, von der das Alte Testament berichtet. Gleich dem Frieden nach der Flut ergab sich für uns die Utopie nach dem Großen Krieg.

Der jugendliche Enthusiasmus damals, den ich als Zwölfjähriger erlebte, trifft mich bis heute immer noch mitten ins Herz. Am Ende des Großen Kriegs waren die meisten Städte weltweit zerstört, Fabriken ausgebombt. Es gab keine Waffen, keine Nahrungsmittel. Selbst die Armeen waren in alle Winde zerstreut. Die Zivilbevölkerung irrte auf der verbrannten Erde umher. Ich war auch eines der Opfer, die an der Küste von Kalkutta herumgeisterten.

Plötzlich vernahm ich eine Stimme, wie eine Offenbarung des Himmels: »Lasst uns Frieden schließen, lasst uns den Krieg beenden!«

Die Stimme verbreitete sich blitzschnell über die ganze Welt. Gegner reichten Verbündeten die Hand, die Verbündeten legten den Arm um die Schultern von Feinden. Man fiel sich gegenseitig in die Arme und weinte bitterlich. Das war der einzige heilige Moment in der ewig währenden Menschheitsgeschichte. Es wurde die Friedenskonferenz in Genf abgehalten, wo der Zwist bedingungslos beendet und der Grundstein der Föderativen Weltrepublik gelegt wurde.

In diesem Sinne, liebe Bürgerinnen und Bürger, möchte ich die sechs Prinzipien unserer Lebensgrundsätze erneut bekräftigen, um die Geschichte unserer glorreichen Republik nach der blutigen Ära der Menschheit zu verewigen und somit der Neujahrszeremonie eine tiefere Bedeutung zu geben:

Artikel 1: Die Republik achtet alle Mehrheiten.
Im großen Maßstab von Staaten wie im kleineren Rahmen von Individuen wird jeglicher Sachverhalt mit Mehrheitsbeschluss entschieden. Die Mehrheit steht für das Gute. Ungehorsam gegen die Mehrheit verursacht Konflikte. Zugunsten der Rechte der Massen werden individuelle Rechte nicht anerkannt. Den Willen der Massen betrachten wir als gut, die Forderungen von Einzelnen billigen wir hingegen nicht, denn unsere ideale Republik braucht keine Revolution.

Artikel 2: Die Republik respektiert Gleichberechtigung.
Jeder Konflikt entsteht aus Diskriminierung – wie die Russische Revolution, die Französische Revolution sowie der amerikanische Bürgerkrieg gezeigt haben. In unserer Republik herrscht keiner über den anderen, es gibt es keine Diskriminierung, weder zwischen den Menschen noch zwischen Nationen. Jedes Individuum genießt dieselben Rechte – in Bezug auf Wohlstand, Glück und Arbeit –, es verfügt über die gleichen Anschauungen und die gleichen Hoffnungen.

Artikel 3: Die Republik befürwortet die Geburtenkontrolle.
Mit den begrenzten Reichtümern der Erde muss zwangsläufig auch die Anzahl der Menschen begrenzt sein, um ein glückliches Dasein führen zu können. Der Pazifikkrieg entstand aus dem Bevölkerungsproblem und der Dritte Weltkrieg wurde durch die Knappheit von Erdöl ausgelöst. Wir müssen unser Verlangen nach Nachwuchs beschränken, um das vereinbarte Bevölkerungslimit jedes unserer Länder einzuhalten.

Artikel 4: Die Republik schätzt Wissen.

Alle Bürgerinnen und Bürger sollen bis zu ihrem zweiundzwanzigsten Lebensjahr ausreichende Schulbildung erhalten. Für die präzise Handhabung der Roboter müssen die erforderlichen technischen Kenntnisse erworben werden. Außerdem müssen alle Bürger die aktuellen Nachrichten und Bekanntmachungen verfolgen, die täglich von 12:00 Uhr bis 13:00 Uhr von der republikanischen Sendeanstalt ausgestrahlt werden. Dadurch wächst die Majorität, analog zu Artikel 1, und die Gleichberechtigung vervollkommnet sich, wie in Artikel 2 festgelegt. Sämtliche Konflikte entstehen aus Missverständnissen. Mangel an Wissen erzeugt Zweifel. Fortgeschrittenes Wissen ist der Grundstein für den Frieden in der Republik.

Artikel 5: Die Republik schätzt Musik.

Die emotionale Kraft der Kunst stiftet Frieden in den Herzen der Menschen und die Begeisterung für schöne Musik vereinigt sie. Niederträchtige werden zu ehrlichen Seelen, Wütende werden sanftmütig. Wenn Frieden in den Herzen der Einzelnen herrscht, wird die Welt von selbst friedlich.

Artikel 6: Die Republik schätzt Sport.

Körperliche Bewegung vertreibt innere Depression, simplifiziert Geist und Charakter und formt eine heitere und folgsame Persönlichkeit. Die von der Republik geforderten Eigenschaften – einfach und fügsam, fleißig und fair, friedlich und fröhlich – werden durch Sport kultiviert und bilden die Grundlage einer glücklichen Gemeinschaft.

Abschließend, meine lieben Damen und Herren, bete ich darum, dass Friede und Glück für Sie, Ihre Lieben und Ihre Nachfahren ewig währen mögen.«

(7. Januar 2027, Toyohara, Sachalin, UA)

Meteorologen sind sich einig, dass Sonnenflecken die Ursache für die Klimaabkühlung auf der nördlichen Halbkugel seien. Die Anthropologin Maria erklärt jedoch mittels Statistiken der letzten eintausend Jahre, dass wir uns in der Anfangsphase der fünften Eiszeit befinden. Als Journalist vermag ich nicht zu beurteilen, wer von ihnen recht hat. Allerdings konnte ich mir selbst ein Bild von den Gegebenheiten machen: Die La-Pérouse-Straße, die die Nordspitze von Hokkaidō vom südlichen Teil der russischen Insel Sachalin trennt, ist aufgrund von Eis komplett unpassierbar. Ich startete gestern um 13:00 Uhr mit einem Propeller-Schlitten vom Kap Sōya mit dem Ziel Ōdomari, wo wir nach einer Fahrt übers Eis im Schneesturm mit 100 km/h kurz vor Sonnenuntergang im Hafen eintrafen.

Selbst unserer hochzivilisierten Republik gelingt es offenbar nicht, der Unerbittlichkeit des klimatischen Phänomens zu trotzen. In Toyohara, Maoka und Ōdomari liegt der Verkehr brach, worunter auch der Lebensmitteltransport leidet. Ohne die nötigen Hilfsmaßnahmen kann dies desaströse Ausmaße annehmen. Roboter sind dort draußen generell unbrauchbar, da sie in extremer Kälte an mehreren Stellen ihres Korpus einfrieren, was zu Fehlfunktionen der elektronischen Schaltkreise und Gelenke führt. Somit können sie Be- und Entladen, Verpackung und Transport gar nicht mehr bewältigen, was die Einwohner zu Protesten veranlasst. Manche plädieren schon dafür, Roboter komplett abzuschaffen und stattdessen wieder das Bevölkerungswachstum anzukurbeln, und finden damit zunehmend Gehör.

In Anbetracht der Krise kam der Leitende Ingenieur vom Robot-Control-Zentrum, George Hamada, vor einigen Tagen aus Tokio angereist, um die Lage zu sondieren. Ich besuchte ihn im Hotel Toyohara. Der gutaussehende, große und schlanke Gentleman Anfang dreißig, dessen Vater Engländer ist, war im Londoner Stil gekleidet. Wie er, mit der Pfeife im Mund, das Feuer im Kamin schürte und uns bernsteinfarbenen Whisky einschenkte, wirkte er auf mich *very British*. Er beschrieb die Lage ohne Umschweife:

»Die Roboter in Sachalin werden in kanadischen Fabriken gefertigt und ihr Kälteschutz-System ist eigentlich ausreichend. Sobald sie allerdings in der Nacht pausieren, kühlen sie vollständig aus und frieren leicht ein. Würden sie jedoch nachts weiterarbeiten, dann könnte die durch die Mechanik erzeugte Wärme dem abhelfen. Sollten sie aber doch einmal eingefroren sein, dann platziert man sie, in ein Schaffell verpackt, in der Nähe eines Ofens, bis sie wieder auftauen und einsatzfähig sind. Ich plane, einige Modelle der in den Ural-Werken hergestellten Roboter, die in Sibirien arbeiten, nach Kanada zu senden, um strukturelle Verbesserungen vornehmen zu lassen. Als Sofortmaßnahme müssen derzeit Benutzer nachts Roboter überwachen, damit sie problemlos weiterarbeiten. Es lässt sich nicht vermeiden, dass einige Menschen dabei erfrieren, Maschinen sind jedoch auch sonst grausam gegen Menschen.

Aber hören Sie, dafür kann ich mit einer hochinteressanten Neuigkeit aufwarten.«

Er nahm einen Schluck Whisky und erzählte weiter, sein ansehnliches Gesicht leicht gerötet.

»Gestern früh habe ich mich fünfzig Kilometer von Toyohara entfernt in die westlichen Berge begeben, um den Zustand der Roboter zu untersuchen, die für die Forstarbeit in den Wäldern zuständig sind. Als ich nach der halbtägigen Wanderung in einer Werkstatt im Tal Rast machte, wo ich mich mit einer Mahlzeit, einem Sandwich, Wein und gegrilltem Rentiernacken, stärkte, hörte ich einen seltsamen Gesang, nur vernehmbar, wenn das Rauschen des eisigen Winds in den Wipfeln kurz nachließ. Es war ganz gewiss eine Frauenstimme, aber kein mir bekanntes Lied. Selbstvergessen hielt ich den Becher in der Hand und lauschte gebannt. Dabei hatte ich das Gefühl, als würde mich die Leidenschaft meiner fernen Vorfahren, die vor tausend Jahren gelebt haben, aus der Tiefe meines Herzens heimsuchen. Wie das Geheul einer Kreatur, die in kalter Mitternacht ihre Höhle verlässt, um mit aufgestelltem Nackenhaar Klagelaute – vor Kummer oder vor Wut? – von sich zu geben. Ein wildes, herzzerreißendes Geschrei, das keiner menschlichen Kehle zu entspringen schien. Es waren vielmehr animalische Laute, durchdrungen von Gram und Leidenschaft.

Verwundert stellte ich den Becher ab und fragte den alten Werkstattbesitzer nach der Stimme. Es hätte mir eingeleuchtet, wenn er ein Wesen wie Rentier, Fuchs oder Marder genannt hätte, das von seinem Weibchen getrennt Klagelaute ausstieß. Aber der Alte erzählte doch tatsächlich augenzwinkernd:

›Sie müssen wissen, meine verstorbene Frau war eine verschrobene Russin aus Nikolajewsk. Sie konnte jedoch sehr gut Klavier spielen und singen, sodass sie in der Nachbarschaft einen guten Ruf besaß. Nach der Geburt unserer Tochter Anna kränkelte sie und war nur noch ein Schatten ihrer selbst, bis sie drei Jahre später starb. Anna ist noch verrückter als ihre Mutter, singt komische Lieder und schläft unter dem Stroh im Kuhstall, wie das Vieh …‹

Er hatte noch nicht geendet, als die Schiebetür aufging und die Besitzerin der Stimme, Anna Kamiya, eintrat. Ihre Erscheinung versetzte mich in Erstaunen. Sie trug einen Anzug, Kaftan und Hose, aus dem Pelz eines Sachalin-Hundes und dazu rote, bestickte Russenstiefel. Überrascht vom fremden Gast vollführte sie einen Luftsprung und landete in einer perfekten Tanzhaltung. Ihr Haar war zerzaust, die Hände schmutzig. Sie hatte einen russisch hellen Teint und braune Augen, luzide wie die einer Katze. Man konnte sie nicht unbedingt als hübsch bezeichnen. Sie besaß eher eine wilde oder natürliche Schönheit, jugendlich-vital und vor Energie strotzend, wie ein junges Rentierkalb.

Eine Sache möchte ich noch anmerken. Unsere Republik ist wirklich in einem makellosen Zustand, ohne jegliche Mängel in der Zivilisation. Aber der Mensch bleibt nun mal Mensch, im Grunde gehört er immer noch der Tierwelt an. Das kultivierte Leben hat mich inzwischen etwas ermüdet. Als ich Annas Gesang hörte, erwachte in meinem Inneren das Gemüt meiner Vorfahren, ihre Emotionen und ihre Leidenschaft. In mir entstand Sehnsucht nach Wildheit, die in der Zivilisation in mir erloschen war.

Das hat mich auf folgende Idee gebracht: Ich bin sicher nicht der Einzige, der unter dieser Lethargie leidet. Wie wäre es also, Annas Gesang im Fernsehen zu übertragen? Das spricht vielleicht auch andere Gemüter an. Ich überredete den Alten und brachte Anna hierher mit. In den nächsten Tagen werden wir nach Tokio fliegen, um den Fernsehauftritt mit ihr in die Wege zu leiten.«

»Sie sind verliebt in Anna, was?«, fragte ich ihn frech heraus.

»Heute Morgen beim Frühstück im Hotel hat sie Loloa getrunken«, sagte er lediglich und lächelte.

(9. Januar 2027, Rom, UA)

Flora Victoria, die göttlichste der Göttlichen, der nicht nur die Republik, sondern die ganze Welt zu Füßen liegt, singt seit dem 3. Januar unausgesetzt jeden Tag im Opernhaus. Von Liebeskummer und ihrem betörenden Gesang überwältigt, versammelten sich in der kalten Nacht des 5. Januars drei Herren unter dem Sternenhimmel in den Ruinen der Caracalla-Therme und begingen Selbstmord durch Gift. Die unheilvolle Serie setzte sich fort: Am 6. Januar folgten sechs Menschen ihrem Beispiel, am 7. Januar fünf, und am 8. Januar neun. Die traurige Zahl der Opfer beläuft sich inzwischen auf insgesamt dreiundzwanzig – unter ihnen auch fünf Studentinnen, die sich am 7. Januar gegen 22:00 Uhr auf der Piazza del Popolo das Leben nahmen.

Mit diesen Nachrichten konfrontierte ich die Diva im Opernhaus. Flora Victoria lachte glockenhell auf.

»Leg Blumenkränze in meinem Namen auf die Gräber«, wies sie ihren Agenten an und betrat ungerührt die Bühne.

(11. Januar 2027, Buenos Aires, UA)

Gestern, am 10. Januar, gegen 8:00 Uhr früh beging das schöne Mischlingsmädchen Sophia (19) im Zimmer 5 auf der 5. Etage im Hotel Anden Selbstmord, indem sie sich eine tödliche Dosis Drogen injizierte. Sie war die Geliebte von Dr. med. Patricia und mit ihr aus Kapstadt angereist, wo Dr. Johannes kürzlich die Forschungsergebnisse zum Y-Hormon präsentiert hat. Die Ärztin hatte daraufhin Loloa abgesetzt und ein Techtelmechtel mit Dr. Johannes begonnen, mit dem sie sich seit Neujahr in seinem Ferienhaus in einem Vorort der Stadt aufhält. Demnach dürfte die Ursache des Suizids die Beendigung ihrer lesbischen Beziehung sein.

Ich suchte Dr. Patricia dort auf und berichtete ihr von der Tragödie. Sie zog ihre schönen Augenbrauen hoch und sagte: »Ehrlich gesagt, ging unsere Beziehung sowieso den Bach runter. Sophia hat gewiss genug Glück erfahren, deshalb stimmt mich die Nachricht über ihren Tod nicht wirklich traurig. Ich werde ihr Veilchen bringen, die hat sie immer geliebt. Dr. Johannes und ich müssen uns jetzt sputen, da wir für zehn Tage nach Los Angeles fliegen, um dort unsere Flitterwochen zu verbringen.«

Indessen klingelte das Videophone. Als Frau Doktor den Anruf entgegennahm, erschien das zornige Gesicht eines korpulenten Mädchens auf dem Plexiglas-Monitor und ratterte sofort los:

»Sind Sie Frau Dr. Patricia? Meinen Namen werde ich nicht nennen. Wir sind alle sehr aufgebracht wegen des Selbstmords von Sophia. Es ist empörend und skandalös, eine so schöne und gütige Person wie sie zu betrügen und einfach Loloa abzusetzen, um sich in einen Kerl zu verlieben – die reinste Barbarei, wie im 19. Jahrhundert! Was wäre das für eine Farce, wenn Sie in fünfeinhalb Monaten ein Kind von Dr. Johannes zur Welt bringen. Auch für Dr. Johannes' Benehmen haben wir keinerlei Verständnis. Ich und meine fünfundachtzig Mitstreiterinnen fordern, dass Sie beide sofort nach Kapstadt zurückkehren.«

Mit einem Klick verschwand das Mädchen vom Bildschirm. Frau Doktor fasste sich an die Stirn und gab sich bekümmert, sagte dann aber: »Vor diesem aufgebrachten Mob, der mich attackiert, habe ich nicht die geringste Angst. Ich habe nämlich eine wichtige Neuigkeit in petto. Schon bald werde ich darüber einen Artikel veröffentlichen.«

(13. Januar 2027, Warschau, PP)

Seit zwei Jahren nimmt die Zahl der Suizide in Polen zu, oft ohne erkennbare Gründe. Nun wird das Phänomen endlich als ein ernstes Problem diskutiert. 3.022 waren es im vorletzten Jahr, davon wurden 1.300 von Frauen verübt. Letztes Jahr stieg die Zahl der Fälle auf 4.605 an (2.068 betrug der weibliche Anteil). Am 19. November trafen sich vier Männer in einer Bar im Paderewski-Park, betranken sich und schluckten die tödlichen Medikamente. Niemand konnte das Motiv ihres kollektiven Selbstmords ermitteln.

Da diese Fälle sich häufen, haben Sicherheits- und Polizeibehörde Ende vorigen Jahres einen Ausschuss gebildet, um die Angelegenheit vielschichtig zu erörtern.

Selbstverständlich gilt es, die individuelle Freiheit zu respektieren, aber dennoch ist man mit der Identifizierung und Beerdigung der Suizidopfer überfordert. Daher wurden Verordnungen erlassen, die an die Moral der Betroffenen appellieren sollen. Ab Februar treten die neuen Vorschriften als Notgesetz in Kraft:

- Jeder Suizidwillige möge sich spätestens vierundzwanzig Stunden vor seiner Tat beim Bürgeramt mit den erforderlichen Unterlagen melden, um sich die Erlaubnis einzuholen sowie das zugelassene Medikament, das er anschließend an einem festgelegten Ort einnimmt.
- Der Antrag darf nur von der betroffenen Person eingereicht werden.
- Die Genehmigung ist fünfzehn Tage gültig.
- Vor dem Suizid muss ein Formular ausgefüllt werden, das den Ort, das Datum und die Uhrzeit der Tat angibt; dieses wird in einen Postkasten geworfen, bevor die Tat umgesetzt wird.

- Sachbearbeiter nehmen frühestens drei Stunden nach der angegebenen Zeit ihre Arbeit auf und führen die vorgeschriebenen Maßnahmen durch.
- Wer sich nicht an diese Anordnungen hält, wird ohne weitere Umschweife chemisch verarbeitet und als Dünger für Getreide verwendet, ähnlich wie bei der Entsorgung von Haustieren.

Auf die Bekanntgabe dieser Regelungen angesprochen, äußerte sich der Kulturratsdirektor Georg in einem Interview wie folgt:

»Das Inkrafttreten dieser Regelungen zeigt den hohen Entwicklungsstand unserer Zivilisation. Die Freiheit zur Selbsttötung muss geachtet werden, aber Ordnung und Zusammenhalt sind ebenso unerlässlich. Es zeugt von einer respektablen Moral, sich diesen Vorschriften zu unterwerfen. Allein Zivilisierte verhalten sich ordnungsgemäß. Diese Gesetzgebung ist ein historischer Meilenstein. Wir dürfen stolz darauf sein.«

(15. Januar 2027, Hanoi, UA)

Am Petit Lac, im Schatten der Weiden, steht ein schneeweißes Haus mit wundervoller Aussicht. Hier lebt der junge französisch-vietnamesische Poet Georges Long, einer der bedeutendsten futuristischen Dichter der Republik. Das schlichte Ambiente des Hauses mit einem hübschen Jungen und einem Roboter in Uniform mutet fast etwas weltfremd an.

Gestern Abend lud er mich, den Reporter, auf eine Barke im Mondschein ein, und wir tranken gemeinsam alten chinesischen Branntwein. Kaum hatte ich die Frage gestellt, warum sich heutzutage sowohl im Orient als auch im Okzident die Selbstmorde häufen, klopfte er an die Bootskante und deklamierte mit klangvoller Stimme ein improvisiertes Gedicht, das an den großen Lyriker Li Bai erinnerte:

Zweifle nicht am Herzen des Selbstmörders.
Das höchste Leben führt zum höchsten Tod.
Wie delikat und fein, wie dezent und doch vollkommen,
eigenständig zugleich,
So wandelt er im Himmel und auf Erden, wird Geschichte.
Ohne Hoffart und Prahlerei löscht er sich aus.
Verwandelt sich in Äther und Anmut. Welch Poesie!
Die Blüten fallen zur rechten Zeit, und ebenso die reife
Frucht.
Das ist die wahre Bestimmung des Universums.
Bewundernd preisen sollte man das Herz des
Selbstmörders.
Er hat sich des staubigen Daseins entledigt und Ewigkeit
erlangt.

(Georges Long)

(16. Januar 2027, Redaktion der Zentrale)

(Artikel von Dr. med. Philipp Sano, Mitglied des Bundesausschusses für Gesundheit, Direktor des Staatsklinikums Tokio)

»Die Suizidstatistik der Republik zeigt in den letzten drei Jahren eine Verdreifachung mit exponentiellem Anstieg. Kurioserweise hat man in Polen einen Vorschriftenkatalog für Suizidgefährdete eingeführt und brüstet sich nun mit einer höchst kultivierten Gesetzgebung. Jetzt hat Herr Long, dieser Pseudodichter aus Vietnam, als Appetithäppchen auch noch einen Lobgesang auf den Suizid beigesteuert. Was für eine gnadenlose Fehleinschätzung!

Aus medizinischer Sicht ist Suizid eigentlich eine Form von Geistesgestörtheit – eine hysterische Lösung: sein Leben wegzuwerfen, weil man das eigene Unglück nicht mehr ertragen kann. Das eigene Haus anzünden, um Läuse zu vertreiben. Das ist das Verhalten von Narren, nicht von zivilisierten Menschen.

Die heutigen Selbstmörder erleiden oftmals gar kein reales Unglück. Weder sind sie arbeitslos, noch müssen sie körperliche Schmerzen erdulden, sondern sie nehmen Drogen und Medikamente zum Spaß und treten leichtfertig die ewige Reise an, als wäre es ein kleiner Ausflug. Obwohl sie sich grundlegend von den Suizidanten des 20. Jahrhunderts unterscheiden, muss man ihnen medizinisch eine Art Geisteskrankheit bescheinigen.

Menschen, die in einer hochentwickelten Kulturgesellschaft leben und einen hohen Lebensstandard genießen, müssen keine schweren oder gefährlichen Arbeiten verrichten – das überlassen sie den Robotern. Sie haben keine Widerstandskraft entwickelt und sind blass und schwächlich wie Sojasprossen, leiden unter Vitaminmangel. Nach Meinung des Dichters Georges Long sind ihre Nerven äußerst empfindlich – wohl wahr, denn sie vertragen weder Alkohol noch den Reiz der Gesänge weiblicher Stimmen.

Da die Zivilisation inzwischen überall Einzug gehalten hat und weltweit Lieder von Frauen aus Fernsehgeräten und Radios erschallen, können sie den angenehmen Seiten des Lebens, den Genüssen, kaum entkommen. Ihre Nerven werden immer gereizter, bis sie erschöpft zusammenbrechen. Daher sehen sie den Tod als einzigen Ausweg, um die ersehnte Ruhe zu finden. Sie hören Flora Victoria singen oder trinken Kaffee und Alkohol – und deshalb nehmen sie sich das Leben. Sie sind in der Tat die Verlierer der Zivilisation.

Obwohl in Polen Selbstmord als individuelle Freiheit anerkannt ist, handelt es sich bei denjenigen, die diese letzte Freiheit in Anspruch nehmen und sich im Kollektiv an einem Ort mit ein und derselben Droge das Leben nehmen, um Menschen, die ihre Persönlichkeit verloren haben. Dafür mag es durchaus Gründe geben. In der hochkultiviertesten Republik ist alles gleich und undifferenziert. Man lernt von Roboter-Lehrern, das Staatvermögen wird gleichmäßig verteilt, die Glücksgefühle sind uniform, genau wie der Herzschmerz. Sogar das Verlangen zu sterben ist identisch bis hin zu den Orten, wo man sich gemeinsam umbringt. Es gibt keine Individualität mehr, und die Menschen der am höchsten entwickelten Kultur scheinen den Robotern immer ähnlicher zu werden.

Wahrscheinlich schätzen diese Menschen ihr eigenes Leben nicht. Ihr Lebenswille ist geschwächt und sie haben keinen Überlebensinstinkt. Die Häufigkeit von hinkenden, blinden, kahlköpfigen und anderen Behinderten ist ein Symptom des menschlichen Endstadiums, und der weitverbreitete Trend zur Homosexualität, bei dem allerorten Männer mit Männern und Frauen mit Frauen unfruchtbare Beziehungen führen, ist ebenfalls ein Symptom für den Verfall. Da sie den Sinn des Lebens nicht erkennen, hegen sie auch keinen Wunsch, Nachkommen zu zeugen, und sie fürchten den Tod nicht.

Ihre zerrütteten Nerven erzeugen Leerläufe im Kopf und eine selbstzerstörerische Wirkung, ähnlich einer Autointoxikation. Äußerlich mag es als Selbsttötung erscheinen, doch eigentlich erlischt ihr Lebensfunke, gleich einem natürlichen Tod. Trotz körperlicher Gesundheit fehlt es ihnen an Lebenskraft und sie werden zu leeren Larven. Deshalb verlieren sie sowohl ihre Individualität als auch ihren eigenen Willen, und der Reiz einer singenden Frauenstimme reicht ihnen aus, um sich umzubringen. Erst wenn der Körper stirbt und verwest, mag das Gleichgewicht zwischen ihm und dem Geist wiederhergestellt werden.

Die Vorstellung, Selbstmord symbolisch als höchste Moral zu betrachten und bürokratische Verfahren dafür festzulegen, ist einfach absurd. Sinnvolle kultivierte Maßnahmen unserer Utopie wären es hingegen, die Ursachen der Selbsttötung herauszufinden und sie zu beseitigen.«

(16. Januar 2027, Caracas, UNP*)

Unser venezolanisches Gesundheitsamt hat sich die von Polen am 13. Januar veröffentlichten Vorschriften zum Selbstmordverfahren zum Vorbild genommen und untersucht derzeit mithilfe von Experten aus den Bereichen Medizin, Philosophie und Rechtswissenschaften die Möglichkeit, ein ähnliches Gesetz zu erlassen. Der Grund dafür sind die zahlreichen Selbstmörder in Parks, auf Plätzen und in Küstengebieten, deren Leichen jeden Morgen von der Polizei aufgefunden werden – oft mehr als fünfzig, mindestens aber dreißig Personen pro Tag. Die Beamten sind total überfordert mit den Bergungsarbeiten.

Laut Einschätzung der Experten hat die Menschheitsgeschichte der letzten Jahrtausende immer nur aus Unglück und leidvollen Ereignissen bestanden. Die Menschen mögen sich daran gewöhnt haben, aber das Leben in unserer Republik ist so von Wohlstand

* UNP: United News-Press

geprägt und glücklich, dass die Bewohner sich langweilen und keinen Sinn mehr im Leben entdecken, weshalb sie grundlos sterben wollen. Die optimistische Prognose geht davon aus, dass sich, sofern die Utopie bestehen bleibt, die Menschen im Laufe der nächsten hundert Jahre an die Lebensbedingungen gewöhnen werden, womit auch die Selbstmordrate zurückgehen wird.

(21. Januar 1927, UA, Redaktion Tokio)

Kaum war der zwanzigminütige Gesangsauftritt von Anna Kaminija, der gestern ab 23:00 Uhr von der Nationalen Television ausgestrahlt wurde, zu Ende, erreichten zahllose Telegramme und Videonachrichten aus ganz Japan den Sender, sodass die Mitarbeiter die ganze Nacht kein Auge zubekamen. Auf Wunsch der Zuschauer berichten wir über die Einzelheiten:

Eine Stunde vor der Ausstrahlung kam Anna, begleitet von ihrem Assistenten George Hamada, zu Fuß durch die eisige Winterlandschaft, obwohl zahlreiche öffentliche Taxis zur Verfügung standen. Ein Mitarbeiter des Senders eilte ihr am Eingang entgegen und erstarrte vor Schreck über ihren Anblick. Sie trug einen Pelzmantel aus Sachalin-Hundefell und dazu bestickte russische Stiefel. Ihr goldblondes Haar war mit Schneeflocken bedeckt, während sie in jeder Hand einen rohen Hähnchenschenkel mit gelben Füßen hielt, in die sie wie ein Wolf abwechselnd gierig hineinbiss. Offenbar bemerkte sie gar nicht, wie ihr der schmelzende Schnee in den Nacken tropfte. Ihr nasses Haar hing ihr zerzaust in die Stirn, ihre ungeschminkten Wangen schimmerten rosig und ihre Augen funkelten wild und ungezähmt wie die einer Bestie. Ihre Lippen waren von Hühnerblut rot gefärbt und ihre schlanke Gestalt besaß von Kopf bis

Fuß eine elastische Spannkraft. Der üppige, wogende Busen betonte überdies ihre strotzende Weiblichkeit. Trotz ihrer barbarischen Erscheinung besaß sie ein Charisma, das die Herzen der Männer im Sturm eroberte.

Als sie in den Empfangsraum geführt wurde, erkundigte man sich nach dem Titel des Liedes.

»Es gibt keinen Titel«, lautete ihre Antwort.

»Wie … keinen Titel? Das überrascht uns. Dann verraten Sie uns doch bitte den Text des Liedes.«

»Weiß ich nicht«, sagte sie.

»Was singen Sie dann überhaupt?«

»Anna singt aus dem Stegreif, ohne Titel, ohne Text«, mischte sich nun Herr Hamada ein. »Welche Melodie ihr in den Sinn kommt, hängt ganz von ihrer augenblicklichen Stimmung ab. Das ist wahre Genialität.«

Genialität oder nicht, der Blutgeruch der Hähnchenschenkel war kaum zu ertragen.

»Improvisierte Lieder sind großartig, aber entscheiden Sie sich bitte wenigstens für einen Titel. Sonst müssen wir die Veranstaltung leider absagen«, verlangte der Mitarbeiter hartnäckig.

»Hauen wir ab, Onkelchen«, sagte Anna.

George Hamada wandte hastig ein: »Wir gehen erst, nachdem du ein Lied gesungen hast. Wir könnten uns doch einen schönen Titel ausdenken.«

»Wir haben doch aber noch Zeit, stimmt's?«

»Ja, fünfzig Minuten.«

»Dann mache ich ein Nickerchen bis dahin.«

Sie machte es sich auf dem Sofa bequem, die Beine angezogen wie ein zusammengerolltes Kätzchen, und gähnte mit geschlossenen Lidern.

»Vielleicht singe ich über Rinder?«

So entstand ›Das Lied der Rinder‹.

Anna fiel in einen vierzigminütigen Tiefschlaf. Bei der Live-Übertragung lehnte sie die Klavierbegleitung ab und sang ihre Improvisation zur selbst gespielten Ukulele. Als der Mitarbeiter, der wegen ihrer Launenhaftigkeit entnervt hin und her gelaufen war, ihrem Gesang lauschte, geriet auch er komplett aus dem Häuschen. Seit der Gründung des Senders hatte er noch nie einen solchen Unfug gehört. Dennoch brach er am Ende der Darbietung in Tränen aus.

Das Lied der Rinder

Schaue ich mir die Form ihrer Hörner an,
erkenne ich sofort den Charakter des Viechs.
Der Bulle mit den offenen Hörnern
Ist ein griesgrämiger Widerling.
Deshalb wurde er im letzten Winter
Im Moor von einem Bären zerfleischt.

Der Bulle mit den einwärts gebogenen Hörnern
Wirft mir einen herausfordernden Blick zu.
Falls er es wagt, näher zu kommen,
werde ich ihm einen Peitschenhieb versetzen.

In schneestürmischen Nächten bleibe ich im Stall.
Ruhend am Leib einer Kuh
schlafe ich im Stroh.
Aus der Ferne ertönt von Zeit zu Zeit
Das Gebell eines Fuchses.

Die Kuh mit den Kälbern irrt hungernd umher
In der zugeschneiten Wildnis.
An ihrem Leib vergoss ich Tränen.
Sie riecht nach Milch.

Ich denke an meine Mutter.

Es bleibt ein Rätsel, wie die Kehle dieser jungen Barbarin, die in rohes Hähnchen gebissen hatte, eine derart tief bewegende Improvisation hervorbringen konnte. Nach dem Lied legte sie die Ukulele sofort beiseite und drängte Hamada: »Auf geht's, Onkelchen!« Doch der blieb fassungslos sitzen, den Kopf an die Wand gelehnt, und weinte bitterlich.

Ein Mitarbeiter aus der Direktion näherte sich Hände knetend: »Wie wäre es, wenn Sie ganz nach Tokio übersiedeln?«

»Tokio ist nichts für mich«, lehnte Anna ab. »Morgen fahre ich nach Sachalin zurück. Dort habe ich sieben Rinder und dreißig Roboter. Hamada will mich überreden, hier zu bleiben, aber ich kehre auch gern allein heim.«

Noch während des Gesprächs begannen die achtzehn Videotelefone der Sendezentrale ununterbrochen ohrenbetäubend zu bimmeln. Auf den Bildschirmen an den Wänden erschienen Gesichter, die sich wild durcheinander erkundigten, woher diese Person stamme, was für eine Gesangskarriere sie habe, wo sie lebe, ob sie verheiratet oder ledig sei, ob sie Liebhaber habe und ob sie auch in Opernhäusern auftrete. Es ging die ganze Nacht hoch her. Eine richtige Tortur war das!

Rundfunkdirektor Kusano kam per Hubschrauber angeflogen und schrie durch die Redaktion: »Das Weib muss unbedingt morgen Abend wieder auftreten, hört ihr?!«

Auch aus den Rundfunkstationen in Manila, Shanghai, Peking, Sydney und San Francisco kamen Anrufe von schnurlosen Telefonen und bombardierten die Redaktion mit Angeboten von zwei- bis dreimonatigen Verträgen. Anna Kaminija blieb jedoch beharrlich und wollte unbedingt nach Sachalin zurückkehren. Zu guter Letzt konnte man sie zumindest überreden, noch einen Tag länger in Tokio zu bleiben. Heute Abend wird wohl nichts mehr daraus werden, aber wenn geschickt verhandelt wird, besteht die Chance, ihr charismatisches Lied vielleicht morgen noch einmal zu hören.

Unsere Nachforschungen haben ergeben, dass sie Japanerin ist. Ihr Vater Saburosuke Kamiya ist Forstbeamter und lebt ständig in Sachalin. Ihre Mutter heißt Anna Petrowskaja. Anna Kamiya, so ihr richtiger Name, ist zweiundzwanzig Jahre alt.

George Hamada berichtete uns:

»Sie ist ein absolut reines Mädchen, von einem jugendlichen Elan, der den heutigen Frauen fehlt. Hochgradig empfindsam, besitzt sie das Intelligenzniveau eines Kitzes. In der Natur der Berge aufgewachsen, ist sie in Bezug auf Menschen völlig naiv. Ihr jungfräuliches Gemüt ist reinweiß wie Neuschnee. Ich würde alles für Anna tun. Aber ich bereue es ein wenig, sie mit nach Tokio gebracht zu haben. Sie wäre sicher glücklicher, weiterhin im Kuhstall im Stroh zu leben, als auf einer Opernbühne aufzutreten oder im Fernsehen gefeiert zu werden. Die Zivilisation der Republik und das Wohl unserer Utopie bedeuten ihr nichts. Eine Pelzjacke aus Hundefell, Fuchsgeheul aus sturmgepeitschten Winterwäldern, eine Ukulele mit zerbrochenem Korpus. Sie verbrachte erfüllte Tage in einer Blockhütte, wo sie ihre Lieder sang.«

Seine Erzählung klang wie ein Lamento. Ich fragte ihn ungeniert, ob er in Anna verliebt sei und Heiratsabsichten habe. George Hamada lächelte nur und fügte hinzu: »Heute Abend beim Essen im Hotel hat sie Loloa getrunken.«

(20. Januar 2027, Rom, UA)

Weltstar Flora Victoria ist heute Morgen abgereist, um einer Einladung zu einem Musikfestival zu folgen, das morgen zum fünfzigjährigen Jubiläum der Republik in Moskau stattfindet. Beim Empfang am Flughafen hatte ich die Gelegenheit, sie zu interviewen.

»Wie halten Sie von der gestrigen Sendung?«

»Wie bitte? Von welcher Sendung sprechen Sie?«

»Der Übertragung der Nationalen Television aus Tokio.«

»Ach, was wurde denn da gezeigt?«, fragte sie gespielt ahnungslos.

»Eine Nachwuchskünstlerin namens Anna Kaminija oder so ähnlich …«

»Pah!«, schnaubte sie verächtlich, »Ich war schockiert. Sie ist eine Schande für unsere Republik. Wenn ihr Gesang in Japan populär wird, fahre ich nie mehr im Leben dorthin. Glauben Sie mir, ihr Lied ist doch nichts anderes als eine Bauernweise aus dem 18. Jahrhundert. Grässlich! Total primitiv!«

»Ach ja? Und was ist mit der Melodie?«

»Dass ich nicht lache! Die hört sich an wie von ihr selbst erfunden und klingt eher wie das Jaulen eines Wiesels. Die Melodie ist so chaotisch, dass man sie nicht mit Noten wiedergeben kann. Ich möchte ja nicht schlecht über jemanden reden, aber mal ganz ehrlich, das sollte sie lieber ihren Rindern vorträllern und nicht uns zivilisierten Menschen.«

»In Rom ist man offenbar auch ganz begeistert von ihr.«

»O Gott, man reiche mir ein Mittel, mit dem ich mich umbringen kann. Da ist ja die Hölle noch kultivierter.«

Mit einem hysterischen Auflachen sprang sie, behände wie ein Reh, aus dem Stand in ihren Privatjet.

(26. Januar 2027, Batavia, UA)

Gestern um 17:00 Uhr fand an der Universität Bandung der asiatische Wirtschaftskongress statt. Es gab etliche beachtenswerte Vorträge und Diskussionen mit einem aufgeregten Publikum. Wir berichten über den am meisten diskutierten Teil.

(Aufzeichnung)

Dr. Maharajo, Professor an der Universität Surabaya:

»Ich appelliere an das Gewissen der Anwesenden und fordere Sie zum Nachdenken auf. Der Erste und Zweite Weltkrieg waren die unvermeidliche Konsequenz aus dem bürgerlichen Imperialismus; der Dritte und Vierte Weltkrieg die Rebellion des Proletariats gegen die Bourgeoisie.

Im Vergleich dazu hat die Wirtschaft unsrer Republik zwar eine veränderte Form, ist jedoch auch nur wieder eine Art bürgerliche Zivilisation.

Deren Befürworter erklären naiv, dass alle Menschen auf der Welt die gleichen Rechte und den gleichen Wohlstand genießen und dass es daher keine Machtverhältnisse gibt – dies sei die ideale Gesellschaftsform. In Wirklichkeit gibt es jedoch 720 Millionen aktive Roboter. Wir selbst profitieren von dem Reichtum, arbeiten nur drei Stunden pro Tag und leben in größtem Wohlstand. Unsere Roboter hingegen arbeiten 24 Stunden ohne Pause, übernehmen die harte Arbeit in Kohleminen, Atomkraftwerken, Stahlwerken, bei hoher Temperatur, als Feuerwehrleute und Fahrer, im Transportdienst, als Bedienung in Hostessen-Clubs, bei Tauch- und Bauarbeiten sowie Straßenausbesserungen und im Krematorium – kurzum, sie verrichten mühselige Arbeiten und nehmen den Rang von Sklaven ein.

Vielleicht werden einige von Ihnen jetzt lachen und sagen, Roboter seien doch nur Maschinen. Doch vor 80 Jahren behandelten die Bourgeoisie und die Großgrundbesitzer die Arbeiter in den Minen, die Tagelöhner und Soldaten genauso und beuteten sie auf dieselbe Weise aus. Die Sünden und Grausamkeiten dieser Zeit führten zu den Ursachen des Dritten und Vierten Weltkriegs. Das heißt, die Haltung der Kapitalisten von damals ist psychologisch vergleichbar mit der unsrigen heutzutage. Wenn die gegenwärtige Wirtschaft auf diese Weise weiterbetrieben wird, steht uns unweigerlich ein fünfter Weltkrieg bevor.«

Dr. Charles (Universität Melbourne):

»Ich kann Ihre These nicht nachvollziehen. Es ist wahr, dass Roboter in gewisser Weise unsere Sklaven sind. Aber sie wurden ursprünglich dazu erschaffen, die menschliche Ungleichheit zu beseitigen, indem man ihnen alles Qualvolle aufbürdet. Durch die Nutzung von Maschinen als Produktionskraft wurde zum ersten Mal das soziale Gefälle zwischen Bourgeoisie und Proletariat vollständig aufgehoben. Wenn die notwendige Geburtenkontrolle zur Wahrung des Weltfriedens eingehalten wird, wird es an Arbeitskräften mangeln. Diese Lücke füllen Maschinen, also unsere Roboter, die das Meisterwerk unserer Republik sind. Der Verzicht auf Roboter würde zum Ausbruch des fünften Weltkriegs führen. Ich vertraue der Wirtschaftspolitik des Kongresses.«

Dr. Maharajo:

»Die Politik dieses Kongresses ist bourgeoiser Paternalismus. Sie verteilen den Wohlstand und füttern die Menschen mit reichlich Leckerbissen, Trunk und musikalischen Darbietungen, um ihre Unzufriedenheit und ihren Protest in Schach zu halten und den Bürger quasi zu entmündigen, mit dem Ziel, einen illusorischen Frieden aufrechtzuerhalten. Dr. Charles scheint zu glauben, dass die Geburtenkontrolle dazu notwendig ist, aber deren wahrer Zweck ist doch, die Entstehung des Proletariats zu verhindern und ihre revolutionäre Energie im Keim zu ersticken – eine geradezu teuflische Form bourgeoisen Denkens.«

Dr. Charles:

»Sie sagten, die Republik beute Roboter aus. Aber Roboter sind nichts weiter als Maschinen. Roboter in Kohleminen sind bloß Maschinen zum Schürfen, Chauffeure sind nichts weiter als Maschinen, die Auto fahren. Sie haben zwar menschenähnliche Gestalt, in dunkelbrauner Uniform und passender Krawatte, sind doch aber im Wesentlichen reine Apparaturen und lassen sich von Menschen kontrollieren. Es kann nicht angehen, dass sie, unabhängig von Menschen, Freiheit und Rechte besitzen.«

Dr. Maharajo:

»Das ist eben genau die Kapitalistenmentalität. Im 19. Jahrhundert hing die Existenz der Fabrikarbeiter von Unternehmern ab. Im 20. Jahrhundert emanzipierten sie sich und gründeten Gewerkschaften. Das Bewusstsein von Herrschaft ist selbst eine bürgerliche Ideologie.«

Dr. Charles:

»Dr. Maharajo, ich möchte Sie etwas fragen. Sie sind heute glücklich und zufrieden. Ebenso, wie die Menschen in unserer Republik es sind. Was wünschen Sie sich denn noch, wenn Sie sich auf solche abstrusen Theorien einlassen?«

Dr. Maharajo:

»Ich wage mal zu fragen, was Glück überhaupt bedeutet. Es handelt sich dabei doch um eine komplette Fehleinschätzung. Sowohl Ihr Glück als auch meines ist lediglich eine Illusion. Im Grunde besteht das Wesen eines Menschen aus Leiden. Unser heutiges Glück ähnelt einem Frosch, der sorglos auf einem schwimmenden Blatt treibt – sobald das Blatt kippt, geht er unter. Die Fabrikarbeiter des 19. Jahrhunderts arbeiteten schweigsam, während in ihrem Inneren kommunistisches und rebellisches Gedankengut brodelte. Unsere Roboter mögen ausdruckslos wirken, wir können ihre Gedanken nicht lesen, und dennoch ist es nicht ausgeschlossen, dass auch sie insgeheim aufwieglerische Gedanken hegen. Die Roboter funktionieren derart raffiniert, dass sie sich allmählich der menschlichen Kontrolle entziehen. Genauso wie die Arbeiter des 19. Jahrhunderts sich aus der Herrschaft der Bourgeoisie befreiten. Infolgedessen ist die wirtschaftliche Grundlage der Republik in Gefahr.«

Dr. Charles:

»Dann möchte ich Ihnen eine letzte Frage stellen. Wenn es unmoralisch ist, Roboter auszubeuten, dann müssten wir die Reichtümer auch unter ihnen verteilen. Es ist jedoch keineswegs erwiesen, dass Roboter überhaupt daran beteiligt werden wollen. Eine Distribution ohne Nachfrage ist doch völlig unnütz.«

(Nach dieser Bemerkung bricht ein allgemeines Gelächter aus, das eine ganze Weile anhält.)

Dr. Maharajo:

»Wie Roboter die ihnen zugeteilten Güter nutzen, ist nicht unser Bier.«

(Inmitten des Tumults fängt jemand an, ein revolutionäres Volkslied aus dem vorigen Jahrhundert zu singen. Der Sprecher läutet das Glöckchen und bittet um Ruhe, doch das Gelächter und die aufgebrachten Zwischenrufe nehmen kein Ende.)

(30. Januar 2027, Los Angeles, UNP)

Die hübsche Blondine Dr. Patricia, eine Koryphäe auf dem Gebiet der Geburtsmedizin in Kapstadt, verbrachte hier zwanzig glückliche Tage mit ihrem frisch Angetrauten, Dr. Johannes. Das Paar trat heute Abend die Heimreise an. Zuvor gab sie folgendes Statement zu dem in der Bevölkerung herrschenden Unmut ab:

»Ich wurde wegen meiner Heirat mit Johannes von einem ignoranten Pöbel stark angegriffen, doch als Ärztin habe ich mir nichts vorzuwerfen. Den Selbstmord meiner früheren Geliebten Sophia bedauere ich sehr, aber die Wissenschaft hat eben Vorrang. Seit 18 Jahren forsche ich intensiv im Bereich Geburtshilfe und verfüge über sämtliche Fachkenntnisse. Dennoch fehlen mir praktische Erfahrungen in der heterosexuellen Partnerschaft, da ich bislang nur lesbische Beziehungen hatte.

Johannes hinkt, ist auf einem Auge blind, hat ein schiefes Gesicht und bereits ergraute Haare, kurzum: Er ist ein hässlicher Kerl. Er besitzt keinerlei Merkmale, die mich anziehen könnten. Ich liebe ihn nicht. Trotzdem habe ich ihn geheiratet, und dafür gibt es zwei Gründe.

Der erste ist, dass ich Schwangerschaft und Geburt am eigenen Körper erleben möchte. Dieser Wunsch mag schamlos und primitiv sein. Mir ist bewusst, dass man mich dafür verurteilt. Das nehme ich in Kauf.

In der modernen Welt der zivilisierten Kulturen hat sich auch die menschliche Emotionalität in hohem Maße differenziert und verfeinert. Homosexualität als pervertierte Orientierung ist inzwischen weit verbreitet und gilt nun sogar als avantgardistisch. Heutzutage können Frauen und Männer auch gut ohne geschlechtliche Beziehung leben. Ein historischer Wandel vollzieht sich. Eine Auflehnung gegen Gott, der alles erschuf.

Frauen trinken Loloa, um sich ineinander zu verlieben, Männer hingegen schnüffeln Cocola* aus dem gleichen Grund. Bis zum letz-

---

* Cocola: Ein braunes Pulver gegen Frauengeruch, das Homosexuelle schnüffeln, um sich gegen die Anziehungskraft von Frauen zu wappnen.

ten Jahrhundert folgten die Menschen noch primitiven Instinkten. Doch inzwischen haben sie ihr tierisches Herdendasein transzendiert und sich dem Göttlichen genähert.

Infolgedessen haben sich Frauen vollständig von der sexuellen Herrschaft emanzipiert und alle erdenklichen Freiheiten erlangt. Die Frauen des 20. Jahrhunderts, noch ganz dem Tierischen verhaftet, hielten Liebe, Geschlechtsverkehr, Schwangerschaft und Geburt für elementare menschliche Angelegenheiten. Sie hielten dies für romantisch, akzeptierten es als unvermeidliches Schicksal und verursachten übertriebene Tragödien. Was für eine Tollerei! Die Kultur unserer Republik jedoch hat diese animalischen Begierden überwunden und nun die reine und höchste Form der Liebe, nämlich die Homosexualität, etabliert.

Natürlich habe ich bisher Loloa und Sophia geliebt und ein anständiges Leben geführt. Jedoch ist ein Minimum an Schwangerschaften für den Bestand der Menschheit notwendig. Die Geburtsmedizin muss voranschreiten und sich weiterentwickeln. Das Motiv meiner Heirat mit Johannes war nicht der vulgäre und primitive Geschlechtstrieb, sondern ich will aus rein wissenschaftlicher Erfordernis den Geburtsakt erleben. Dafür muss ich mich nicht schämen.

Des Weiteren habe ich meinen Körper in den Dienst der Y-Hormon-Forschung gestellt. Dies geschah im Zuge meiner Ambition, die Kultivierung der Republik sowie den weiblichen Körper zu erforschen und zu vervollkommnen, selbst um den Preis des persönlichen Opfers.

Ich habe mich lediglich dreimal dem Experiment des Geschlechtsverkehrs unterzogen. Die Untersuchungsergebnisse von Speichel, Urin und Hautpigment bestätigen bereits meine Schwangerschaft. Anhand der Lichtbrechung mittels Ultraschallwellen wurde bestätigt, dass es ein Mädchen wird. Dr. Johannes hat bisher das Hormon nur einmal subkutan und zweimal intravenös injiziert und es einmal auf die Vagina aufgetragen und beobachtet regelmäßig den Verlauf. Nach meinen Berechnungen werde ich nach einer 128-tägigen Schwangerschaft das Kind gebären.

Nach dieser Studie werde ich mich selbstverständlich von ihm scheiden lassen und zu meinem geliebten Dasein mit Loloa und Frauen zurückkehren. So weit mein offizielles Statement.«

Der Reporter bat Dr. Johannes um seine Stellungnahme und legte das kurze Gespräch schriftlich nieder. Mit Schweißperlen auf der Stirn kam der Doktor angehumpelt und gab aufgeregt gestikulierend seinen Kommentar ab:

»Meine Damen und Herren, ich bitte Sie inständig um Rücksichtnahme! Patricia neigt zur typischen Gereiztheit in der frühen Phase ihrer Schwangerschaft. Verschonen Sie die Ärmste, sie braucht unbedingt Ruhe. Ihre nervöse Überspanntheit ist eine Nebenwirkung des Y-Hormons. Sollte meine verehrte Patricia eines Tages die Scheidung wünschen, kann ich sie nicht daran hindern. Für mich wäre das sehr tragisch, denn ich liebe sie von ganzem Herzen. Ohne sie kann ich nicht leben. Ich fürchte mich jetzt schon vor diesem Moment. Aber ich werde nicht eifersüchtig sein. Unser Gesetz verbietet eine solche Regung. Eifersucht ist eine Todsünde und die Ursache allen Unglücks. Liebe dagegen gewährleistet persönliche Freiheit, ohne den anderen zu binden. Wenn Liebe Verpflichtungen mit sich bringt, wiederholen sich die großen Tragödien der vergangenen Jahrhunderte. Moralisch ist es Sophia hoch anzurechnen, dass sie aus Liebeskummer sich selbst umgebracht hat und nicht die Partnerin. Wenn meine Patricia wieder anfängt, Loloa zu trinken, begehe ich vielleicht auch Selbstmord. Wirklich, ich sehe dem Tag mit Grauen entgegen. Ich würde lieber das Y-Hormon absetzen und ihre Schwangerschaft verlängern. Ach, welch kurzes Glück! Bitte haben Sie Verständnis für meine Gefühle.«

(7. Februar 2027, RU-Nachrichten, Aufzeichnung)

»Hier meldet sich die Hauptredaktion mit der Mittagsausgabe der Nachrichten. Es wird ausdrücklich empfohlen, täglich um 12:00 Uhr die dreißigminütige Sendung zu hören.

Zuerst berichten wir aus dem Roboter-Kontrollamt: Direktor Anselm hat dem Bundesparlament den Vorschlag unterbreitet, Robotern mit komplexen Funktionen eine moralische Komponente zu implantieren. Roboter nehmen heutzutage einen wesentlichen Teil des gesellschaftlichen Lebens ein, und ohne diese sittlichen Anpassungen sind diverse Gefahren zu erwarten. Als Beispiel nannte der Direktor die Unruhen am Neujahrstag in Rom und forderte die Versammlung energisch zum Handeln auf. Eine Sonderkommission wurde beauftragt, bald mit der eingehenden Untersuchung zu beginnen.

Nächste Nachricht:

Der Generalstabschef der Bundessicherheitswehr, Generalleutnant Junker Wilhelm, hat vom Bundesparlament die Bereitstellung von 20 Divisionen und 10.000 Kampfjets sowie die Lagerung von 50 Wasserstoffbomben gefordert. Da es im Plenum einige Meinungsverschiedenheiten gab, wird nun eine eigens gegründete Kommission die Angelegenheit überprüfen. Der General zeigte sich entschlossen, seine Forderungen durchzusetzen.

Nächste Nachricht:

Durch die Anwendung des Y-Hormons hat sich die Dauer einer Schwangerschaft bei Frauen bereits von der Hälfte auf ein Drittel verkürzt, wie aus den Forschungen von Dr. Johannes hervorgeht.

Diese Methode wird bereits vielerorts praktiziert. Diesbezüglich erhielt der Bundesausschuss für Gesundheit ein Protestschreiben von Dr. Philipp Sano. In diesem weist er darauf hin, dass das Y-Hormon bisher bei Rindern, Schweinen und Schafen zwar sehr erfolgreich gewesen sei, von einem chinesischen Veterinärmediziner jedoch auch über Missbildungen bei Ferkeln infolge der Kurzzeitschwangerschaften berichtet wurde. In der hoch entwickelten Republik ist neuerdings ein starker Zuwachs an Lahmen, Blinden sowie Missbildungen mit sechs Fingern zu verzeichnen. Dr. Sano warnt davor, dass es, wenn sich die Zahl der Menschen mit Behinderungen weiter erhöht, zu ernsthaften Problemen kommen kann. Aus diesem Grund hat der Ausschuss für Gesundheitsfragen gestern beschlossen, eine detaillierte Studie von Dr. Patricia einzuholen, die das Schwangerschaftshormon Y in persönlicher Anwendung erforscht. Auf Grundlage dieses Berichts sollen weitere Maßnahmen beschlossen werden.

Seitens des Gesundheitsausschusses gibt es noch zwei weitere Mitteilungen. Erstens: Das hormonelle Jungbrunnen-Präparat ›Youngeron‹, das den natürlichen Alterungsprozess aufhalten soll, ist ab morgen weltweit zugelassen. Es sollte jedoch beachtet werden, dass bei Menschen unter 45 die Einnahme möglicherweise einen beschleunigten Alterungsprozess bewirkt. Daher sei es nur Personen über fünfzig zu empfehlen. ›Youngeron‹ verhindert lediglich die sichtbaren Zeichen des Alterns, verlängert aber nicht die Lebensspanne. Der Tod tritt unvorhergesehen ein, ganz plötzlich und sanft. Das Mittel soll die negativen emotionalen und körperlichen Begleiterscheinungen des Alterns beseitigen und das Leben heiter und angenehm gestalten.

Ein weiteres neu eingeführtes Mittel fördert das Vergessen, ist jedoch kein Hormonpräparat. Bestehend aus Harnstoff, Arsen und

Auszügen aus der Myoga-Knolle wurde es eigens dafür entwickelt, junge Menschen, die an Liebeskummer leiden, vor dem Selbstmord zu bewahren. Dem gesunden Menschenverstand gemäß gilt es als normal, nach einer gescheiterten Liebe Selbstmord zu begehen, um sich nicht zum Gespött machen. Aus humanitärer Sicht wurde daher ein schnell wirkendes Mittel entwickelt, das die seelischen Qualen sofort vergessen lässt. Nach mehreren Jahren Forschung ist die Entwicklung nun endlich abgeschlossen. Es handelt sich um kleine, weiße Dragees mit einem süß-romantischen Geschmack. Nach der Einnahme von zwei Tabletten auf nüchternen Magen setzt nach etwa zwanzig Minuten, begleitet von leichter Benommenheit, ein Gefühl geistiger Erfrischung ein – das gebrochene Herz ist geheilt. Man vergisst sogar das Antlitz des geliebten Menschen. Das Medikament hat keinerlei Nebenwirkung, außer dass ca. zwei Stunden nach der Einnahme eine große Menge blauen Urins ausgeschieden wird. Der Handelsname lautet ›Forgettin‹. Eine mehrmalige Einnahme pro Monat ist jedoch untersagt, sonst besteht das Risiko, auch Wörter und alltägliche Handlungen zu vergessen, was schließlich zu einer irreversiblen Amnesie führen würde.

Nächste Nachricht:

Die nächste Nachricht erreichte uns vom Bundesinstitut für Trends, das die Modefarben für das Frühjahr 2027 ankündigt. Für die Damengarderobe wurde als Basiston Zitronengelb gewählt. Eine sanfte, angenehme Farbe, die sich sowohl für gemäßigte als auch tropische Klimazonen eignet und weißen wie farbigen Frauen vorzüglich steht. Die Hersteller von Nylon, Vinylon, Ulciron und Claron produzieren bereits in großen Mengen, sodass die Produkte spätestens Ende dieses Monats auf den Märkten frei erhältlich sein werden.

Die Herrenwelt wird sich in Preußischblau kleiden, entschied die Kommission. Die heitere, sportliche und jugendliche Farbe wird im Zusammenspiel mit dem Zitronengelb der Damen dem Frühling unserer Republik eine wundervoll beschwingte Note verleihen.

Bitte vergessen Sie nicht, beim Kauf von Konfektion in den neuen Modefarben Ihre alten Kleidungsstücke der letzten Saison zurückzugeben. Diese werden eingesammelt und dunkelbraun umgefärbt für die Uniformen der Roboter.

Das waren die heutigen Nachrichten aus der Hauptredaktion der Föderativen Republik.«

(Erläuterung 1)
Die 1982 gegründete Bundessicherheitswehr untersteht gänzlich dem Bundesparlament. Trotz der Bezeichnung ist sie nichts anderes als eine Art Schutzpolizei und abgesehen von leichten Maschinengewehren in keinem Land mit schwerem Geschütz bewaffnet. Pro 10.000.000 Einwohner sind 2.200 Roboter-Soldaten und etliche menschliche Offiziere eingesetzt. Außerdem befinden sich Flugzeuggeschwader mit zahlreichen Linien- und Transportflugzeugen im Umkreis der Großstädte. Dies wird für ausreichend befunden, um die öffentliche Sicherheit zu gewährleisten. Tatsächlich kommt die Streitkraft jedoch nicht zum Einsatz, sondern treibt Sport und vergnügt sich anderweitig. Die Vorschläge von General Junker Wilhelm sind als reine Aufrüstung zu deuten, womit er abermals primitive Kämpfe auf der Erde anzuzetteln versucht. Deshalb ist das Parlament zutiefst beunruhigt und erörtert die Angelegenheit in heftigen Debatten. Einige Redner, die dem deutschen Militär vorwarfen, immer wieder als Kriegstreiber aufzutreten, befanden den General deshalb als ungeeignet für die Sicherheitswehr und plädierten für seine

Entlassung. Die Unstimmigkeiten werden gewiss noch eine Weile andauern.

(Erläuterung 2)
Das Bundesinstitut für Trends wurde 2003 als Sonderausschuss von der Zentralbehörde der Föderativen Republik gegründet. Da alle Menschen gleich sind und es keine Diskriminierung gibt, verschwindet die überflüssige Individualität von selbst, Vorlieben und Geschmäcker gleichen sich an. Deshalb sind angesagte Trends im Großen und Ganzen beliebt. Neue Moden in Kleidung, Musik, Sport und Tanz verbreiten sich weltweit und lassen unsere Utopie in einem einheitlichen Ton erstrahlen.
In abgelegenen Bergdörfern ohnehin, aber auch auf den Marshall- und Karolineninseln sind genau dieselben Moden zu finden wie in London und Paris. Das Bundesinstitut bestimmt die neuen Trends, vereinfacht den Herstellungsprozess, verwaltet die Massenfertigungen von Textilien, Tonträgern und Sportgeräten und sorgt für die globale Verteilung.
Nur einige exzentrische Gelehrte verachten den zeitgenössischen Geschmack und kleiden sich in Fracks aus dem letzten Jahrhundert, trainieren Stabhochsprung oder trällern Schubert-Lieder, um unbedingt aus der Rolle zu fallen. Die Massen schenken ihnen jedoch keine Beachtung, sondern erfreuen sich gleichermaßen an den jeweiligen Trends. Der im letzten Jahr veröffentlichte ›Love-Song‹ von Flora Victoria war selbst in den entlegensten Gegenden Alaskas und im Himalaya-Gebirge zu hören, und ihre Ohrgehänge mit dem grünen Stein schmücken nun Frauen auf der ganzen Welt. Laut Dr. Philipp Sanos scharfsinniger Überlegung hängt es

damit zusammen, »dass es an eigenständigem Denken fehlt und die Leute ziemlich hohl sind, weshalb sie sich von Modetrends beherrschen lassen.« Solange das Leben sorgenfrei und die Gesellschaft friedlich und fröhlich ist, scheint es jedoch niemanden zu interessieren, worüber man nachdenkt oder wie eigenständig das Denken ist.

Dr. Philipp fügt hinzu: »Wenn die Individualität abgeschafft wird, gewinnt Sport an Popularität, denn im Sport werden Wettkämpfe ausgetragen, es geht um körperliche Überlegenheit, unabhängig von intellektueller Eigenständigkeit.«

In unserer utopischen Gesellschaft ist Individualität verzichtbar. Es gilt vielmehr, die Unterschiede zu beseitigen. Die Bemühungen des Bundesinstituts für Trends sind genau darauf ausgerichtet.

(11. Februar 2027, Guangdong, UA)

Gestern Abend gegen 21:20 Uhr brach ein Feuer in einer Abstellkammer im östlichen Turm der staatlichen Kinderheims Guangdong aus. Feuerwehr, Rettungsmannschaften und Bürger versuchten vergeblich, den Brand zu löschen. Das Areal von fast 2.000 Quadratmetern mit Ostturm und den angrenzenden Gebäuden fiel den Flammen komplett zum Opfer, bevor das Feuer gegen 23:00 Uhr unter Kontrolle gebracht werden konnte. Glücklicherweise konnten die 706 Kinder, die sich in der Einrichtung befanden, sofort in die windgeschützte Richtung evakuiert werden, sodass niemand zu Schaden kam.

Auf dem betroffenen Gelände wurde eine umhergeisternde Frau namens Yuqin Liu (33) als mutmaßliche Brandstifterin verhaftet und anschließend vernommen. Sie ist eine attraktive Erscheinung mit einem verführerischen Mund, sichelförmigen Augenbrauen sowie einem wohlgeformten Busen und Po. Nach bisherigen Erkenntnissen ist sie die Frau von Yingde Liu. Aus der Ehe sind fünf Kinder hervorgegangen. Gemäß der strengen Geburtenkontrolle der Republik dürfen nur die ersten drei Kinder, alle Töchter, bei der Familie bleiben; ihre beiden jüngeren Söhne wurden ihnen weggenommen und in einem staatlichen Kinderheim untergebracht.

Yuqin ist ein Fall von ausgeprägtem primitiven Mutterinstinkt, wie er den Orientalinnen eigen ist. Sie widersetzte sich den Bitten ihres Mannes und klagte vor dem Guangdong-Gericht der Republik auf Rückgabe der beiden Kinder, verlor jedoch Ende Januar, da es keinen rechtlichen Anspruch darauf gab. Dies führte zu ihrer geistigen Verwirrung. Als ihr Mann sie zum Suizid drängte, tobte sie erst recht und geriet außer Rand und Band. Schließlich verließ sie gestern das Haus, um das staatliche Kinderheim, in dem ihre Kinder untergebracht waren, in Brand zu setzen und ihre Söhne zurückzuholen.

Das Geständnis der Täterin im Originalton:

(Aufzeichnung)

»Wo ist Ihr Mann angestellt?«

»Yingde Liu arbeitet in einer Fleischkonservenfabrik.«

»Kennen Sie das Gesetz der Geburtenkontrolle?«

»Ja, das kenne ich gut.«

»Warum haben Sie fünf Kinder zur Welt gebracht?«

»Ich wusste, dass sie mir weggenommen werden.«

»Und warum haben Sie sie trotzdem geboren?«

»Anfangs wollte ich nur drei haben.«

»Aus welchem Grund?«

»Wenn man drei Kinder hat, bekommt man dementsprechend drei Rationen. Ich hatte vor, meine Töchter Robotern zu überlassen und die Rationen für mich in Anspruch zu nehmen.«

»Warum sind Sie so erpicht auf Eigentum?«

»Es ist schön, etwas zu besitzen. Die Kinder sterben früher oder später, und dann kann ich ja wieder eins gebären.«

»Mögen Sie keine Kinder?«

»Mädchen empfinde ich als Belastung.«

»Und Jungen?«

»Mein Mann wollte unbedingt einen Sohn haben und hat mich gezwungen, ihm einen zu schenken. Aber nach der Geburt gewann auch ich den Jungen lieb. Er ist mir jedoch weggenommen worden. Das hat mich gewurmt und deshalb habe ich einem weiteren Jungen das Leben geschenkt.«

»Haben Sie nie daran gedacht, keine Kinder mehr in die Welt zu setzen?«

»Das ist doch ganz und gar meine Angelegenheit. Zwei Kinder wurden mir weggenommen. Ich finde die Regelung grausam, auch wenn es das Gesetz so vorschreibt. Ich werde das Kinderheim immer wieder abfackeln, bis man mir meine Söhne zurückgibt.«

»Das ist ja der totale Irrsinn.«

»Ganz meine Meinung!«

»Liebt Ihr Mann Sie?«

»Er ist verrückt nach *keirin*.«

»Nanu, ist Radrennen denn so spannend?«

»Für ihn schon. Es macht ihm enormen Spaß.«

»Wirklich? Kaum zu glauben. Früher, als man noch wetten konnte, mag das vorstellbar gewesen sein. Aber inzwischen ist das Geld doch abgeschafft. Wo ist da der Spaß?«

»Mein Mann wettet leidenschaftlich gern.«

»Ach, wie soll das denn gehen?«

»Er wettet mit Frauen.«

»Und um was wetten sie?«

»Die Frauen bieten ihren Körper an, als Einsatz.«

»Wie bitte? … Wie läuft das denn ab?«

»Wenn mein Mann gewinnt, gehört ihm eine Nacht mit ihr.«

»Verstehe, das klingt aufregend. Und was machen Sie indessen?«

»Mich macht das verrückt, deshalb wette ich mit anderen Männern.«

»Und geben Sie sich ihnen hin, wenn Sie verlieren?«

»Unbedingt, egal, ob ich gewinne oder verliere.«

»Reagiert ihr Mann da nicht eifersüchtig?«

»Eifersucht ist gesetzlich verboten.«

»Sind Sie sicher, dass er der Vater der fünf Kinder ist, die Sie geboren haben?«

»Keine Ahnung, wer der leibliche Vater ist, aber immerhin habe ich sie geboren. Bei anderen Müttern weiß ja eigentlich auch niemand, wer der Erzeuger ist.«

»Trinken Sie denn kein Loloa?«

»Ich hab's mal ausprobiert, aber ich steh nicht auf Frauen. Männer sind reizvoller, weil sie unberechenbar sind. Man weiß nie, was sie einem antun.«

Unerwartet hat dieses Verhör eine primitive kriminelle Psyche aufgedeckt, ganz im Widerspruch zur heutigen Kultur. Der Gedanke, drei Kinder zu bekommen und mit den Zuwendungen Vermögen anzuhäufen, ist nichts anderes als ein urtümlicher Sammelinstinkt, wie er bei Ameisen oder Bienen zu finden ist. Die Geschichte des Privateigentums hat sich über Jahrtausende erstreckt, und selbst in unserer utopischen Gesellschaft, wo unbegrenzte Ressourcen unter allen aufgeteilt werden, ist solch ein niedriger Instinkt, seinen Reichtum abzugrenzen und sein kleines Vermögen zu schützen, nicht auszurotten.

Wetten, wie hier beim Radrennen, sind zwar gesetzlich nicht verboten, doch aus Gründen der sportlichen Integrität wird der Ehemann Yingde Liu in Kürze als Zeuge vorgeladen, um seine Aussage zu machen.

Glücksspiel bedient auch eine Art Instinkt, und obwohl der Einsatz von Geld keinen Reiz mehr hat, wird das promiske Wetten in Mode kommen. Die Brandstifterin Yuqin Liu wird vorsichtshalber vom Gesundheitsamt untersucht, da man sie für geistesgestört beziehungsweise minderbegabt hält – ein außergewöhnlicher Vorfall in unserer heutigen Zeit.

(Erläuterung)

Das Gesetz der Geburtenkontrolle ist der wichtigste Artikel in der Verfassung der Föderativen Republik. Das Bundeskontrollamt ermittelt die Bevölkerungszahl eines jeden Staates und sorgt für eine Begrenzung des Anstiegs.

Der Vorsitzende der Kommission Ezra Rosamond hat dies in seiner Neujahrsansprache mit aller Deutlichkeit in sechs Paragrafen erklärt: »Wir müssen unser Verlangen nach Nachwuchs beschränken.«

Die Geschichte des Gesetzes zur Geburtenkontrolle begann mit dem Vorschlag des philippinischen Abgeordneten bei der Genfer Weltfriedenskonferenz, direkt im Anschluss an den Vierten Weltkrieg. Er argumentierte, dass das Bevölkerungswachstum die unmittelbare Ursache von Kriegen sei. Daher sei es eine günstige Gelegenheit, nach der drastischen Reduzierung der Weltbevölkerung durch den Krieg nun eine strenge demografische Beschränkung einzuführen.

Allerdings wandten sich Länder wie die USA, Brasilien, Indien, Nigeria und Äthiopien dagegen, weil eine Bevölkerungsreduktion auch eine Verringerung der Produktion bedeuten würde. Daraufhin trat der Schweizer Vertreter ans Podium und sagte: »Die Produktionsreduzierung lässt sich durch Roboter kompensieren. Unser Land, die Schweiz, stellt seit einigen Jahren Maschinen her und setzt Roboter in Werften ein. Die Ergebnisse sind beachtlich, die Effizienz übertrifft die menschliche Arbeitskraft und sie funktionieren so gut wie fehlerfrei. Wir sollten sie in Massen herstellen und damit die Lücken in der arbeitenden Bevölkerung schließen.«
Seitdem hat jeder Staat massenhaft Roboter nach dem Schweizer Modell erzeugt, um die Produktivität zu steigern und den Wiederaufbau nach dem Krieg zu vollenden, wodurch der weltweite Wohlstand floriert. Zugleich wurde nach humanistischen Gesichtspunkten das Gesetz zur Geburtenkontrolle eingeführt, um zukünftige Kriege zu verhindern.
Jede Frau darf prinzipiell bis zu drei Kinder gebären. Ab der vierten Geburt wird das Kind vom Staat einkassiert und im Heim untergebracht, wo es dann mit zwölf Jahren sterilisiert wird. Auf Wunsch können Kinder dann auch zu ihren Eltern zurückkehren, jedoch ohne die Fähigkeit, sich fortzupflanzen, wodurch der Bevölkerungszuwachs eingedämmt wird.
Falls eines der drei verbliebenen Nachkommen stirbt, darf ein im Heim untergebrachtes Kind freigelassen werden. Sollte das Kind bereits das zwölfte Lebensjahr erreicht haben, besteht keine Gefahr des Bevölkerungszuwachses, da seine Zeugungsfähigkeit eingeschränkt ist.
Sobald es jedoch erste Anzeichen für einen Bevölkerungszuwachs gibt, wird die Anzahl der Kinder auf zwei begrenzt.

Umgekehrt kann bei einem Bevölkerungsschwund das Limit auf vier hochgesetzt werden.
Mit der Entwicklung des kulturellen Niveaus haben Frauen ihre körperliche Fitness eingebüßt und ihre Organe tendieren zur Degeneration. Die Schwangerschaftsrate ist hoch, aber ebenso die der Kindersterblichkeit. In den Heimen auf der ganzen Welt herrscht reger Betrieb, und verzweifelte Mütter reichen beim Bundeskontrollamt Beschwerden ein, was dessen Mitarbeiter permanent überfordert.
Vom humanistischen Standpunkt aus äußern manche Wissenschaftler Bedenken gegen die verordnete Einschränkung der Fortpflanzungsfähigkeit. Aber da es auf der Hand liegt, dass ein Bevölkerungswachstum nur wieder zu Kriegen und Armut führen würde, muss das Gesetz strikt befolgt werden, um das Gemeinwohl über das individuelle Glück zu stellen.

(18. Februar 2027, New York, UNP)

Weltstar Flora Victoria traf heute um 17:00 Uhr in New York ein. Sie wird beim zehntägigen Opernfestival mitwirken. Als Reporter flog ich mit ihr gemeinsam von London aus und verbrachte eine angenehme Zeit mit kulinarischen Genüssen an Bord.

Das Thema der extremen Kälte in der nördlichen Hemisphäre ist derzeit in aller Munde, und einige Wissenschaftler verkünden die düstere Prognose, dass uns eine fünfte Eiszeit bevorsteht.

Der Hudson River ist komplett zugefroren und hat sich in eine riesige Eisbahn verwandelt. Ebenso die Themse, kein Schiff kommt mehr voran. London hat in den letzten zwei Monaten nicht einen einzigen Sonnenstrahl gesehen und ist in grauweißen Nebel gehüllt. Eiszapfen hängen den Einwohnern vom Kinn herab. Beim Abflug war die Sicht so schlecht, dass es ein riskanter Start war.

Als wir die Wolkendecke durchbrachen, sahen wir den klaren Vollmond. Der Flug nach New York dauerte zweieinhalb Stunden. Währenddessen wanderte der Mond immer weiter nach Osten und der dunkle Himmel im Westen begann allmählich heller zu werden. Dann erblickten wir die untergehende Sonne. Ich stellte meine Armbanduhr von sieben auf sechs und dann auf fünf Uhr zurück, überholte so den Fluss der Zeit und gewann einen Tag zurück, als wir in New York landeten.

(Anmerkung: Wir flogen zweieinhalb Stunden westwärts und sahen so den bereits untergegangenen Sonnenuntergang erneut.)

Die Begleiter der Diva waren Belgier, Briten, Portugiesen und Mexikaner – insgesamt zehn Herren, allesamt lustige Gesellen. Vor lauter Übermut mischte sich der Belgier Gift in seinen Drink und nahm sich somit gut gelaunt das Leben. Die übrigen neun Liebhaber schmückten seine Leiche mit Blumen, öffneten in der Abenddämmerung die Luke und warfen sie fröhlich summend über dem Atlantik von Bord. Daraufhin stießen sie miteinander an, um ihrem lustigen Kameraden Lebewohl zu sagen.

Flora ist fast vierzig, aber strahlt immer noch wie ein Engel und wirkt so frisch wie ein junges Mädchen. Sie genießt ihre Freiheit und das Leben. Dass der Belgier sich das Leben nahm, hatte wohl damit zu tun, dass er während der Reise eine halbe Stunde mit Flora im Bett einer separaten Kabine verbracht und sich damit einen Traum erfüllt hatte, dem er schon ein halbes Jahr hinterhergeschmachtet hatte.

Reporter: »Würden Sie mir verraten, warum Sie Loloa verabscheuen?«

Flora: »Weil mein Körper für Männer geschaffen ist. Meine Schönheit ist ihnen gewidmet. Ich singe für die Herren der Schöpfung.«

»Unzählige Frauen sind ebenfalls verliebt in Sie.«

»Eine einseitige Liebe von Seeohren, die gehen mich nichts an.«

»Im zwanzigsten Jahrhundert galt Monogamie als moralischer Grundsatz. Was halten Sie davon?«

»Ach ja? Das erstaunt mich. Gab es wirklich so eine Moral? Die Menschen früher waren wirklich Sonderlinge. Wie einengend das gewesen sein muss! Dass Frauen so unterdrückt wurden! Die reinste Hölle, oder?«

»Damals herrschte die Meinung, Monogamie sei sittsam, da wir Menschen uns darin von den Tieren unterscheiden würden.«

»Was für eine Verschwendung! Selbst wenn mir hundert Männer gefielen, würde ich mit keinem einzigen zusammenbleiben. Was wird dann aus den neunundneunzig anderen? Das wäre traurig für sie und ebenso für mich! Wenn das Gesetz unserer Republik Eifersucht unter Strafe stellt, muss die Liebe frei sein, um solche besitzergreifenden Regungen zu vermeiden. Warum die Frauen Loloa trinken, begreife ich nicht. Diese lesbischen Anwandlungen sind doch absurd!«

»Wohin führt Sie die Reise nach der Aufführung in New York?«

»Ich wollte einen Monat Urlaub machen, um mich zu entspannen, aber die vom Nationalen TV-Sender übertragene Sängerin … Anna Kaminija …«

»Oh ja, Anna in Japan und ihr fantastischer Gesang! Ich war hin und weg.«

»Aha, Sie finden das also auch! Ich habe beschlossen, nach Tokio zu fliegen und mich mit ihr zu messen, sodass die Welt einsehen muss, wer die Bessere von uns ist.«

Mit selbstbewusstem Lächeln hob Flora ihr Glas hoch. Was für eine Sensation! Wenn der Wettbewerb tatsächlich stattfinden sollte, wäre das ein Publikumsmagnet.

(22. Februar 2027, UA-Redaktion Tokio)

Auf dem Hügel in Tokio-Kudan steht das Gebäude des Roboter-Entwicklungsinstituts, ein exotisch anmutender Bau aus rosafarbenem Synthesekautschuk mit sieben Türmchen, heute verschwommen im Dunst. Wegen Flora Victorias Herausforderung zum Sängerinnen-Wettstreit ist Annas Popularität um das Zehnfache gestiegen. Der Rundfunkdirektor Kusano ist gestern gemeinsam mit George Hamada nach Sachalin geflogen, um Anna zur Teilnahme zu überreden, aber offenbar ohne Erfolg.

Das Büro des Chefingenieurs Hamada befindet sich im fünften Stock und erstreckt sich über zwei große Räume, in denen Prototypen von Robotern aus aller Welt ausgestellt sind. George Hamada saß mit aufgestütztem Kinn am durchsichtigen Vinylon-Schreibtisch und betrachtete nachdenklich den Rauch seiner Pfeife.

Die makellos wächserne Hand der zauberhaft schönen Roboter-Sekretärin bot mir eine Zigarre an.

»Was für ein herrliches Roboterweib. Selbst in der Großstadt Tokio wird man nirgendwo einem so aparten Frauenzimmer begegnen.«

Hamada erwiderte lächelnd: »Es ist doch die reinste Ironie, dass ein von Menschenhand erschaffenes Produkt schöner als der Mensch selbst ist. Ich frage mich manchmal, ob die Technik unsrer Republik nicht brillanter ist als ihre Erzeuger. Die Technik ist der Menschheit vorausgeeilt, und das führt zu einem Dilemma, das den

Untergang der Zivilisation heraufbeschwört. Ich sehe diese Gefahr kommen. Zum Beispiel sind die heutigen Roboter so ausgeklügelt entwickelt, dass sie außer Kontrolle geraten und anfangen, sich wie eigenständige Lebewesen zu verhalten. Die Roboter in Java sollen unter der Leitung von Dr. Maharajo eine Art Gewerkschaft gebildet haben. Nächste Woche werde ich an einer Ethik-Kommission in Cape Town teilnehmen. Es bleibt eine heikle Frage, was passiert, wenn man Robotern Moral beibringt.«

»Was genau sind Ihre Aufgaben in der Verwaltung?«

»Wir kümmern uns um die Herstellung, Lagerung, Instandsetzung und Verteilung. In Japan gibt es sieben Werke, vierundzwanzig Reparaturbetriebe, fünfundvierzig Vertriebsbüros mit Produktionslagern. Das alles zu regeln, verbesserte Entwürfe zu liefern und die benötigten Materialien bereitzustellen – ist eine Heidenarbeit.«

»Wie hoch ist die Produktionskapazität?«

»In den sieben Fabriken werden täglich 14.000 Exemplare hergestellt. Monatlich wären das 420.000, jährlich circa fünf Millionen. Davon werden circa eine Million in Cellophan verpackt in luftdichten, trockenen Lagern aufbewahrt. In Japan gibt es 38 Millionen Roboter, was bedeutet, dass im Prinzip auf jeden Einwohner ein Roboter kommt. Anhand der Produktionskapazität lässt sich die Lebensdauer eines Roboters hierzulande auf etwa sieben Jahre schätzen. Es gibt nur wenige Importe und entsprechend viele Exporte.«

»Arbeiten in den Fabriken nur Menschen?«

»Nein, überwiegend Roboter. Das heißt, Roboter erzeugen Roboter. In einer Fabrik sind rund 4.000 Roboter beschäftigt. Etwa 600 Menschen arbeiten dreischichtig abwechselnd jeweils drei Stunden für einen neunstündigen Betrieb, das heißt 200 Menschen kontrollieren stets 4.000 Roboter. Es ist eigentlich kurios, dass Roboter Roboter fertigen – eine Art *perpetuum mobile*. Was würde geschehen, wenn die Roboter unbeaufsichtigt endlos Roboter herstellen könnten? Das birgt gewisse Gefahren.«

»Das ist tatsächlich eine riskante Entwicklung … Wann sind Sie eigentlich zurückgekehrt?«

»Gestern Abend, zusammen mit Herrn Kusano.«

»Alle sehen erwartungsvoll dem Auftritt von Anna Kaminija entgegen.«

Hamadas Blick verdüsterte sich augenblicklich. Nachdenklich schaute er aus dem Fenster auf die kalte, regnerische Stadt. Er schwieg eine Weile, offenbar um seine Fassung wiederzuerlangen. Dann sagte er seufzend: »Ich kann Anna gut verstehen.«

Seine Worte klangen bekümmert, und es wäre ratsam gewesen, ihn in Ruhe zu lassen. Doch als erbarmungsloser Journalist konnte ich ihn nicht verschonen und wühlte alles noch mehr auf.

»Anna hat Talent, aber gegen die Diva unserer Republik traut sie sich wohl nicht anzutreten, stimmt's? Zumal sie als Autodidaktin keine professionelle Gesangsausbildung vorzuweisen hat.«

Mit der Absicht, Hamada zu reizen, um ihn aus der Reserve zu locken, stellte ich ihm provokative Fragen. Er bewahrte jedoch seine Contenance und wies meine Kritik sachlich zurück.

»Sie beurteilen das nicht aus künstlerischem Interesse, sondern mit einer sensationslüsternen Neugier. Und so verhält sich auch die Mehrheit der Leute. Das ist genau der Grund, weshalb Anna sich weigert aufzutreten. Sie will nicht zum bloßen Objekt degradiert werden. Floras Gesang ist von unvergleichlicher Kunstfertigkeit, während Annas Gesang autodidaktisch und naiv ist. Es wäre also vermessen, mit einer Bauernweise konkurrieren zu wollen. Ich dulde es nicht mehr, dass Annas Gesang weltweit aufgeführt wird. Vielmehr möchte ich ihren Liedern ganz allein lauschen, tief im unberührten Wald, wo Bären und Füchse hausen. Annas Gesang ist wie das Lied einer wilden Bestie, man findet ihn sonst nirgendwo auf der Welt.

Ich liebe Anna. Das lässt sich nicht mehr leugnen. Einen ganzen Monat lang habe ich versucht, ihrem Zauber zu widerstehen, doch es war vergebens.

Es gibt zwei schlimme Erfindungen der menschlichen Zivilisation. Zum einen war die Einführung des Geldes der Ursprung allen Übels: Mord, Raub, Betrug, Korruption, die Vermarktung des Körpers und der Freiheit. Dies hat sich dahingehend pervertiert, dass Geld wichtiger wurde als der Mensch selbst. Bis ins letzte Jahrhundert waren die Menschen Sklaven des Geldes, doch unsere Republik hat die große Revolution vollbracht, indem sie das Währungssystem abschaffte.

In der Geistesgeschichte war die Erfindung der Liebe Ursprung aller Sünden der Menschheit. Sie zerstörte den Frieden, die Ordnung, hebelte Gesetze aus und ließ zu, dass die Seele vom Teufel besessenen wurde. Liebe macht die Menschen noch brutaler als wilde Bestien – sie töten, betrügen, misstrauen und verraten einander, nur um sich zum Schluss selbst zu vernichten. Der Trojanische Krieg entbrannte wegen Helena, Rom führte Krieg gegen Ägypten wegen Kleopatra, Othello tötete aus Eifersucht – alles um der Liebe willen. Im Tierreich werden auch Kämpfe ausgetragen, aber keine sündigen, denn Tiere verlieben sich nicht.

Bis ins letzte Jahrhundert wurde die Liebe als das Nonplusultra angesehen, und deshalb nahmen die gesellschaftlichen Tragödien kein Ende. Doch obwohl ich die Liebe verachte, liebe ich Anna. Diese verdammte Liebe lässt mich zum Sünder und Teufel werden, aber ich kann mich nicht dazu durchringen, in dieser Leidenschaft zu ertrinken. Es fehlt mir der Mut, alles aufzugeben, nach Sachalin zu gehen und mit Anna eine glückliche Familie zu gründen.

Anna trinkt Loloa, wäre aber bereit, damit aufzuhören und zu heiraten. Nichtsdestotrotz ist mein Blut an das vergnügte Leben in der Stadt gewöhnt. Ich bringe nicht die Courage auf, mich auf die unerbittliche Natur in Sachalin einzulassen. Anna hingegen hasst die Großstadt und genießt die Freiheit der Wildnis, sie verachtet die Hochkultur unserer Utopie. Wir wissen beide nicht, wie wir aus diesem Dilemma rauskommen.«

Wie öde doch Liebesgeschichten anderer Menschen sind! Ein Gähnen unterdrückend, nahm ich die Roboter-Schönheit unter die Lupe. Wenn man ihr ein Musiksystem installieren würde, könnte aus ihr eine tolle Darstellerin werden. Als ich mich mit diesen Flausen im Kopf von George Hamada verabschiedete, fühlte sich seine rechte Hand eiskalt an.

(25. Februar 2027, São Paulo, UA)

Gestern gegen 18:50 Uhr begannen zwei der insgesamt 46 Roboter, die in der Kaffee- und Lebensmittelfabrik an der achten Seebrücke in Santos arbeiten, plötzlich zu randalieren. Sie schlugen den Aufseher Geraldo (59) mit Eisenstangen tot und flohen in Richtung Innenstadt. Als die Einsatzkräfte die Verfolgung aufnahmen, sprang einer der Roboter in einen Schnellbus mit Kernenergieantrieb und tauchte in São Paulo unter.

Nach der Eilmeldung hatten sich dreißig Beamte an der Endhaltestelle postiert, um den Flüchtenden abzufangen. Doch der Roboter sprang unterwegs aus dem Fahrzeug und verschwand über den Vale do Anhangabaú im Menschengewühl der Rua São Bento, wo er ins Hotel de Paraná in der Rua do 15 Novembre direkt auf die Café-Terrasse stürmte. Dort schnappte er sich eine Flasche hochprozentigen Cachaça von einem Tisch und trank sie in einem Zug aus. Funken sprühten aus seinem Hals, und unter wilden Zuckungen brach er schließlich zusammen. Übrig blieb ein Schrotthaufen – ein klarer Fall von Selbstmord eines Roboters.

Der andere Roboter rannte derweil durch die Straßen und durchquerte die Zuckerrohrfelder im Randgebiet, bis er zur Ananas-Konservenfabrik gelangte. Die Einsatzkräfte umstellten die Fabrik, in der sich 3.200 Roboterarbeiter befanden, doch konnten sie den Täter nicht identifizieren, da alle dieselbe dunkelbraune Uniform trugen und sich in Aussehen und Bauart glichen. Schließlich wurden alle Roboter festgenommen und mit großem Aufwand einzeln überprüft. Nach gründlicher Untersuchung entdeckte man einen Roboter mit Blutflecken auf seinem Uniformärmel. Er wurde in Handschellen abgeführt und mit einem Strick festgebunden. Nun soll eine Untersuchungskommission die Ursache klären. Da es sich um einen Angriff auf einen Menschen handelt, herrscht große Aufregung in der Öffentlichkeit.

(26. Februar 2027, São Paulo, UA)

Aufgrund des Vorfalls in Santos wurde heute Morgen von 9:00 Uhr an der oberste Gerichtshof von Ipiranga einberufen. Mehr als tausend Zuschauer füllten den Raum bis auf den letzten Platz, sogar auf dem Flur draußen tummelten sich Schaulustige. Der beschuldigte Roboter wurde vom Gerichtsdiener, der ihn vor sich her schubste, in Handschellen in den Saal gebracht, doch trotz wiederholter Fragen des Richters und der Anwälte verweigerte er jede Aussage und machte von seinem Schweigerecht Gebrauch, was die Verhandlung lahmlegte.

Notgedrungen wurde der Roboter am Nachmittag in einer Kontrollstation auseinandergenommen und untersucht. Dabei stellte sich heraus, dass er aus sowjetischer Produktion stammte und mit einer roten Photozelle ausgestattet war. Dieses Modell ist bekannt für häufige Defekte und Fehlfunktionen. Die Behörden vermuten, dass der Roboter auf illegalem Weg eingeschleust wurde, und untersuchen die Umstände weiter.

(27. Februar 2027, Moskau, UA)

Stellungnahme von Herrn Mischtschenko (Vorsitzender im Roboter-Verwaltungsrat der Sowjetunion):
»Brasilien hat reklamiert, dass der Roboter aus dem Vorfall in Santos aus sowjetischer Produktion stammt. Die mit den roten Photozellen sind jedoch ausrangierte Modelle, die vor vierzig Jahren hergestellt wurden. Dass bei einem so veralteten Roboter Fehler auftreten, ist zu erwarten, und es ist unzumutbar, uns dafür verantwortlich zu machen. Die Sowjetunion produziert längst modernere Roboter. Auf Wunsch können wir diese gerne exportieren.«

(1. März 2027, Batavia, UA)

Bei der heutigen Sitzung des indonesischen Parlaments, die weltweit Beachtung fand, wurde ein strittiger Gesetzesentwurf eingebracht. Es geht darum, ob die Gründung einer Gewerkschaft für Roboter in der Landwirtschaft zugelassen werden soll oder nicht. Um der Verhandlung dieses Präzedenzfalls in unserer glorreichen Republik beizuwohnen, sind etwa dreihundert Vertreter des RU-Hauptquartiers sowie Delegierte aus aller Welt angereist. Sollte der Entwurf angenommen werden, könnten weltweit Robotergewerkschaften entstehen, was eine wirtschaftliche Revolution in unserer Republik auslösen würde. Im klimatisierten Sitzungssaal herrschte eine unheimliche Stille, in der kaum Applaus zu hören war.

(Aufzeichnung)

Dr. Maharajo (Professor an der Universität Surabaya):

»Verehrte Damen und Herren, was halten Sie von dem Vorfall, der sich kürzlich in Santos ereignet hat? Gestern bin ich dorthin geflogen, um die Umstände vor Ort zu untersuchen, und heute früh zurückgekehrt. Die Untersuchungsergebnisse sind schockierend: Genau das Szenario, das ich kürzlich im Wirtschaftsforum prophezeit habe, hat sich bewahrheitet. Bei dem Vorfall in Santos waren es Roboter in einer Kaffeeverarbeitungsanlage, die unter brutalen Bedingungen nonstop 24 Stunden am Band standen und insgeheim auf eine Gelegenheit zum Aufstand lauerten. Dass dies nicht zu einem großen Streik eskalierte, war reines Glück, doch wenn die Arbeitsbedingungen nicht verbessert werden, wird es früher oder später zu einem großen Eklat kommen. Warnende Beispiele liefern die Französische und die Russische Revolution wie auch die kommunistischen Revolutionen in Japan und Amerika, wo die Ursachen jeweils dieselben waren: Die Machthaber übten ihre Herrschaft aus, indem sie die einzelnen Bürger ausbeuteten.

Die Zivilgesellschaft unserer Republik ist hochgradig bourgeois und beutet siebzehn Millionen Roboter gnadenlos aus. Roboter sind nichts weiter als Maschinen, mögen Sie sagen und darüber lachen. Aber Maschinen sind auch Wesen. Sie sind definitiv Wesen. Sie haben vielleicht kein Leben im biologischen Sinne, doch das allein ist nicht ausschlaggebend.

Die Maschinen leben von Strom, Benzin oder Atomkraft. Darüber hinaus existieren sie dank einer mysteriösen Kraft, es mag kosmische Strahlung sein, oder vielleicht sind es Magnetfelder des Universums. Der Beweis dafür ist, dass der Roboter in Santos einen Menschen getötet hat. Roboter haben eine eigene Existenzform, die anders funktioniert als unsere.

Daher ist die Zeit, darüber zu diskutieren, ob wir die Gründung einer landwirtschaftlichen Gewerkschaft zulassen sollen oder nicht, vorbei. Es droht unmittelbare Gefahr. Bald werden ähnliche Vorfälle wie in Santos weltweit auftreten. Wir müssen die Gründung von Gewerkschaften unverzüglich genehmigen, Arbeitsgesetze erlassen, die Nutzung von Robotern einschränken, regelmäßige Pausen einführen, das Dreischichtsystem durchsetzen und Nachtarbeit abschaffen.«

Der Abgeordnete Mank Alam:

»Wenn wir den Bauernverband für Roboter genehmigen und ihre Forderungen akzeptieren, wird die Produktion sofort zurückgehen, die Wirtschaft der Republik im Nu verarmen und ein neuer Krieg ausbrechen.«

Dr. Maharajo:

»Wir könnten stattdessen die vorgeschriebene Arbeitszeit der Menschen von drei Stunden auf fünf bis acht Stunden verlängern, um den Rückgang der Produktion aufzuhalten.«

Der Abgeordnete Mank Alam:

»Am Ende werden wir wieder zu Proletariern. Wenn wir acht Stunden arbeiten müssen, brauchen wir die Roboter ja nicht mehr. Wenn die tatsächlich so gefährlich sind, wie Sie behaupten, dann sollten wir sie bei dieser Gelegenheit vollständig abschaffen.«

Dr. Maharajo:

»Ihre Auffassung ist erstaunlich anachronistisch. Es steht schließlich außer Frage, ob die heutige Kultur ohne maschinelle

Zivilisation funktionieren würde. Das 20. Jahrhundert war nichts anderes als eine Geschichte des Konflikts zwischen Kommunismus und Liberalismus. Das 21. Jahrhundert stellt uns vor die Herausforderung, im Konflikt zwischen Maschinen und menschlicher Kultur einen Ausgleich zu finden. Ohne Menschen gibt es keine Maschinen, und ohne Maschinen gibt es keine Kultur. Um diese schicksalhafte Beziehung nicht zu zerschlagen, müssen beide Seiten angemessen kooperieren und den Frieden wahren.«

Der Abgeordnete Jipa Mangaraja:

»Ich möchte Ihnen eine Frage stellen, Dr. Maharajo. Wenn, wie Sie sagen, die Gewerkschaften und Rechte der Roboter anerkannt werden sollen und eine Zusammenarbeit anzustreben ist, was wird dann aus unserer Freiheit? Der Mensch hat die Roboter erschaffen, um seine Freiheit zu sichern und sich von qualvoller und lästiger Arbeit zu befreien. Doch nun erkennen Sie die Freiheit der Roboter an und schränken die Freiheit des Menschen ein. Das ist wirklich eine abstruse Vorstellung.«

Der Abgeordnete Mank Alam:

»Ich würde die Diskussion gern vorantreiben. Nur Dr. Maharajo scheint diese Meinung zu vertreten; die meisten Abgeordneten sind offenbar dagegen. Auch wenn es sich um einen bedeutsamen Vorschlag handelt, halte ich es für verfrüht, darüber zu verhandeln. Lassen Sie uns zum nächsten Punkt auf der Tagesordnung übergehen.«

Dr. Maharajo:

»Von wegen verfrüht! Es wäre korrekt, mittels einer ordentlichen Abstimmung zu klären, ob es mehr Gegner oder Befürworter gibt.«

Negara, der Parlamentspräsident, schwang das Glöckchen und forderte zur Abstimmung auf.

Alle Abgeordneten betraten der Reihe nach stumm das Podium und gaben ihre Stimme ab. Nachdem sofort mit der Auszählung begonnen wurde, zeigte sich schnell ein überwältigendes Ergebnis: 208 Stimmen gegen 52, der Vorschlag wurde mit großer Mehrheit angenommen. Sofort sprangen alle, Männer und Frauen, auf der Besuchertribüne auf und es brach ein lauter Tumult aus.

»Wir sind gegen eine Gewerkschaftsgründung!«

»Was macht ihr mit der Freiheit der Menschen!«

»Schafft besser die Roboter ab!«

Im Plenarsaal blieb es jedoch still. Parlamentspräsident Negara deklarierte feierlich, dass die Gründung des Roboter-Bauernverbands genehmigt sei. Die Abgeordneten zogen sich nach und nach zurück.

Doch dann stürmte mit einem Mal einer der Abgeordneten hektisch aufs Podium, wobei er wild mit den Armen fuchtelte:

»Werte Kollegen! Bleiben Sie bitte noch! Ein heikles Problem ist soeben entdeckt worden. Die durchgeführte Abstimmung war der reinste Schwindel. Es haben sich Roboter unter uns gemischt. Dabei ist das Wahlrecht für Roboter noch gar nicht zugelassen. Wir müssen eine sofortige Untersuchung einleiten, um sie zu enttarnen.«

Parlamentspräsident Negara reagierte schockiert und befahl, den Saal unverzüglich abzuriegeln. Man überprüfte jeden einzelnen Abgeordneten und machte eine ungeheure Entdeckung: 190 Roboter, die eine Abgeordnetenuniform, geschmückt mit dem Abzeichen, trugen und die Parlamentssitze belegten. Sofort wurden Sicherheitskräfte eingeschaltet, um die echten Abgeordneten ausfindig zu machen. Es stellte sich heraus, dass 190 Parlamentsmitglieder ihre Plätze Roboter-Vertretern überlassen hatten, um sich derweil in Buitenzorg mit Radrennen bei Laune zu halten.

Bis die abwesenden Abgeordneten mit Hubschraubern eintrafen, wurde eine dreißigminütige Pause eingelegt. Danach setzte das

Plenum mit den echten Abgeordneten die Sitzung fort, was die Situation weiter verkomplizierte.

Der Abgeordnete Mank Alam:

»Angesichts dieses Skandals, bei dem die Abgeordneten sich durch Roboter ersetzen ließen, um einem Radrennen beizuwohnen, fordere ich ihre Suspendierung, als Strafe wegen Missachtung des Parlaments!«

Der Abgeordnete Jipa Mangaraja:

»Disziplinarmaßnahmen können später diskutiert werden. Was wir zuerst tun sollten, ist, die Abstimmung über die Gründung der Gewerkschaft, die vorhin beschlossen wurde, für ungültig zu erklären. Wie bereits gesagt, Roboter haben kein Anrecht auf den Sitz eines Abgeordneten und besitzen nicht die Befugnis, an Abstimmungen teilzunehmen. Ich fordere, dass diese Entscheidung annulliert wird!«

Dr. Maharajo:

»Obwohl der Vorschlag von Herrn Mangaraja gut begründet sein mag, spreche ich mich ausdrücklich dagegen aus. Die Beschlüsse des Parlaments müssen heilig sein. Wenn wir beginnen, getroffene Entscheidungen sofort wieder zu annullieren, bricht die Autorität des Parlaments zusammen. Selbst wenn Roboter an der Abstimmung teilgenommen haben, was ein beispielloser Skandal ist, muss die Entscheidung aufrechterhalten bleiben. Es ist das Beste, diese Angelegenheit streng geheim zu halten und Maßnahmen zu ergreifen, um Kritik von außen zu vermeiden. Sollte diese Sache an die Öffentlichkeit gelangen, wäre es ein großes Problem. Die Menschen würden beunruhigt sein, das Parlament würde das Vertrauen verlieren, die öffentliche Ordnung könnte gefährdet sein und es bestünde die Gefahr von Unruhen. Zum Wohl des Landes und seiner Bürger sollte diese Angelegenheit in aller Stille behandelt und die Entscheidung unverändert bekannt gegeben werden.«

Der Abgeordnete Mank Alam:

»Da bin ich strikt dagegen. Wenn die heutige Entscheidung gültig bleibt, wird das bedeuten, dass wir die Teilnahme von Robotern an Abstimmungen anerkannt haben. Damit könnten wir einen Präzedenzfall schaffen, der es Abgeordneten jederzeit erlaubt, Roboter als ihre Stellvertreter in den Sitzungssaal zu schicken, während sie sich selbst beim Radrennen vergnügen. Letztendlich könnten die Roboter das Parlament übernehmen, die Regierung kontrollieren und uns beherrschen. Ein solches Szenario wäre katastrophal. Dr. Maharajos Kompromissvorschlag muss daher zurückgewiesen werden.«

Der Abgeordnete Mohammed Hatta:

»Als einer der Abgeordneten, die im Stadion waren, möchte ich mich für meine Abwesenheit entschuldigen. Doch selbst wenn ich im Sitzungssaal gewesen wäre, hätte ich keine besonderen Einwände vorgebracht. Ich stimme dem zu, was Sie gutheißen. Mein Roboter hat für mich abgestimmt. Es wäre dasselbe Ergebnis herausgekommen, auch wenn ich selbst abgestimmt hätte. Ich möchte zudem betonen, dass weder die Parlamentsgesetze noch die Statuten der Abgeordneten explizit Stellvertreterstimmen ausschließen. Selbst wenn man diese mit gesundem Menschenverstand so auslegt, dass Stellvertreter nicht erlaubt seien, sind Roboter nicht davon betroffen, denn sie sind Maschinen. Herr Alams Antrag, Disziplinarmaßnahmen gegen mich zu ergreifen, entbehrt also der rechtlichen Grundlage und ist daher gegenstandslos.«

Der Abgeordnete Singa Bumi:

»Ich bitte um Ihre Aufmerksamkeit, meine Herren. Die Lage ist äußerst ernst, und wenn wir nicht mit Bedacht handeln, könnten die Konsequenzen furchtbar sein. Ich bitte Sie, Ihre persönlichen

Ansichten hintanzustellen und parteiübergreifend eine vernünftige Lösung zu finden. Ich möchte Ihnen einen Vorschlag unterbreiten. Die Entscheidung des Parlaments ist heilig und kann, wie Dr. Maharajo betonte, nicht annulliert werden. Ich gebe Mohammed Hatta Recht: Es gibt keine Vorschrift, die Stellvertreterstimmen explizit ausschließt. Daher ist die Entscheidung gültig, und die Gründung der Robotergewerkschaft muss genehmigt werden. Dennoch müssen Sie sich keine Sorgen machen. Man braucht keine Angst vor dem Bauernverband zu haben. Ihre Solidarität ist nicht von Bedeutung. Wir können Gegenmaßnahmen ergreifen, indem wir umgehend einen Sonderausschuss bilden, um einen Gesetzeskatalog zur Aufrechterhaltung der öffentlichen Ordnung zu entwerfen. Konkret gesagt: Dabei geht es um die Gesetzgebung hinsichtlich der Roboterorganisation, ein Gesetz zur Beschränkung der Meinungsfreiheit der Roboter, ein Gesetz, das Versammlungen der Roboter verbietet, und ein Streikverbot für Roboter. Wenn wir diese Gesetze erlassen, können wir die Aktivitäten der Roboter vollständig einschränken. Die Robotergewerkschaft würde dann bedeutungslos und nutzlos werden. Auf diese Weise bleibt die Autorität des Parlaments gewahrt, unsere Würde bleibt unberührt, und alles wird zufriedenstellend gelöst. Ich bitte um Ihre Zustimmung.«

(Rufe der Zustimmung, Applaus)

Der fast siebzigjährige, tattrige Parlamentspräsident Negara erhob sich und wischte sich mit einem Stofftaschentuch den Schweiß von der Stirn. Er forderte eine anonyme Abstimmung, um den Antrag des Abgeordneten Singa Bumi zu beschließen. Mit einer überwältigenden Mehrheit von 202 gegen 58 Stimmen wurde der Notstandsbeschluss angenommen, bevor dann anschließend die Mitglieder des Legislativausschusses für das Gesetz zur öffentlichen Sicherheit ausgewählt wurden.

(6. März 2027, Rom, UA)

Der RU-Kulturausschuss gab heute Morgen die Gewinner des globalen Mittelschul-Aufsatzwettbewerbs bekannt.

(Beitrag des 1. Preisträgers des Schreibwettbewerbs)
›Unsere Welt‹
von Kim Yeong Gang (16/aus Korea)
Am 4. Januar sind wir 35 Schulkameraden von Busan aus auf Klassenfahrt gegangen und haben verschiedene Orte auf der Welt besichtigt. Ich war zutiefst beeindruckt. Unsere Weltrepublik ist ein herrliches, aber auch wundersames Land.
Verkehr: Überall gibt es massenhaft Flugzeuge. Rote und blaue Signalstrahlen bilden Streifen am Himmel, zwischen denen sich die Flugzeuge in Bahnen bewegen. Sie müssen anscheinend sehr behutsam gesteuert werden, sonst würden sie miteinander kollidieren. Sie fliegen fast geräuschlos, da die Energie komplett aus Akkus kommt. Auch die Autos auf der Erde fahren lautlos.
Ein Netz von Autobahnen mit einer Breite von fünfzig Metern erstreckt sich in der Landschaft, von Baumreihen gesäumt und mit Blumen geschmückt. Vom Himmel aus erscheint es wie ein Paradies. Unsere Welt ist voller Fahrzeuge. Warum sind so viele Fahrzeuge nötig? Ich finde, die Menschen sollten einfach öfter zu Fuß gehen, sie haben doch schließlich Beine.
Fabriken: Die Fabriken befinden sich geballt in Zonen, die etwas außerhalb der Städte liegen. Da jedes Land einige Kernkraftwerke besitzt, ist Strom unbegrenzt verfügbar. Deshalb werden Fabriken vollständig mit Strom betrieben. Fabriken

produzieren alles, was Menschen brauchen. Die Fabrikarbeiter sind aber alle Roboter. Ich habe begriffen, wie wichtig die Roboter für uns sind.
Ich erkannte Fabriken an ihrer Farbe, denn die Gebäude sind ausnahmslos hellblau gestrichen. Sie sehen schön und lustig aus. Ich denke, es macht Spaß, dort verschiedene Produkte zu erzeugen.
Im England gab es eine einzige Fabrik, wo man mit Kohle heizte. Aus dem hohen Schornstein stieg dicker, schwarzer Rauch auf. Das fanden wir lustig. Alle klatschten lachend Beifall. Ebenfalls in England sah ich zwei Automobile, die beim Fahren Rauch ausspuckten. Sie verbrennen Benzin. Ich habe aber gehört, dass vor achtzig Jahren alle Autos mit Benzin fuhren. Heutzutage wird Benzin nur noch für Feuerzeuge zum Anzünden von Zigaretten verwendet. Briten mögen altmodischen Krempel. Sie sehnen sich nach der guten alten Zeit, wo man noch ganz primitiv Kohle und Benzin verbrannte.
Theater und Sonstiges: In London schaute ich mir ein historisches Theaterstück an; es hieß ›Der Kaufmann von Venedig‹. Ich verstand überhaupt nicht, worum es ging. Was bedeutet ›3.000 Dukaten‹? Warum finden die Zuschauer solch ein Stück interessant? Die Menschen früher waren schon ein bisschen verschroben, fand ich. In Paris hörte ich mir die Oper ›Hitler‹ an. Die Hauptfigur namens Hitler liebte es, Kriege zu führen, errang zwischendurch Siege und wurde größenwahnsinnig, verlor dann aber einen Krieg und brachte sich um. Total verrückt! Ein gescheiter Mensch sollte keinen Krieg anzetteln, denn mal gewinnt man, mal verliert man.
In allen Ländern ist Sport beliebt. Populär sind vor allem

Eislaufen, Motorradsport und Schwimmen. Es gibt wenige Sporttreibende, aber sehr viele Zuschauer. Alle wirken leicht geistesabwesend. Es ist ja auch sehr bequem, einfach nur zuzuschauen.

Familien: Wir übernachteten getrennt bei verschiedenen Familien in Ägypten und Mexiko, um ausländische Haushalte kennenzulernen. In Ägypten wurde ich Frau O. zugeteilt. Frau O. war Anfang dreißig, hübsch und nett; sie kümmerte sich sehr liebevoll um mich. Ich wollte sie heiraten. Beim Abschied hatte ich solchen Liebeskummer, dass ihr Mann mir ›Forgettin‹ verabreichte. Ich nahm zwei Tabletten davon und konnte endlich alles vergessen. Frau O. weinte ebenfalls und griff zu dem Mittel. Frau R. in Mexiko war noch feuriger. Ich dachte, sie würde mich umbringen. Es machte mich aber glücklich. Noch heute bin ich ganz beseelt von den Erinnerungen. Wenn ich erwachsen bin, möchte ich durch die Weltgeschichte reisen und die Bekanntschaft vieler schöner Frauen machen. Dafür sind der Weltfrieden und die Freiheit wichtig. Ich liebe den Frieden. Und jetzt ist unsere Welt wahrhaftig frei.

Hotels: In Städten gibt es viele Parks. Dort blühen zahlreiche Blumen, und aus den Hainen erklingt ständig Musik. Unweit der Parks gibt es auf jeden Fall immer einige Hotels, zu denen jeder freien Zugang hat. Mann und Frau spazieren Arm in Arm durch den Eingang. Sie erhalten einen Schlüssel mit einer Nummer vom Pförtner-Roboter, begeben sich in das Zimmer mit dieser Nummer und bleiben da mehrere Stunden oder auch mehrere Tage, ganz nach Belieben.

Ich mag auch ländliche Regionen. Viele Bauernroboter arbeiten strebsam vom morgens an bis Mitternacht. Getreide und Gemüse gedeihen prächtig, im Obstgarten reifen Pfirsiche und Äpfel. Auf dem kleinen Hügel steht ein rustikales Hotel, weiß getüncht, in dem man, das Panorama genießend, frohgemut speisen kann. Als wir auf dem Lande bei Rom unser Mittagsmahl mit Wein genossen, kam ein Mädchen vom Dorf den Hang hinauf. Ein fesches neunzehnjähriges Ding mit einem runden Gesicht, dessen braunes Haar mit einem Kopftuch verhüllt war. Sie trug einen Blumenkorb, in dem mehrere Veilchensträuße lagen. Ich winkte sie zu mir, was sie mit einem Lächeln erwiderte. Wir freundeten uns sofort an, bekamen den Schlüssel vom Zimmer im Obergeschoss und hielten ungefähr zwei Stunden lang Mittagsschlaf. Ich war aus tiefstem Herzen glücklich und dachte, wie schön doch das Leben sei. Danach gingen wir zum Krämerladen, wo wir zwei Kupferringe der gleichen Machart als Souvenir an den heutigen Tag erhielten, die wir uns wechselseitig an unsere linken Ringfinger steckten. Sie hieß Eveline.

Um einen Beitrag zu leisten, der unsere Vereinigte Republik noch vollkommener und angenehmer machen soll, möchte ich einen der folgenden drei Berufe ergreifen, wenn ich erwachsen bin: entweder Landschaftsgärtner, um Blumen zu kultivieren, Komponist, um Lieder zu erschaffen, oder Architekt, um tolle Hotels zu bauen. *(Ende)*

(Bewertung des Kulturausschusses)

Wir zeichnen ihn wegen seiner unkomplizierten und klaren Beobachtungen und Kommentare aus, die auf keinerlei verschrobene Persönlichkeit hindeuten. Seine Verliebtheit verlief bedenkenlos in aller Unschuld. Wir schätzen vor allem seine jugendliche Begeisterung, wie er vollkommen zufrieden an die Kultur unserer Republik glaubt. Aus ihm wird sicherlich ein guter Bundesbürger.

(11. März 2027, UA-Redaktion Tokio)

Herr George Hamada, Chefingenieur des Roboter-Verwaltungsrats, nahm als Vertreter Japans an der ›Studienkonferenz über das Moralsystem des Sonderausschusses des Bundesparlaments zur Problematik mit Robotern‹ teil, die vom 5. März an drei Tage lang in Kapstadt stattfand. Er kehrte gestern gegen 17:00 Uhr mit dem regulären Linienflug heim und sandte uns auf Wunsch der Zentrale den folgenden Report:

(Bericht von Herrn Hamada)

Als Teilnehmer am Sonderausschuss habe ich einiges dazugelernt. Auf die Frage, was ich gewonnen habe, würde ich antworten: eine neue Befürchtung. Die drei Tage im Sonderausschuss waren voll gespickt mit dummen Fragen und ebenso dummen Antworten. Ich hege den Verdacht, dass die heutige Utopie in eine falsche Richtung läuft. Ich musste mir die Frage stellen, was Glück überhaupt bedeutet, wenn das Glück der Menschen sie dermaßen einlullt. Paradoxerweise lebte die Menschheit im turbulenten 20. Jahrhundert, als ihr Glück am Tiefpunkt war, weitaus agiler. Dagegen wirken die Menschen in der jetzigen Republik, wo sie mit Glück mehr als gesegnet sind, apathisch, als ob sie dösen oder gelähmt sind. Das Gleiche kann ich von den meisten Mitgliedern des Sonderausschusses behaupten. Mit Ingrimm warfen sie sich alberne Fragen und Antworten an den Kopf.

Zuerst begründete Direktor Anselm seinen Vorschlag und insistierte beredt auf der Notwendigkeit eines Moralsystems, wobei er sich auf die Ereignisse in Rom im Januar und den Vorfall in São

Paulo im Februar bezog. Seine Rede war jedoch ziemlich stereotyp und besaß keinerlei Substanz. Daraufhin stellte ich ihm folgende Frage:

»Sie haben gerade erklärt, Präzisionsroboter würden zur Nachahmung neigen, hin und wieder die negativen Eigenschaften von Menschen imitieren und dadurch furchtbare Zwischenfälle verursachen. Deshalb müssten wir ihnen ein Moralsystem implantieren, um solchen Vorkommnissen entgegenzuwirken. Was verstehen Sie denn überhaupt unter Moral? Ich bitte um eine Erläuterung.«

»Das versteht sich doch von selbst. Es bedarf keiner Erläuterung der Moral. Kurz gesagt, Moral bedeutet, aus eigenem Antrieb das Böse zu meiden und das Gute anzustreben.«

Ich stellte ihm eine weitere Frage:

»Ihre abstrakte Definition ist nicht sehr aufschlussreich. Wir müssen das Wesen der Moral analysieren und erforschen. Beinhaltet Moral im Wesentlichen nicht auch Nachahmung? Sich wie andere zu verhalten, ist doch auch eine Art Moral. Wenn man den Robotern ein Moralsystem einpflanzt, werden sie die menschlichen Handlungen noch stärker imitieren. Zwischenfälle wie in Rom könnten dann gehäuft auftreten. Der Fehler liegt nicht bei den Robotern, wenn sie menschliche Handlungen imitieren, sondern es sind die Menschen als ihre Vorbilder, die zu Bosheiten neigen. Insofern wäre die beste Lösung, den Menschen zu verbessern.«

Die Vertreter der Länder zeigten allerdings kaum Interesse, sich mit dem Problem auseinanderzusetzen, und so gab es nur sehr wenige Gegenstimmen. Sie wollten die Sitzung schnell hinter sich bringen und in die Stadt gehen, um sich zu amüsieren. Kapstadt ist an diesen angenehmen Herbsttagen besonders reizvoll. Auf dem Tafelberg, der hinter der Stadt aufragt, befinden sich mehrere stillvolle Hotels. Vom Hafen kann man mit dem Schnellboot zum

Angeln fahren, Garnelen und junge Haie fischen. Oder man rudert zu einem anderen Boot mit einer aparten Schönheit, um ein Rendezvous für den Abend auszumachen. Das Moralsystem war ihnen schnurzegal.

Deshalb drängte man darauf, Herrn Anselm zu unterstützen und fix abzustimmen. Von den 215 Ausschussmitgliedern stimmten nur knapp ein halbes Dutzend dagegen.

Der kanadische Delegierte vertrat jedoch eine abweichende Meinung: Das Moralsystem würde in technischer Hinsicht wie ein Puffer funktionieren. Es würde Reflexbewegungen unterdrücken und bremsen. In punkto Sicherheit gab es Vorteile, aber die Mobilität würde gehemmt werden. Die Unfallrate mochte zurückgehen, aber der gesamte Prozess so erlahmen, dass die Roboter auf dem Arbeitsmarkt ineffizient wären. Auch Taxis würden dann langsamer fahren …

Ich fügte hinzu:

»Das Moralsystem zeigt sich im passiven Sinne als Bremse, aber im aktiven Einsatz entwickeln sich Gedanken und Persönlichkeit sowie ein Bewusstsein für öffentliche Pflichten. Das heißt, die Einführung eines Moralsystems bei unseren Robotern würde bedeuten, aus Maschinen Menschen zu machen. Dies entspricht den Ansichten von Dr. Maharajo, der den Roboter-Bauernverband in Indonesien gegründet hat. Alle Kalamitäten würden hier ihren Anfang nehmen – Bauernverband, Arbeiterbewegung, Streik in Fabriken zur Verbesserung der Arbeitsbedingungen, Tarifverhandlungen und … und … und … Es wird noch ärger als der ganze Schlamassel im 20. Jahrhundert. Der Gedanke von Herrn Anselm ist unbesonnen und leichtfertig. Moral ist nicht zu unterschätzen, sie kann der Ursprung allen Glücks, aber auch Ursache jedes Unglücks werden.

Moral zu besitzen bedeutet, eine Persönlichkeit zu haben. Wenn Roboter Persönlichkeit besitzen, wird Kollektivarbeit schwierig, man kann die Roboter kaum mehr kontrollieren. Was soll aus unserer Republik werden, wenn die Menschen ihre Persönlichkeit verlieren, während die Maschinen Persönlichkeit erlangen? Sie unterschätzen Roboter, meine Herren, und halten sie leichtfertig für bloße Maschinen, die, mit einem Moralsystem ausgestattet, noch nützlicher werden könnten. Laut Statistik des Roboter-Verwaltungsrats gibt es etwa 120 Millionen Menschen, die für 720 Millionen Roboter zuständig sind – einschließlich Herstellung, Lagerung, Reparatur, Überwachung und so weiter. Diese Menschen arbeiten praktisch für Roboter, dienen also Maschinen.

Roboter sind ultimative Maschinen. Es wäre höchst riskant, die Maschinen noch mehr den Menschen anzugleichen.«

Die junge Dame aus Jamaika machte einen recht vernünftigen Vorschlag: Da es nicht viel bringe, über das Moralsystem theoretisch zu diskutieren, solle man doch etliche Modelle für eine Testphase herstellen, um die Leistungen zu erforschen, und dann erneut eine Konferenz einberufen. Es wurde schließlich vereinbart, dass die Schweiz, die Sowjetunion, Japan, Chile und Bolivien Prototypen anfertigen lassen. Damit war die Sitzung erst mal beendet.

Ich möchte noch anmerken, dass Generalleutnant Junker Wilhelm, Generalstabschef der Bundessicherheitswehr, nur Beobachterstatus hatte, also kein Mitspracherecht im Plenum, und seine Stellungnahme dem Parlamentspräsidenten schriftlich übergab. Der Text lautete:

> »Unsere Föderative Republik verfügt aktuell über etwa 180.000 Roboter im militärischen Sektor. Jeder Offizier würde dem zustimmen, dass die hervorragendsten Soldatenro-

boter aus Japan stammen. Diese Roboter-Soldaten zeichnen sich durch starken Kampfgeist, Gehorsam gegenüber Befehlen und außergewöhnliche Belastbarkeit aus. Ich bin strikt gegen die Einführung moralischer Werte bei diesen Roboter-Soldaten. Wenn ich an die japanische Armee zu Beginn des 20. Jahrhunderts denke, als sie Asien eroberte, rührte ihre Stärke daher, dass die individuelle Moral der Soldaten beseitigt wurde. Ohne Moral ist die Armee stark. Wenn man den Robotern Moral einpflanzt, wird die Armee sogleich geschwächt, es wird schwierig, sie zu lenken, der Kampfgeist lässt nach, bis sie nicht mehr zu gebrauchen sind. Es wäre eine sehr gefährliche Situation. Mit dieser Stellungnahme fordere ich, von dem Vorhaben abzurücken.«

Moral für Soldatenroboter wurde als eigenständiges Forschungsthema notiert und an dem Tag nicht weiter diskutiert. Deshalb muss ich dringend neue Roboter-Prototypen entwerfen und deren Fähigkeiten prüfen.

Nebenbei bemerkt, ist Generalleutnant Junker Wilhelm ein dreister, egozentrischer Haudegen, kehrt den Edelmütigen raus, ist aber ein richtiger Banause. Dieses Relikt aus dem vergangenen Jahrhundert setzte sich beim Bankett nach der Konferenz doch glatt neben mich und sagte:

»Dürfte ich Sie fragen, weshalb Anna Kaminija seit ihrem Auftritt nicht mehr gesungen hat? Sie wissen doch, wo sie steckt, oder?«

»Schon, aber warum wollen Sie das wissen?«

»Ach, nicht der Rede wert. Ich mochte ihr Lied und es geht mir immer noch im Kopf herum.

Am Leib der Kuh vergoss ich Tränen.
Sie riecht nach Milch.
Ich denke an meine Mutter.

Großartig! Wahrlich. Ich werde übrigens bald nach Japan reisen. Können Sie dann ein Treffen Anna Kaminija arrangieren?«

Ich konnte mir ein Schmunzeln nicht verkneifen. »Dem würde sie wohl kaum zustimmen«, zog ich mich aus der Affäre und machte, dass ich fortkam.

Annas Lied aus fremdem Munde zu hören, weckte sehnsüchtige Erinnerungen an Sachalin.

(12. März 2027, Atlanta, UNP)

Dr. Howard McIntyre, Professor an der Technischen Universität Atlanta, und sein wissenschaftlicher Mitarbeiter Colonel Read haben nach zweijährigen Bemühungen endlich eine Atomrakete fertiggestellt und begeben sich übermorgen früh auf die große Reise zum Mond.

Der Raketenrumpf ist gänzlich mit Blei umhüllt, um die Trägheit zu nutzen und die Strahlung abzuschirmen. Der Flugkörper ist 56 Meter lang mit einem Durchmesser von 3,7 Metern. Er sieht aus wie ein silberner Pfeil. Die maximale Geschwindigkeit beträgt schätzungsweise 8 km/s. Die Rakete wird die 380.000 Kilometer lange Strecke in nur 13,5 Stunden zurücklegen. Dr. Howard sagte zuversichtlich, dass die Vorbereitungen für die zehntägige Reise, einschließlich Brennstoff für fünfzig Stunden sowie die Nahrungsmittelversorgung, vollständig abgeschlossen seien.

Seit Tausenden von Jahren, bereits in den alten Hochkulturen, galt die Reise zu den Sternen als sehnsuchtsvoller Traum. Wenn diese Mission erfolgreich ist, könnte die große Ambition, den Weltraum zu erobern, ein Stück weit Wirklichkeit werden. Bei Überbevölkerung auf der Erde würde die Besiedlung anderer Planeten wie dem Mars eine Rettung bedeuten.

Nicht nur aus den USA, sondern aus aller Welt strömen Wissenschaftler und Schaulustige unentwegt nach Atlanta, um dem Spektakel beizuwohnen. Die Hotels sind natürlich komplett ausgebucht, und viele schlagen ihre Zelte auf und übernachten im Freien. Fotografen, Reporter und Fernsehsender halten sich mit ihren Ausrüstungen bereit.

Von Ezra Rosamond, dem Vorsitzenden des RU-Oberausschusses, erreichte uns soeben ein Glückwunschtelegramm, in dem er der mutigen Raumfahrt viel Erfolg wünscht. Auch von anderen Regierungen zahlreicher Länder trafen bereits Gratulationen ein. Sollte diese kühne Mission gelingen, könnten wir innerhalb von zehn Tagen dank Live-Übertragungen im Fernsehen die Oberfläche des Mondes und sogar seine verborgene Rückseite, die bisher als ewiges Geheimnis galt, im Detail betrachten.

Dr. Howard (42), ein schmächtiger, nervöser Mann, der ständig an seiner Pfeife paffte, äußerte sich gegenüber den Reportern:

»Ich bin überzeugt, es wird gelingen. Allerdings gibt es noch wissenschaftlich ungeklärte Phänomene und mechanische Mysterien im Weltraum. Selbst wenn man die Erde erfolgreich verlassen hat, ist es nicht selbstverständlich, auch wieder zu ihr zurückzukehren. Gelingt es nicht, wird die Rakete zu einem winzig kleinen Kometen werden, der in einer Distanz von 300.000 Lichtjahren in der ewigen Zukunft durch die Galaxie irrt. Jedoch möchte ich im Namen der menschlichen Zivilisation der Mission Erfolg wünschen.«

(13. März 2027, UA-Redaktion Tokio)

Interview mit Dr. Philipp Sano, Mitglied des Bundesausschusses für Gesundheit:

»Von der Mondmission habe ich aus den Fernsehnachrichten erfahren. Obwohl ich kein Experte für Raumfahrt bin und daher nicht beurteilen kann, ob diese Reise gelingen wird oder nicht, kann ich zumindest einige Bedenken über die menschliche Psyche äußern, sich auf ein solches Risiko einzulassen.

US-Amerikaner gelten ja heutzutage als äußerst wagemutig. Die Abenteuerlust ist aber nichts anderes als pure Eitelkeit. Oder besser gesagt, hohler Heroismus. Das Leben unsrer Utopie besteht nur aus Massenprodukten, alles ist genormt – auch die Liebe, Kunst, Esskultur, Kleidung und der Sport. Die Individualität ist uns abhandengekommen. Das Fehlen von Persönlichkeit wird zum moralischen Grundsatz erklärt. Doch die Menschen hatten schon immer einen grundlegenden Instinkt, einen Beweis für ihre Existenz hinterlassen zu wollen. Früher war es ein sexueller Instinkt bei der Werbung. Wenn dieser Instinkt erwacht, möchte man etwas tun, was andere nicht machen, und somit Aufmerksamkeit erregen, um die Zuneigung des anderen Geschlechts zu gewinnen. Auch das Abenteuer von Dr. Howard ist ein Ausdruck seines primitiven Verlangens, seinem langweiligen Dasein in der Utopie zu entkommen, indem er seine Persönlichkeit auslebt. Diese Unternehmung ist letztlich eine Art Riesenspektakel, vergleichbar mit einem Zirkus, eine groß aufgeblasene Show. Die Reise zum Mond mag fantastisch sein, aber es gibt auch auf der Erde viele unerledigte Aufgaben.

Ich bin keineswegs dagegen. Sollte die Mission tatsächlich erfolgreich sein, wird Dr. Howard als großer Wohltäter der Menschheit gefeiert werden. Schließlich hat sich die menschliche Zivilisation stets aus triebhaftem Dünkel und infantilem Heroismus weiterentwickelt. Ich wünsche ihm auch weiterhin gutes Gelingen, auf dass er seine instinktive Eitelkeit voll zur Entfaltung bringen kann.«

(14. März 2027, Atlanta, UNP)

Die Leute machten sich Sorgen wegen der Wetterlage, da es die ganze Nacht geregnet hatte. Gegen 14:00 Uhr klarte es jedoch auf und ab 15:00 Uhr zeigte sich im Westen der Vollmond stellenweise zwischen den Wolken, als hieße er die ersten Besucher der Menschheit willkommen.

Seit der vergangenen Nacht hatten sich etwa 160.000 Zuschauer versammelt, die nun einen Kreis von zwei Kilometern Durchmesser um die Rakete bildeten. Atemlos bestaunten sie diese Pionierleistung der Menschheit.

Eine Viertelstunde vor dem Start kam aus westlicher Richtung ein knallroter Hubschrauber angeflogen und landete unweit der Rakete. Ihm entstieg Flora Victoria mit einem riesigen Strauß Rosen, den sie höchstpersönlich Dr. Howard überreichte. Die Menge geriet außer sich und grölte aus vollem Hals: »Es lebe die menschliche Kultur!«

Endlich war der geplante Zeitpunkt gekommen: vier Uhr morgens. Der gen Westen sich neigende Mond war im morgendlichen Nebel nur schemenhaft zu erkennen. Als sollte sie dem scheidenden Mond folgen, wurde die Rakete startklar gemacht: die Leiter entfernt und die Türen von innen verriegelt. Zehn … fünf … drei … zwei … Dann ertönte das Dröhnen des Antriebs. Während alle gebannt zuschauten, erschütterte ein gewaltiger Knall die Atmosphäre und ließ den Boden vibrieren. Eine Mischung aus

Flammen und gelbem Rauch schoss empor. In diesem Moment leuchtete ein Schweif am Himmel auf, und die Rakete verschwand schneller als ein Blitz ins Universum. Zurück blieb lediglich eine aufsteigende Rauchsäule, die sich geradlinig bis zum Horizont des morgendlichen Himmels erstreckte. Weder Fernsehkameras noch Fotoapparaten gelang es, das Ereignis festzuhalten, da alles im Nu vorüber war.

Wird der Menschheit die mutige Mission gelingen? Wird der Traum, den Weltraum zu erobern, wahr? Kommen Sie heil zurück, Dr. Howard! Komm zurück, liebe Rakete!

(18. März 2027, Rangun, UA)

An der Universität Rangun fand heute um 9:00 Uhr die 37. Abschlussfeier für die Absolventen statt, die nun in die große, weite Welt entlassen werden. In Anwesenheit zahlreicher Ehrengäste wohnte der Zeremonie auch das Lehrpersonal bei: Der Dekan, die Professoren sowie etwa zweihundert Dozenten und Assistenten waren allesamt auf Ausbildung spezialisierte, höchst präzise Roboter. Würdevoll im roten Talar und Doktorhut nahmen sie ihre Plätze ein. Der Dekan Herr Caro, seit einundzwanzig Jahren im Dienst, würde sich gleich danach wegen Materialverschleiß in den Ruhestand begeben. Dafür war anschließend eine Demontage-Zeremonie anberaumt.

Die Feierlichkeiten wurden mit der republikanischen Hymne eröffnet. Danach folgte die allgemeine Berichterstattung des Assistenten des Dekans und die Verleihung der Diplome. Dann betrat der Dekan selbst das Podium und mit äußerst feierlich-steriler Miene hielt er seine letzte Rede. Ab und zu krächzte seine heisere Stimme, was seiner Hinfälligkeit geschuldet war. Trotzdem spulte er gewissenhaft den gleichen Wortlaut ab wie in den Jahren zuvor.

»Werte Absolventinnen und Absolventen, wertes Lehrpersonal und werte Gäste, es ist uns, der Universität Rangun, eine Freude und Ehre, hiermit die 37. Abschlussfeier zu veranstalten. Ausbildung ist die höchste Pflicht in unserer Republik und das grundlegende Kriterium, um sich als vollwertiger Erdenbürger zu qualifizieren.

Meine Damen und Herren, das Ziel der Bildung ist es, jedem Menschen, unabhängig von Beruf, Herkunft, Geschlecht oder Hautfarbe, gleiche Kenntnisse zu vermitteln. Wenn es unterschiedliche Bildungssysteme gäbe, würden die Bewertungskriterien nicht mehr zuverlässig sein. Bei voneinander abweichenden Lehren würde die Kultur im Chaos enden. Dies versteht sich von selbst. Aus diesem Grund wird die Ausbildung weltweit in jedem Land unsrer Republik kontrolliert und somit allen Menschen unabhängig von ihrer Hautfarbe die gleiche Ausbildung zuteil. Dies gilt für die Studenten in New York, Athen und Costa Rica und sonst wo auf der Welt. Diese Errungenschaft eines perfekten Bildungssystems ist eine der hervorragenden Leistungen unserer Republik. Somit, liebe Absolv…

It's a long way to Tipperary,
To the sweetest girl I know …«

Plötzlich machte sich beim Dekan Caro irgendwo in seiner Mechanik ein Defekt bemerkbar und er fing an, ein lustiges englisches Lied aus dem vorigen Jahrhundert zu trällern. Techniker eilten herbei, um ihn zu reparieren. Doch seine Mechanik war komplett verrostet und konnte nicht mehr instandgesetzt werden. Währenddessen harrten die Studenten geduldig aus. Ihr taktvolles Verhalten wurde von den anwesenden Gästen wiederholt gelobt: Es sei doch ein überaus erfreuliches Ergebnis der Erziehung, dass weder Getuschel noch Gekicher zu hören sei. Eine Totalüberholung lohnte sich nicht mehr und Herr Caro konnte nur noch seinen Schlusssatz zu Ende aufsagen:

»… ich hoffe auf das weitere Gedeihen unserer Republik und wünsche Ihnen eine ehrenvolle Zukunft. Herzlichen Glückwunsch, Ihnen allen!«

Anschließend hielt der Jahrgangsbeste eine Dankesrede an den Lehrkörper:

»Wir Studierende, 3.000 an der Zahl, haben alle Inhalte des von der Republik vorgeschriebenen Lehrplans gelernt und treten nun mit diesem Wissen in die Gesellschaft ein. Dies haben wir einzig und allein unseren Dozenten zu verdanken. Ich finde kaum Worte dafür, der Abschied von der Lehranstalt rührt mich zutiefst.

Die Gesellschaft, in die wir nun eintreten, bietet uns ein Umfeld höchster Kultur, das man als Paradies auf Erden bezeichnen kann. Wie uns der Geschichtsunterricht gelehrt hat, war das Leben früherer Menschen beständig von Mühsal und Unglück geprägt. In unsrer Republik hingegen wird heutzutage jeglicher Wunsch prinzipiell erfüllt. Das heißt, es gibt weder Arbeitslosigkeit noch Armut oder Bankrott, keine Repressalien seitens der Landesregierung und keine aggressiven Bedrohungen von außerhalb. Die leidige Steuerpflicht ist abgeschafft, ebenso wie die angsteinflößende Wehrpflicht. Wir haben eine perfekte Gesellschaft und eine perfekte Zivilisation.

Unsere überzeugte Pflicht ist es, aus der Vergangenheit zu lernen, das Erbe unserer Vorfahren anzutreten sowie die Ideale unserer Republik zu bewahren und weiterzuentwickeln. Wir ersuchen Sie, werte Lehrer, uns weiterhin auf unseren Wegen zu begleiten und uns mit Ihrem Wissen zur Seite zu stehen …«

Der Dekan auf dem Podium und die Roboter-Professoren im roten Talar applaudierten kräftig. Dann folgte eine Dankeshymne der Absolventen.

»Jahr für Jahr versammelten wir uns hier, bezogen unser Wissen aus vielerlei Büchern.

Die Großmut unserer Lehrer, die alle Bücher überstrahlt, wird uns unvergesslich bleiben.

Geboren in Zeiten des Friedens, aufgewachsen in gütiger Umgebung,

Blicken wir glückselig nach vorn, wenn wir heute scheiden.

Doch auch mit Tränen im Herzen, denn wir sagen unseren Lehrern Lebwohl.«

Damit ging die Abschlussfeier zu Ende, gefolgt von der Demontage-Zeremonie für den Dekan. Seitdem das Schulsystem vor zweiunddreißig Jahren weltweit vereinheitlicht wurde, sind fast alle menschlichen Lehrkräfte suspendiert und durch Ausbildungsroboter ersetzt worden, um regionale Bildungsgefälle zu vermeiden. Dank der guten Leistungsfähigkeit der Roboter verfügen Studenten in Mexiko, Chile, Russland und anderswo über identische Kenntnisse, Tugenden und Motivationen. Die Politik ist vereinfacht worden und auch Industrie, Wirtschaft und soziale Einrichtungen haben nicht mehr jene komplexen Strukturen, was das Fundament für dauerhaften Frieden bildet. Die damaligen Politiker hatten den nötigen Scharfblick, fortan Ausbildungsroboter einzusetzen. Deren Lebensdauer beträgt normalerweise zehn Jahre. Roboter-Dekan Caro dagegen überlebte und arbeitete dank seines robusten Zustands sogar ein Jahrzehnt länger. Aufgrund seiner langen Dienstzeit wird er nach der Demontage wieder zusammengebaut und als Musterexemplar in einer Vitrine im mechanischen Labor der Universität aufbewahrt.

Der Bürgermeister von Rangun war ebenfalls zugegen. Er lobte die Leistungen des Dekans und schritt dann im Rhythmus des

Trauermarsches, den die Studenten spielten, zum Dekan. Mit einem goldenen Schraubenzieher löste er die Schrauben unter Caros Haarschopf, worauf er behutsam die Hirnschale aus eloxiertem Aluminium entfernte und den Schaltkreis auf der Platine unterbrach. Zehn Professoren trugen schweigend den Korpus und betteten ihn in einen Sarg aus Vinyl, den sie per Leichenwagen zum Institut für Roboterforschung schickten. Gott sei Dank war damit war der ganze Zinnober beendet.

(19. März 2027, Florenz, RU-Nachrichten, Aufzeichnung)

Hier meldet sich das Zentralamt der Föderativen Republik mit den Mittagsnachrichten.

Um 9:00 Uhr morgens tagte heute der Sonderausschuss in Florenz, um über die militärische Expansion der Bundessicherheitswehr zu beraten. Flankiert von Sicherheitsbeamten, überschritten kurz nach 8:00 Uhr die Delegierten der einzelnen Länder die Ponte Vecchio und begaben sich zum Neuen Palais auf dem sattgrünen Hügel hinter dem Palazzo Pitti. Die Gästetribüne, die 1.800 Personen Platz bot, war gegen 8:00 Uhr bereits voll besetzt. Im Schutz der Eskorte dreier Sicherheitsrüppchen hielten die Konferenzteilnehmer feierlich Einzug. Wir bringen Ihnen nun auszugsweise die Aufzeichnungen der wichtigsten Beiträge:

(Aufzeichnung)

Generalleutnant Junker Wilhelm (Bundessicherheitswehr):

»Die Bundessicherheitswehr ist zwar dem Namen nach eine ›Sicherheitswehr‹, aber tatsächlich nichts anderes als eine Sicherheitspolizei. Wir verfügen lediglich über Maschinengewehre. Die sogenannte Luftwaffe ist ein reiner Transportdienst und hat keine einzige Bombe an Bord. Im Ernstfall also völlig nutzlos. Für eine Aufrüstung müsste man mindestens 10.000 Kampfjets, 650 Panzer und 100 Wasserstoffbomben bereitstellen, sonst können wir die Verantwortung für Sicherheit und Verteidigung nicht übernehmen.«

Leo Gonsague (Rumänien):

»Überall auf der Welt neigt der Mensch dazu, sobald er sich ausreichend bewaffnet fühlt, diese Macht zu seinem eigenen Vorteil zu nutzen. Es wird über die Regierung gemäkelt, Ideengut von Intellektuellen für verweichlicht befunden, und letzten Endes greift man zu militärischen Mitteln, um Unruhe zu stiften, indem man sich entweder in die Politik einmischt oder gar eine Revolution anzettelt. Wenn man die Geschichte Revue passieren lässt, wird aus den Zeugnissen klar, dass militärische Gewalt den Frieden nicht geschützt, sondern ihn immer wieder gefährdet hat. General Wilhelm scheint die Absicht zu hegen, einen Aufruhr in dieser Republik zu entfachen, und fordert deshalb die Produktion von zehntausend Kampfjets. Doch wir setzen keine Waffen ein. Sie töten nicht nur den Feind, sondern auch die eigenen Leute ...«

Generalleutnant Junker Wilhelm (Bundessicherheitswehr):

»Es ist unerhört, unsere heilige Armee derart zu diffamieren. Wissen Sie eigentlich, dass gerade drei Elitetruppen den Plenarsaal bewachen? Die Armee einer Nation symbolisiert deren Ideale, vertritt die Moral und ist ein Vorbild des guten Willens für das Volk. Kriege schützen die Moral. Kämpfe werden ausgetragen, um das Ideal zu wahren. Zerstörung ist eine Tat guten Willens. Ohne militärische Ausrüstung kein Ideal. Ohne Armee keine Moral. Selbst wenn es, wie Sie sagen, mit 10.000 Kampfjets zu Umstürzen kommen sollte, so geschähe dies doch, um das Ideal unsrer Republik aufrechtzuerhalten, wofür man sich nun wahrlich nicht zu schämen braucht.«

Gitta Garno (Bolivien):

»Kürzlich fand die Roboter-Konferenz in Kapstadt/Südafrika statt. Generalleutnant Wilhelm hat dort gesondert seine eigene Stellungnahme eingereicht, in der er sich vehement gegen die moralische Programmierung von Soldatenrobotern der Sicherheitswehr ausgesprochen hat. Heute jedoch behauptet er dreist, dass die Armee die Moral einer Nation repräsentiere. Wir wollen nicht von der Armee moralisch vertreten werden. Wir schützen selbst unsere Ideale. Die Armee ist eine reine Tötungsmaschine. Wir sollten besser die Armee auflösen und eine Reservepolizei gründen. Schauen Sie sich in der Welt um, es lauern doch nirgendwo Feinde.«

Charles Martin (Frankreich):

»Politik setzt auf den guten Willen des Menschen, die Armee tut das nicht. Die Geschichte der letzten dreitausend Jahre ist eine von aufeinanderfolgenden Kriegen gewesen. Selbst in der Utopie hat sich die menschliche Natur nicht im Geringsten verändert. Ich vertraue weder den USA noch Deutschland. Wenn man jedoch uneingeschränktes Vertrauen gewinnen möchte, muss die Armee komplett abgeschafft werden. Ist man hingegen misstrauisch, dann sollte man Wasserstoffbomben herstellen. Unsere Erde wird niemals ein Paradies sein.«

Gitta Garno (Bolivien):

»Ich bin strikt gegen die militärische Aufrüstung. Da gibt es nichts mehr zu debattieren. Wir haben keine Feinde mehr. Wen sollten wir bekämpfen?«

Generalleutnant Wilhelm (Bundessicherheitswehr):

»Wenn es keinen Kriegsgegner gibt, dann erschaffen wir uns eben einen. Der gegenwärtige Frieden ist öde. Frieden bringt keinen Fortschritt. Dass wir Kernkraft nutzen, ist die Frucht von Kriegen. Genauso die Entwicklung des Flugverkehrs und des Radarsystems.

Die heutige Zivilisation ist gänzlich ein Produkt von Kriegen, geschaffen durch Entwicklungen auf militärischem Gebiet. Angenommen, es gibt tatsächlich keine irdischen Feinde, was sollen wir dann aber machen, wenn Armeen vom Mars uns überfallen?«

Dr. Maharajo (Indonesien):

»Herr Gitta Garno behauptet, wir hätten keine Feinde. Das stimmt aber leider nicht, es gibt eindeutig Feinde, die wir schon bald bekämpfen müssen. Überall in Indonesien haben sich Bauernroboter zusammengerottet und Gewerkschaften gegründet. Unsere Regierung arbeitet fieberhaft an Gegenmaßnahmen, aber letztendlich musste sie Zugeständnisse machen und Arbeitsgesetze erlassen, die den Einsatz von Robotern einschränken, sowie ein Dreischichtensystem einführen. Dadurch verlängert sich die Arbeitszeit für Menschen auf etwa sechs Stunden, was vorübergehend erst mal die Gemüter beruhigt. Jedoch neigen die Bauernroboter dazu, Fabrikroboter anzustiften und mit ihnen zu koalieren. Radikale Elemente organisieren Zellen im Untergrund. Schon bald könnten diese Maschinen einen kollektiven Aufstand beginnen und zerstörerische Aktionen durchführen. Der Feind lauert also direkt unter uns. Um uns dagegen zu wappnen, müssen wir meines Erachtens unsere Armee verstärken. Roboter besitzen keine Moral, ihre zerstörerischen Handlungen könnten ausarten und unkontrollierbar werden. Das beunruhigt mich zutiefst.«

Leo Gonsague (Rumänien):

»Eine furchtbare Situation: Der indonesische Kommunist Dr. Maharajo hat sich mit dem deutschen Militaristen Junker Wilhelm verbündet. Das erscheint mir ziemlich gefährlich. Zumal Dr. Maharajo ursprünglich selbst aufseiten der Roboter stand und den Bauernverband mitgegründet hat. Und heute behauptet er, dieser sei unser Feind und die Armee solle aufgerüstet werden. Ich verlange eine Erklärung für diesen Widerspruch.«

Dr. Maharajo (Indonesien):

»Ich verstehe Ihren Argwohn. Aber überlegen Sie doch mal! Der Bauernverband war eine als Kompromiss gedachte Maßnahme, uns blieb keine andere Wahl. Fast die gesamte Armee besteht aus Robotersoldaten. Ebenso wie der Bauernverband. Wenn die Robotergewerkschaft eines Tages einen Aufstand anzettelt, wäre es mir unerträglich, mitansehen zu müssen, wie Menschen von Robotern getötet werden. Daher würde ich Robotersoldaten mobilisieren, um den Aufstand niederzuschlagen. Der Konflikt zwischen Menschen und Robotern wird dadurch auf einen Konflikt zwischen Robotern verlagert. Es wäre nicht auszudenken, wenn die Roboterarmee den Kampf verlieren würde. Deshalb halte ich es für das Klügste, das Militär rechtzeitig aufzurüsten, um sich gegen einen möglichen Aufstand zu wappnen. Gift mit Gift bekämpfen, Roboter mit Robotern. Nur so herrscht Frieden in der Republik.«

Alexei Kaganoff (Sowjetunion):

»Was Sie da sagen, entspringt einer erstaunlich bürgerlichen Ideologie. Ich würde meinen Sohn in der Armee schon gleich heute seinen Dienst quittieren lassen, wenn das Militär gegen Roboter kämpfen müsste. Generalleutnant Wilhelm sollte diesen Maschinen unbedingt den Kampf ansagen!«

Generalleutnant Wilhelm (Bundessicherheitswehr):

»Ich kämpfe nicht gegen Roboter, sondern gegen die Marsarmee.«

Alexei Kaganoff (Sowjetunion):

»Wie's beliebt! Selbst wenn Sie die Roboterarmee mobilisieren, um die Bauernroboter niederzuschlagen, was wollen Sie dagegen unternehmen, wenn die Roboterarmee anschließend selbst einen Aufstand anzettelt? Dem Vorschlag zur Erweiterung der Armee liegt im Kern eine böse Absicht zugrunde. Wir werden diesem Vorschlag entschieden entgegentreten.«

Die Gegenstimmen wurden immer lauter, es wurde eine Pause eingelegt. Als die Sitzung um 15 Uhr wieder aufgenommen wurde, gab es eine Abstimmung über Charles Martins Vorschlag. Mit 73 zu 16 Stimmen wurde der Vorschlag einer militärischen Aufrüstung abgelehnt. Generalleutnant Junker Wilhelm stürmte wutentbrannt aus dem Saal und ließ seine Soldaten, die vor dem Gebäude Spalier standen, achtzig Salutschüsse in den Himmel abfeuern, bevor er sich gemächlich auf sein dickes Ross setzte und, gefolgt von der dreireihigen Eskorte, den Hügel hinabtrabte.

Die im Plenarsaal zurückgebliebenen Mitglieder fühlten sich unbehaglich und begaben sich schweigend und in gedrückter Stimmung in den Pausenraum.

(25. März 2027, Atlanta, UNP)

Die Rakete mit Dr. Howard an Bord, die am 14. März von hier zum Mond startete, hat nach der geplanten zehntägigen Raumfahrt noch keine Nachricht übermittelt. Die Lebensmittelration reichte lediglich für diesen Zeitraum und ebenso dürfte der Sauerstoff an Bord langsam aufgebraucht sein. Hat sich das mögliche Szenario des Doktors etwa bewahrheitet und sein silbernes Raumschiff treibt nun als winziger Komet für alle Ewigkeit durch das unendliche Universum? Ist die Raumfahrt heute doch noch ein unerreichbarer Traum? Bleibt der Kosmos für immer ein Rätsel, auch angesichts all der bisherigen Errungenschaften der gesamten menschlichen Zivilisation? Sind die verhallten Jubelrufe der 160.000 Schaulustigen umsonst gewesen?

Kommen Sie heil zurück, Dr. Howard. Komm zurück, liebe Rakete!

(26. März 2027, Den Haag, ANP)*

Gestern gegen 16:05 Uhr explodierte das Atomkraftwerk am Stadtrand von Amsterdam. Sämtliche Gebäude auf einer Fläche von rund 10.000 Quadratmetern wurden vollständig zerstört. Im Umkreis von fünf Quadratmeilen wurden weitere Häuser beschädigt oder stürzten ein. Zum Glück gab es keine Todesopfer, 202 Menschen wurden jedoch verletzt. Der gesamte Norden Hollands bis zur Grenze des Rheins hatte einen kompletten Stromausfall. Städte, Fabriken und auch Bauerndörfer waren lahmgelegt. Nach einer Stunde wurde die Stromversorgung auf das Kraftwerk in Antwerpen umgeschaltet, so dass alles weitgehend wieder funktionierte. Die Aufsichtsbehörde in Den Haag vermutet, dass es sich um einen Terroranschlag mit dem Ziel der Zerstörung von Energieinfrastruktur handelt, und hat sofort Ermittler in die Region entsandt, um die Untersuchung aufzunehmen.

Da das Kraftwerk bei der Explosion vollständig zerstört wurde, nahm man zunächst an, dass alle 300 Roboterangestellten sowie die dreizehn menschlichen Aufsichtspersonen ums Leben gekommen seien. Es stellte sich jedoch heraus, dass acht Kontrolleure überlebt haben, woraus sich auch die Lage erklärte. Lediglich fünf Personen waren zum Schichtwechsel um 15:00 Uhr erschienen, die anderen acht der Arbeitsstelle ferngeblieben. Da die vorherige Schicht zeitgleich Feierabend machte, arbeiteten die Roboter von da an unter der Aufsicht von nur fünf Kontrolleuren, was für eine ordnungsgemäße Überwachung nicht ausreichte, und so kam es zu der Katastrophe.

---

* ANP: Atlantic News Press

Die eingesetzten Sicherheitskräfte nahmen die acht Abwesenden fest und verhörten sie nacheinander die ganze Nacht hindurch. Dabei kamen folgende Fakten ans Licht:

A verbrachte den Tag von 10:00 Uhr morgens im 7. Hotel am Oosterpark mit seiner Geliebten, betrank sich mit Calvados und schlief ein.

B, kürzlich von seinem homosexuellen Liebhaber verlassen, hatte ›Forgettin‹ eingenommen, um seinen Kummer zu lindern, vergaß darüber die Arbeit und irrte ziellos durch die Gegend.

C hörte sich stundenlang Anna Kaminijas ›Lied der Rinder‹ vom Tonband an, um es für seine Teilnahme am TV-Gesangswettbewerb einzuüben, sodass er darüber ebenfalls die Zeit vergaß. Plötzlich vernahm er ein lautes Getöse und die Fensterscheiben in seinem Zimmer zerbarsten. Er rannte ins Freie und wurde Zeuge der Explosion des Kraftwerks.

D war von Mittag an im Eisstadion, wo er fasziniert eine bezaubernde Schlittschuhläuferin beobachte und nicht mehr an seine Schicht dachte.

E hatte sich heftig mit seiner Frau gestritten und war nicht in der Verfassung, zur Arbeit zu gehen. Sie hat einen Liebhaber, was ihn so aufbrachte, dass er sie schlug. Beim Verhör wimmerte er unter Tränen: »Meine Frau hat mich wegen des Verbrechens der Eifersucht beim Amtsgericht verklagt, und nun muss ich dort aufkreuzen und meine Strafe kassieren.«

F war im Privathubschrauber mit seinen beiden Söhnen und seiner Frau in die Gegend von Durgerdam zum Angeln geflogen. Der Hubschrauber hatte jedoch eine Panne gehabt, und deshalb konnten sie nicht rechtzeitig zurückkehren.

G wollte sich den Tag ohnehin freinehmen, wegen des Hunderennens am Morgen. Da seine eigenen acht Hunde daran teilnahmen, hatte er keine Zeit, zur Arbeit zu gehen. Er ist Ehrenpräsident des Hundevereins.

Bei H zu Hause hatte der Heim-Roboter einen Defekt, er tobte und wurde gefährlich. H wollte ihn reparieren und war dann so vertieft darin, dass er zu spät zum Dienst kam.

Nach den Verhören konnte man einen terroristischen Akt ausschließen. Doch aufgrund des großen Schadens wird die Schuld der acht Personen, die ihre Arbeit vernachlässigt haben, als schwerwiegend angesehen.

Nach dem geltenden Strafgesetz der Republik würde eine Strafe folgendermaßen aussehen:

> Strafgesetzbuch, Artikel 173)
> Jeder, der es versäumt, öffentliche Roboter oder deren Arbeitsvorgänge zu überwachen und dadurch eine Katastrophe verursacht oder dazu beiträgt, wird mit der Todesstrafe oder mit mindestens fünfzehn Jahren Zuchthaus oder Gefängnis bestraft. Im Falle von privaten Robotern beträgt die Strafe mindestens zehn Jahre, höchstens jedoch 15 Jahre Haft.

> Strafgesetzbuch, Artikel 174)
> Jeder, der einen öffentlichen oder privaten Roboter einsetzt, um Menschen zu töten oder zu verletzen oder eine Katastrophe für die Menschheit verursacht, wird ungeachtet mildernder Umstände exekutiert. Auch der Versuch wird mit der Todesstrafe oder mit lebenslanger Haft oder mindestens 20 Jahren Zuchthaus bestraft.

Einer dieser beiden Artikel wird zur Anwendung kommen. Angesichts der Schwere des Vorfalls plant die niederländische Regierung, diese Gelegenheit zu nutzen, um den Bürgern die Verantwortung gegenüber Maschinen stärker bewusst zu machen und eine entsprechende Aufklärungskampagne zu starten.

(4. April 2027, Buenos Aires, UA)

Prof. Dr. med. Patricia, die hier im Januar dieses Jahres Dr. Johannes ehelichte und eine experimentelle Kurzzeit-Schwangerschaft von 118 Tagen an sich selbst erprobte, gebar heute Morgen einen Jungen, etwa zehn Tage früher als geplant. Dr. Johannes wollte keine Details preisgeben, da sich das Verfahren noch in der Erforschung befinde. Er versicherte jedoch, dass Mutter und Kind wohlauf seien.

Somit ist bewiesen, dass das Y-Hormon in den biologischen Prozess des menschlichen Organismus eingreift, indem es die Schwangerschaft auf vier Monate zu verkürzen vermag. Möge die Zukunft der Frauen glücklich sein! Ehre der menschlichen Kultur! Die Namen von Dr. Johannes und Prof. Patricia werden für immer im Gedächtnis aller Frauen verankert bleiben.

(4. April, Buenos Aires, UA)

Heute morgen gegen 3:30 Uhr nahm sich die blonde Schönheit und Erforscherin des Y-Hormons, Professor Patricia, nachdem sie gerade erst in Buenos Aires einen Jungen zur Welt gebracht hatte, das Leben, indem sie sich Strychninnitrat in die linke Armvene injizierte, als kein Pfleger anwesend war. Ein junger Arzt aus der Nachtschicht entdeckte die Tote kurz nach 4:00 Uhr.

Die Klinik weigerte sich jedoch, den herbeigeeilten Reportern irgendeine Erklärung abzugeben oder Interviews zuzulassen. Dr. Johannes verbarrikadierte sich in seinem Haus und lehnte jegliche Besuche ab. Erst heute Morgen gegen 9:30 Uhr konnte man Dr. Harold sprechen und erfuhr einige Einzelheiten: Frau Patricia hatte gestern Morgen einen gesunden Jungen mit einem Gewicht von 2800 Gramm zur Welt gebracht, doch das Kind wies eine schwere Missbildung auf – eine ausgeprägte Hasenscharte und Kiemen am Unterkiefer. Es scheint, dass Frau Patricia aufgrund des Anblicks einen extremen Schockzustand erlitt und Anzeichen geistiger Verwirrung zeigte. Vor ihrem Selbstmord spritzte sie dem Kind ein tödliches Medikament, womit sie die missliche Angelegenheit auf respektable Weise löste, wie es hieß. Dr. Johannes, zutiefst enttäuscht über dieses Resultat seiner Hormonforschung, hat heute Morgen seinen Rücktritt bei der Universität eingereicht.

Mit diesem Bericht stattete ich Dr. Philipp Sano, Direktor des Staatsklinikums Tokio, einen Besuch ab. Mit betrübter Stimme äußerte er sich hierzu folgendermaßen:

»Ich muss leider sagen, dass diese Katastrophe vorhersehbar war. Ich habe bereits mehrfach davor gewarnt. Der gottlose Glaube, man könne die Grenzen des menschlichen Lebens überwinden, ist genauso töricht wie die Annahme, man könne mit Dr. Howards Rakete den Weltraum erobern. Sowohl der Kosmos als auch der menschliche Körper sind von einem Mysterium beseelt, das sich nicht so ohne Weiteres beherrschen lässt. Die medizinische Forschung am menschlichen Körper muss viel achtsamer und demütiger sein.

Offenbar hat das Y-Hormon zur Folge, dass Teile des natürlichen Wachstumsprozesses übersprungen werden. Der Fötus durchlief nicht die entscheidende Phase, in der die Kiemen des Embryos verschwinden. Der Zeitpunkt, zu dem der Gaumen sich schließt und die obere Lippe zusammenwächst, wurde ebenfalls übersprungen, weshalb das Kind mit einer Hasenscharte geboren wurde.

Dr. Patricia wurde bedauerlicherweise Opfer des Y-Hormons und hinterließ uns eine wertvolle Lektion. Jedoch ist das Problem noch nicht beseitigt. In Dr. Johannes' Klinik wurde bis heute etwa 6.000 Frauen das Y-Hormon injiziert. Und weiteren 30.000 in anderen Einrichtungen. Auch wenn man die Anzahl als geringfügig einschätzt, werden 18.000 Schwangere Kinder mit Fischkiemen und Hasenscharten zur Welt bringen. Wie sollen wir damit umgehen?

Das Y-Hormon wurde jüngst als Segen der menschlichen Kultur gefeiert, aber ich glaube, die Zivilisation der Menschheit ist irgendwo auf Abwege geraten und hat einen dunklen Pfad eingeschlagen.«

3

APRIL 2027

(11. April 2027, RU-Nachrichten, Aufzeichnung)

Hier ist das Zentralamt der Föderativen Republik mit den RU-Nachrichten:

Die US-Amerikanerin Nina Scheppy, die in Belém, der Stadt an der Mündung des Amazonas, eine chirurgische Klinik leitet, reichte Klage beim Internationalen Gerichtshof in Paris gegen Herrn Adolph, Leiter der Roboterfabrik in Belém, ein. Bisher wurden Roboter weltweit weder weiß noch schwarz, und auch nicht gelb, sondern in einer angenehm neutralen Farbe, wie man sie bei Vietnamesen vorfindet, hergestellt. Frau Nina beklagt jedoch, dass »die Roboterfabrik in Belém neuerdings reinrassig weiße Roboter mit braunen Haaren, blauen Augen und rosiger Haut produziert, die zumeist für Straßenreinigung, Schiffsladungen an Kais, Abwasserkanalbau oder in Krematorien eingesetzt werden. Erstens verstößt dies gegen die Roboter-Herstellungsverordnung. Zweitens sollen auf diese Weise die Weißen mutwillig verhöhnt werden. Ich ersuche deshalb den Internationalen Gerichtshof, die Herstellung weißer Roboter zu verbieten, die bereits fabrizierten zu konfiszieren und anschließend zu verschrotten. Auch fordere ich im Namen des internationalen Friedens, dass über den Fabrikleiter und den Direktor des Verwaltungsrats wegen Beleidigung der weißen Bevölkerung die Todesstrafe verhängt wird.«

Das Internationale Gerichtshof in Paris nahm die Angelegenheit ernst und bestellte gestern Morgen Herrn Adolph zu einer Anhörung ein.

Der Angeklagte, ein Schwarzer Anfang dreißig, trat energisch und ambitioniert auf. Auf die Fragen des Anwalts gab er klare Antworten, ohne ins Stottern zu geraten.

»Es ist wahr, dass meine Fabrik die erwähnten Roboter hergestellt hat. Etwa 3.600 wurden bisher produziert und sind im Einsatz, 600 befinden sich auf Lager. Da ihre Leistung nicht besonders gut ist, lassen wir sie niedere Dienstleistungen verrichten, wie die Straßenreinigung oder die Einäscherung in Krematorien. Sie wurden auf mein eigenes Gutdünken hin produziert, und auch das Design stammt komplett von mir. Das heißt, der Direktor des Roboter-Verwaltungsrats trägt keinerlei Schuld.

Mit welchem Ziel ich die weißen Roboter produziert habe? Nun, die Antwort ist simpel. Genau wie Frau Nina behauptet: Ich will die Weißen damit beleidigen. Genauer gesagt habe ich sie, da die Weißen vehement die Farbigen schmähen, absichtlich entgegen den Vorschriften hergestellt und in die untere Arbeiterklasse geschleust, um mich für die Schmach zu rächen.

Ich füge mich bereitwillig dem Urteil des Internationalen Gerichtshofs. Aber wenn die Republik wirklich auf der Seite der ethnischen Gleichberechtigung steht und der Gerichtshof den Frieden zwischen den Völkern wahren will, dann sollten sie vor meiner Bestrafung die Roboterfabriken in den Vororten von New Orleans im US-Bundesstaat Louisiana inspizieren. Dort gibt es Zehntausende Roboter, die exakt wie wir Schwarzen aussehen. Zu niederen Arbeitsdiensten gezwungen und ausgebeutet, von den Weißen verhöhnt. In den Südstaaten der USA herrschen seit Jahrhunderten rassistische Ansichten, farbige Menschen werden für minderwertig gehalten. Der Bürgerkrieg war genau aus diesem Grund ausgebrochen, und wenn diese Mentalität weiterhin fortbesteht, dann hat die Republik in ihrer jetzigen Form für uns farbige Menschen keinen Wert. Es ist eine höchst widerwärtige Gesellschaft. Wenn die schwarzen Roboter komplett abgeschafft werden, bin ich bereit, meine weißen Roboter ebenfalls zu verschrotten.«

Beim Internationalen Gerichtshof war man sichtlich schockiert. Sie ordneten an, dass Adolph vorläufig in Haft genommen wird, und entsandten zwei Ermittler zur Untersuchung des Falls nach New Orleans.

Die bisherigen Ermittlungen haben ergeben, dass die acht Fabriken in der Nähe von New Orleans in den letzten Monaten etwa 32.000 schwarze Roboter produziert haben. Diese Roboter wurden hauptsächlich für Frachtarbeit, im Straßenbau, in der Viehschlachtung und Lederverarbeitung eingesetzt. Es wurde auch berichtet, dass einige Schwarze die Roboter angestiftet haben, sich gegen die Weißen zu erheben und Gewalt gegen sie auszuüben. Fünf strafrechtliche Klagen sind bisher bekannt.

Der Internationale Gerichtshof betrachtet diese Vorfälle als ernst zu nehmende Angelegenheit und plant, dem Hauptausschuss Bericht zu erstatten, um weitere Anweisungen einzuholen, bevor entsprechende Maßnahmen ergriffen werden.

(13. April 2027, Rom, UA)

Das Problem der schwarzen Roboter in Nordamerika, das durch die Klage von Frau Nina ins Rollen gebracht wurde, hat plötzlich die Aufmerksamkeit der farbigen Völker weltweit auf sich gezogen, wodurch sich die Angelegenheit dramatisch verschärft hat.

Von gestern auf heute haben Durban, Timor, Äthiopien, Afghanistan und mehrere arabische Staaten vehemente Protestnoten beim Internationalen Gerichtshof und bei den Vereinten Nationen eingereicht. Es wird erwartet, dass auch Länder des Südpazifiks, Indien, Birma und andere ihre Empörung zum Ausdruck bringen werden. Besonders bedrohlich könnte die Lage werden, wenn die gelbe Bevölkerung aus der Mongolei, China und Japan mitzieht.

Dr. Ezra Rosamond, Vorsitzender des Oberausschusses der Republik, versuchte, Ruhe in die Lage zu bringen:

»Die Gleichheit der Rassen in unserer Republik bedarf keiner erneuten Bestätigung. Ich selbst, der ich zum Generalsekretär gewählt wurde, bin schließlich ein Schwarzer aus Kalkutta. Auch wenn 20.000 oder gar 30.000 schwarze Roboter produziert werden, wird die Welt davon nicht untergehen.« Diese Botschaft wurde im Fernsehen ausgestrahlt, aber es bleibt abzuwarten, ob dies die 350 Millionen farbigen Menschen überzeugt.

Zwischenzeitlich wurden der Fabrikleiter in New Orleans und der Direktor der Roboterverwaltung verhaftet, doch etwa 20.000 Weiße umringten die Polizei und warfen Steine, um die beiden zu befreien. Dabei wurden etliche Sicherheitsroboter beschädigt und sechsunddreißig erlitten einen Totalschaden.

In der Stadt Belém herrscht Ruhe. Die weißen Arbeitsroboter wurden vom Verwaltungsrat konfisziert und eingelagert.

(14. April 2027, Vancouver, UA)

Beim gestrigen Bankett der Wissenschaftskonferenz hielt Dr. Harper vom Nationalen Institut zur Erforschung menschlicher Rassen eine Tischrede, die weltweit Aufsehen erregte.

»Wir akademischen Forscher glauben fest, dass die Kultur dieser Republik das höchste Niveau in der Geschichte der Menschheit erreicht hat. Sämtliche Forschungen unterliegen keinerlei Beschränkungen mehr, die Einrichtungen sind perfekt ausgestattet. In dieser Situation tragen wir Wissenschaftler eine große Verantwortung, alles daranzusetzen, zum Glück der Menschheit beizutragen. Es ist unbestritten, dass jeder in seinem jeweiligen Bereich außergewöhnliche Beiträge geleistet hat. Doch angesichts der jüngsten Ereignisse in der Stadt Belém, die durch das Roboterproblem ausgelöst wurden und die Aufmerksamkeit der Welt auf sich gezogen haben, empfinde ich als Rassenforscher tiefes Bedauern und Scham. Die Rassenunterschiede gelten abgesehen von geringfügigen Vermischungen unverändert seit Tausenden von Jahren. Trotz des Fortschritts der Menschheit haben wir es versäumt, uns dieses dringenden Problems anzunehmen, was ich für einen fatalen Fehler halte. Wenn es uns durch unsere Forschung gelänge, 350 Millionen Farbige in Weiße zu verwandeln, dann ließe sich das Problem radikal lösen. Der Frieden zwischen den Völkern könnte zu einem endgültigen Frieden zwischen den Mitmenschen führen. Dies stellt eine dringende Herausforderung für uns Anthropologen dar.

Es ist nicht so, dass wir uns diesem Problem bis heute nicht gestellt hätten. Es wurden bereits einige Studien durchgeführt. Zum Beispiel haben Mitglieder eines Berliner Forschungsinstituts vor zwei Jahren auf einem wissenschaftlichen Kongress berichtet, dass ein bestimmtes Hormon aus dem Augapfel weißer Hasen das menschliche Hautpigment reduzieren kann. Zudem haben zwei junge Wissenschaftler an meinem eigenen Institut bereits erfolgreiche Tierversuche durchgeführt. Sie haben das PA-Hormon aus dem Gehirn eines männlichen Wals fünf gefleckten Welpen von fünf gefleckten Eltern injiziert. Von den späteren Nachkommen der behandelten Welpen waren dreißig Prozent reinweiß. Die restlichen siebzig Prozent wiesen hellere Flecken auf. Nachdem letzteren erneut das PA-Hormon verabreicht wurde, stellte man fest, dass von sechs geborenen Welpen bereits fünf reinweiß waren, während lediglich einer noch die Tupfen seiner gefleckten Vorfahren aufwies. Nach sechs bis sieben Generationen von Injektionen dürften schätzungsweise alle gefleckten Hunde in weiße Hunde verwandelt worden sein.

Wenn diese Methode auf die Menschheit angewendet würde, könnten in 150 bis 180 Jahren alle Menschen zu Weißen werden. Dies mag der Traum von Wissenschaftlern sein. Doch ich bin entschlossen, dieses Ziel weiter zu verfolgen und meine Forschung voranzutreiben.«

(15. April 2027, Paris, ANP)

Der Roboter-Vorfall in Belém, der weltweit Aufmerksamkeit erregte, wird ab dem kommenden 22. April am Internationalen Gerichtshof Paris verhandelt. Weltweit erklären farbige Menschen den Fabrikleiter Adolph für unschuldig und strömen nun massenhaft nach Paris, um ihn solidarisch zu unterstützen.

Die Stadt an der Seine hat sich in eine schwarze Landschaft verwandelt. Bis zum Beginn des Prozesses könnten sich 800.000 Schwarze in Paris versammeln. Um ein Chaos durch Massenunruhen zu verhindern, haben die Behörden massive Barrikaden aus Eisen um das Oberste Gericht errichtet und warnten die Schaulustigen vor möglichen Krawallen.

Der Fabrikleiter und der Direktor des Roboter-Verwaltungsrats von New Orleans trafen heute früh auf dem Pariser Flughafen ein.

Die beiden Angeklagten wurden von sympathisierenden Weißen auf dem Flughafen empfangen, die grölend die Stimmung anheizten und zu einer Kundgebung aufriefen. Jedoch schritten sogleich 4.000 Roboter-Sicherheitssoldaten ein und lösten den Protestmarsch innerhalb von drei Stunden wieder auf. Die alarmierte Sicherheitsbehörde geht davon aus, dass es am 20. April, dem Tag des Prozessbeginns, zu erheblichen Ausschreitungen kommen wird. Sie fordert verstärkungshalber Unterstützung von Generalleutnant Junker Wilhelm von der Bundessicherheitswehr an, um die Ordnung aufrechtzuerhalten.

(17. April 2027, Tokio, NTV*)

Das zum Welthit gekürte ›Lied der Rinder‹ von Anna Kaminija, das am 19. Januar dieses Jahres von NTV übertragen wurde, wird von den Hörern immer wieder gern gewünscht. Täglich erhalten wir Post von leidenschaftlichen Fans, die sich nach einem Live-Auftritt verzehren.

NTV hat bisher mehrmals mit der Künstlerin zu verhandeln versucht. Anna hat jedoch keinerlei Ambitionen, zum Weltstar zu avancieren. Trotz ihrer fantastischen Stimme lehnt sie jeglichen Fankult ab und hat sich auf Sachalin in die Berge zurückgezogen, wo sie sich mit Kühen vergnügt. Wir haben ihren Entdecker George Hamada interviewt. Auch er reagierte abweisend mit der Begründung: »Es sind doch nur Bauernweisen aus dem Urwald.«

---

* Nippon Television

Der Sender entschloss sich schließlich zu einer letzten Strategie, um ihre Lieder auch zukünftig ausstrahlen zu können. Als Reporter machte ich mich mit einem geheimen Plan gestern Abend allein auf den Weg zur Robotik-Behörde, um den Verwaltungsrat George Hamada aufzusuchen.

Als ich in sein Büro trat, erblickte ich eine atemberaubend schöne Frau auf dem Sofa. Ein junger Mann kuschelte sich an sie, nahm ihre Hand und streichelte ihren Arm, während er ihr mit zärtlicher Stimme etwas ins Ohr raunte. Rauchend beobachtete ich die Szene aus dem Augenwinkel. Während der Liebestrunkene ihr unterwürfig den Hof machte, lag sie reglos in seinen Armen und stierte gelangweilt vor sich hin. Ich hielt sie für eine Loloa trinkende Lesbe und behielt sie weiterhin verstohlen im Auge. Ihre extrem gefühllose Haltung hatte jedoch wohl mit Loloa nichts mehr zu tun. Ich hatte fast Mitgefühl mit dem Burschen. In diesem Moment öffnete sich die Tür und George Hamada trat ein.

»Oh, guten Abend. Was halten Sie von den beiden? Trautes Glück, nicht wahr?«, begrüßte er mich und wies auf das Pärchen.

»Ich bin ganz baff.«

Hamada lachte hell auf.

»Der Mann ist ein Prototyp, gestern Abend fertiggestellt.«

Du meine Güte! Die beiden waren also Roboter.

»Ach herrje, das ist ja unfassbar! Ich wäre nie darauf gekommen. Aber schon seltsam. Ich dachte, Roboter können sich nicht verlieben.«

»Genau das irritiert mich auch. Bisher hat sich kein einziger Roboter verliebt. Auf Geheiß des Bundesparlaments habe ich den ersten Prototypen mit Moral programmiert. Wie Sie sehen, ist er absolut unbrauchbar. Ich werde stellenweise Korrekturen vornehmen und einen neuen Prototyp herstellen. Die Frau ist übrigens meine Sekretärin, eine standardmäßige Anfertigung. Daher reagiert sie überhaupt nicht, egal wie hartnäckig er sie umgarnt. Es ist amüsant mitanzusehen, wie er sich vergeblich abmüht. Eine richtige Klamotte.«

»Aber der Typ zeigt doch keinerlei sexuelle Gelüste …«

»Genau, das macht die Szene ja noch ulkiger. Er umwirbt sie aus irgendeinem mechanischen Grund, aber das Umwerben selbst ist automatisiert und verfolgt kein weiteres Ziel. Selbst wenn die Frau darauf reagieren würde, liefe die Angelegenheit ohne weitere Entwicklung ins Leere. Er ist genau wie bei den ›Unfruchtbaren‹, die zwecks Bevölkerungseindämmung bis zu ihrem zwölften Lebensjahr in Kinderheimen aufwachsen, wo sie dann sterilisiert werden.

Aber ich habe kein Recht, über den Roboter herzuziehen. Wir Menschen treiben es wahrscheinlich auch nicht viel anders. Sex zwischen Menschen entbehrt mittlerweile des Zwecks der Fortpflanzung und ist nur noch ein nutzloses Treiben zum reinen Vergnügen, eine Art Konsum. Extreme Formen sind Homosexualität und Loloa. Es besteht also kaum noch ein Unterschied zu diesem missglückten Roboter.«

»Ich verstehe. Interessante Theorie. Und wissen Sie schon, durch welchen Defekt sich dieser Roboter verliebt?«

»Nein, das wird noch untersucht. In den nächsten Tagen werde ich ihn zerlegen, habe aber schon einen Verdacht. Eine farbige Radiowelle, wie sie für die Desinfektion bei chirurgischen Eingriffen verwendet werden. Es ist eine sehr schwache Strahlung, aber durchaus sichtbar. Dabei wird nur die Luft um den Roboter elektrisch aufgeladen, sie leuchtet dann blau. Diese farbige Radiowelle übt offenbar eine bestimmte Wirkung auf sein System aus, die diesen Liebeswahn hervorruft. Eine ganz neue Entdeckung. Wenn sich mein

Verdacht bewahrheitet, wird man Roboter im OP-Saal nicht mehr zulassen können.«

Während unseres Gesprächs säuselte der Liebestolle auf dem Sofa unverdrossen der schönen Roboterdame ins Ohr.

»Übrigens, ich habe heute eine große Bitte an Sie und bin gekommen, um direkt mit Ihnen zu verhandeln. Bitte sagen Sie zu.«

»Ich soll zustimmen, ohne dass ich weiß, worum es geht? Was genau möchten Sie denn mit mir besprechen?« Hamada lächelte sanft und schien bereits zu ahnen, weshalb ich gekommen war.

»Es geht um Anna Kaminija. Meine Sendeanstalt kann sie nicht einfach so aufgeben, da ihre Fans aus aller Welt uns täglich mit Post bombardieren. Wir haben nur die eine Bitte, sie noch ein letztes Mal auftreten zu lassen, irgendwo, nicht mehr als fünfzehn Minuten. Herr Kusano, unser Rundfunkdirektor ist – ganz unwürdig für sein hohes Alter – völlig verrückt nach ihr und drängt uns, sie unbedingt noch einmal zum Singen zu bringen. Flora Victoria sei auch gut, aber sie würde ihn nur kurzzeitig beflügeln, ohne nachhaltige Wirkung. Annas Gesang erscheint ihm ernst. Ihr Lied erinnert ihn an die Mutterbrust. An seine traurigen Tränen an dem Herbsttag, als seine Mutter starb. Annas Gesang sei melancholisch und fröhlich zugleich. Wenn er ihm lausche, fühle er Wehmut, die ihm wie ein Windstoß durch Mark und Bein gehe. Herr Kusano ist wild entschlossen und hat mir den strengen Befehl erteilt, Sie noch einmal inständig darum zu bitten. Wir würden Ihnen auch das Flugzeug unseres Vorstandsdirektors zur Verfügung stellen. In einer Stunde und zehn Minuten wären wir in Toyohara. Wir können noch heute Abend abreisen, auch sofort, wenn Sie möchten. Morgen früh wäre es ebenfalls möglich. Ich flehe Sie an und verneige mich demütig. Annas Gesang ist Weltkulturerbe. Wenn ihre Fans rund um den Globus den Wunsch haben, sie noch einmal zu hören, sollte sie nachgeben, auch wenn sie partout keine Lust hat. Wenn Sie zusagen, müssen Sie auch keinerlei Verantwortung übernehmen. Ich kann selbst die Verhandlungen führen.

Übrigens ist gerade Heringssaison in Hokkaido. Auf dem Rückweg werde ich einen kurzen Abstecher dorthin machen, um beim herrlichen Anblick des Meeres Hering zu speisen und kaltes Bier zu zischen. Mir läuft jetzt schon das Wasser im Mund zusammen. Das bleibt aber unter uns, ja?«

»Hering und Bier, verdammt noch mal! Eigentlich hatte ich mir geschworen, Anna nie wiederzusehen, da kannst du noch so viele Bücklinge machen … Aber Hering und Bier, verdammt! Die Liebe ist eine Falle des Lebens, ein Wald, in dem die Herzen sich verirren. Ich hatte mich gerade mit dem Gedanken abgefunden, sie aufzugeben. Und jetzt kommst du und machst alles kaputt. Du bist wohl der Bote des Teufels – oder ein Abgesandter Gottes? Ist mir auch egal, aber auf Hering und Bier kann ich unmöglich verzichten. Bist du mit dem Auto da? Kannst du per Videophone einen Privatjet chartern? Ich gehe kurz duschen und genehmige mir einen Schluck Whisky, dann brechen wir um 21:00 Uhr auf! Eins sage ich dir aber gleich. Ich mache euch nur miteinander bekannt, mehr nicht. Ob Anna im Fernsehen auftritt, musst du selbst mit ihr verhandeln. Ich mische mich da nicht ein.«

»Okay! Prima.«

Wie heißt es doch: ›Sorge dich nicht, sondern handle!‹ Jedenfalls hatte die zunächst wenig hoffnungsvolle Verhandlung schon mal so weit bestens geklappt, nur weil ich beiläufig von Hering sprach. Der Rest lag in meiner Hand, und ich hatte bereits eine Strategie in petto.

Um Punkt 21:00 Uhr fuhren wir los und zwanzig Minuten später trafen wir am Flughafen ein. Um halb zehn hoben wir dann ab, ich mit hochfliegender Hoffnung.

Am östlichen Horizont stieg gerade der Vollmond auf. Die weißen Wolken unter uns strahlten und der Himmel war noch erstaunlich hell. Andere Flugzeuge passierten uns und überholten einander. Ihre blinkenden Positionslichter webten ein prächtiges Gewand am Nachthimmel – wie Brokat, der aus Sternschnuppen bestand. Zwei große Transportflugzeuge folgten uns in diskretem Abstand, was George Hamada nicht zu bemerken schien. Eine Personenmaschine mit einem Tross von drei Fernsehtechnikern, zwanzig Roboteraufsehern und siebzig Arbeitsrobotern an Bord sowie eine Spezialmaschine des Rundfunks mit Unmengen Ausrüstung folgten uns unauffällig.

Um 22:40 Uhr landeten wir in Toyohara. Um 23:00 Uhr waren wir im Hotel, belegten jeweils ein Zimmer und wünschten einander ›Gute Nacht‹. Ich schlich mich heimlich aus dem Hotel, um die Fernsehtechniker zu kontaktieren.

Sie arbeiteten bis tief in die Nacht. Vom Vollmond hell beschienen, kamen die siebzig Arbeitsroboter zum Einsatz und platzierten hochempfindliche Mikrofone in der Nähe von Annas Werkstatt sowie in einem abgeholzten Waldstück am Ufer eines Bächleins und um die Berghütte herum. Sie bereiteten alles vor, um die kleinsten Regungen, jedes Wort bis hin zu Annas Seufzern aufzunehmen. In der Stille der Berge, in der auch die Pflanzen und Bäume schlummerten, ertönte mal das Jaulen eines Wiesels, mal kreuzte ein Fuchs den Pfad. Die wilde, unberührte Bergwelt in Sachalin war schaurig, keine Spur einer menschlichen Zivilisation. Wie eigenwillig Anna doch war, die ihre weltweite Prominenz einfach so ignorierte und sich in diesen primitiven Gefilden wohlzufühlen schien …

Nach getaner Arbeit kehrte ich erst gegen 4:00 Uhr morgens ins Hotel zurück. Nach einem kurzen Nickerchen saß ich pünktlich um 8:30 Uhr mit Hamada am Frühstückstisch. Jetzt kam der entscheidende Moment. In Gedanken versunken blickte ich auf mein Gedeck – Kaffee, Toast und ein gekochtes Ei –, griff zum Teelöffel und sagte:

»Übrigens finde ich es nicht sehr ratsam, gleich zu ihr zu gehen, um über den Auftritt zu verhandeln. Könnten Sie sich nicht heute erst mal allein mit Anna treffen? Ich komme dann morgen hinzu. Es wäre vielleicht unhöflich, sie so unvorbereitet zu bedrängen. So hätte sie einen Tag Bedenkzeit. Wenn sie ablehnt, muss ich damit leben. Für mich ist es eine wichtige Angelegenheit. Gut Ding will Weile haben. Würden Sie mir den Gefallen tun? Falls Sie noch heute zurückkehren, können Sie mir von Ihrem Besuch berichten. Ansonsten treffen wir uns morgen früh dort, wenn Sie über Nacht bei ihr bleiben.«

Hamada ahnte nicht, was ich im Schilde führte.

»Ach herrje, du machst dir ja vielleicht Gedanken! Na ja, vielleicht hast du Recht. Anna trinkt Loloa, ich habe sie ohnehin aufgegeben. Ich werde dann am Abend zurück ins Hotel kommen. Dann essen wir Robbenfleisch und genehmigen uns einen ordentlichen Schluck«, willigte er lächelnd ein.

Vermutlich freute er sich bereits darauf, den ganzen Tag allein mit Anna verbringen zu können.

Nachdem Hamada das Hotel verlassen hatte, gab ich den Fernsehtechnikern grünes Licht, unseren Plan in die Tat umzusetzen. Unverzüglich flossen Strom und Radiowellen durch die installierten Mikrokabel um Annas Werkstatt, im Wald, Kuhstall sowie am Ufer des Bächleins.

(Fernsehaufzeichnung/Ausschnitte)

(1)

Gegen 10:15 Uhr. Im Wald. Beide sitzen auf einem gefällten Baumstamm. Anna, bekleidet mit einer Hose aus gegerbtem Leder und einem gelben Pullover, schlägt mit einer Bambusgerte ins Gras. Hamada raucht eine Zigarette.

»Du hast dich gar nicht verändert.«

»Wie? Was redest du da? Ich habe abgenommen, findest du nicht?«

»Wieso denn das?«

»Meine Kuh war krank. Drei Tage habe ich kein Auge zugemacht.«

»Ach? Kühe scheinen dich ja mehr zu bekümmern als Menschen.«

»Ich hasse Menschen! Dich übrigens auch.«

»Wieso?«

»Du hast den typischen Männergestank.«

»Das liegt daran, dass du Loloa trinkst.«

»Na und?«

»Hör auf damit. Es ist nicht gut, den natürlichen Zustand mit Medikamenten zu verfälschen.«

Anna kichert.

»Du lebst mitten in der Natur. Warum nimmst du dieses künstliche Zeug ein?«

»Es gibt einen Grund dafür.«

»Was für einen Grund?«

»Darüber kann ich jetzt noch nicht sprechen.«

»Es gibt keinen Grund. Sonst sag ihn mir!«

»Es gibt einen Grund, warum ich es nicht sagen kann.«

Hamada schweigt. Man hört, wie Roboter in der Nähe Bäume fällen. Ein Falke fliegt über ihre Köpfe hinweg.

»Anna, komm mit nach Tokio!«

»Wozu, was soll ich da?«

»Begleite mich nach Tokio … und heirate mich.«

»Nein.«

»Warum nicht?«

»Da ist mir zu viel Trubel.«

»Dann ziehe ich nach Sachalin.«

»Nein! Männer sind mir ein Gräuel.«

»Anna!« George Hamada nimmt ihre Hand und legt ihr seinen Arm um die Schulter.

Anna schüttelt ihn ab, springt auf und hopst leichtfüßig auf den Stamm, auf dem sie gerade saß, um darauf zu balancieren. Im Rhythmus ihrer tappenden Schritte fängt sie an zu singen.

Der Schnee schmilzt weg, die Blumen erblühen.
Lass uns mit Fuchswelpen spielen …
Das Bächlein schwillt an und wird ein Teich.
Lass uns mit Fuchswelpen spielen …

(2)

Gegen 12:10 Uhr. Die beiden laufen den Waldweg herab. Rauch steigt vom Dach der Werkstatt auf. Das zittrige Meckern einer Ziege.

»Ach herrje, meine Ziege«, schreit Anna auf und saust die Böschung hinunter.

Aus dem hohen Gras ragt eine Geiß mit großen Hörnern hervor. Anna rennt zu ihr und lässt sich neben sie fallen. Sie tollt herum wie ein Tier und ergreift die Vorderbeine der Ziege, die ein erschrockenes Meckern von sich gibt. Laut lachend kriecht Anna zwischen ihre Beine. Hamada kommt näher und beobachtet die Szene. Nach etwa einer Minute hebt Anna ihren Kopf und lacht schallend. Ihre Wangen und Lippen sind weiß und nass von Ziegenmilch.

»Köstlich! Hamada, willst du auch mal probieren?«

Hamada schüttelt angewidert den Kopf. Lachend kriecht sie abermals unter den Bauch der Ziege und saugt an der Zitze.

Schließlich richtet sie sich langsam auf, bleibt im Gras sitzen und wischt sich den Mund mit dem Handrücken ab.

»Was glotzt du so?«

»Du benimmst dich wie ein wildes Tier.«

»Da hast du recht. Ich bin ein Tier. Jedenfalls kein so feiner Pinkel wie du.«

Mit affektiert großen Schritten betritt sie die Werkstatt. Seufzend folgt er ihr.

(3)

Gegen 16:30 Uhr. Die beiden lehnen am Zaun des Kuhstalls und unterhalten sich. Aus dem Wald kommen ungefähr zwanzig Roboter im Gänsemarsch zurück. Sie tragen Äxte und Sägen.

»Anna, ich bitte dich ein letztes Mal. Willst du wirklich nicht zu mir nach Tokio ziehen?«

Anna blickt in die Ferne und antwortet nicht. Das schräg einfallende Licht der untergehenden Sonne beleuchtet ihre Wangen.

»Wenn du nicht willst, kann ich nichts machen. Ich werde nie mehr nach Sachalin kommen. Dann sehen uns jetzt wohl zum letzten Mal … Ich weiß, du lebst gerne in den Bergen. Aber in Tokio kann man auf andere Weisen glücklich sein. Du wirst doch nicht ewig mit Füchsen und Kühen herumtollen, was bringt dir das? Das Leben hier ist tausend Jahre im Rückstand gegenüber der modernen Republik …

Aber was soll's. Wenn du nicht willst, ist es sinnlos, weiter auf dich einzureden. Ich verlasse dich. Mach's gut.«

Anna wendet den Kopf ab, reißt heftig Grashalme aus, kaut darauf herum und spuckt sie aus. Sie wirkt gereizt und nervös.

»Morgen kommt jemand vom Rundfunk. Sprich doch bitte kurz mit ihm. Er wird dich bitten, noch ein Mal zu singen. Du kannst ja dann frei entscheiden.«

Die einsame Ziege im Gras fängt wieder an zu meckern. Der Wind frischt auf, die Wipfel rauschen.

»Leb wohl, Anna!«

Hamada reicht ihr die Hand. Sie reißt Gräser ab, kaut und spuckt aus.

»Lebe wohl! Alles Gute.«

Seine Stimme zittert. Anna dreht sich nicht um. Er legt den Arm um sie. Anna wendet stur ihr Gesicht ab. Das ist ihr letzter Abschiedsgruß. Hamada lässt von ihr ab und geht ruhig zur Werkstatt hinunter, wo sein Auto steht. Er steigt ein und schließt die Tür. Der Elektromotor fängt an zu brummen. Das Auto setzt sich in Bewegung. Er blickt sich noch einmal um. Sein wehmütiges Gesicht. Anna geht den Waldweg zurück, stapft durchs Gras. Sie macht keine Anstalten, sich umzudrehen. Das Auto fährt den Hang hinunter.

(4)

Gegen 17:00 Uhr. Frühe Dämmerung in Sachalin. Der Wald liegt im Zwielicht, Anna ist kaum mehr zu erkennen. Man hört ihre gleichmäßigen Schritte. Ein Käuzchen ruft. Der Wind rauscht durch die Wipfel. Ein Eichhörnchen huscht vorbei.

Plötzlich beginnt Anna mit zaghafter Stimme zu singen. Ihre Stimme bebt. Sie unterbricht sich stellenweise.

> Schreckliche Berge, schrecklicher Wind.
> Die Nacht dringt tief in mein Herz.
> Die Brust tut weh, der Hals tut weh.
> Kommt herbei, ihr Wölfe, und fresst meine Brust!

Ich habe zwei Herzen.
Ein echtes und ein falsches …
Das echte ging mit ihm
Gemeinsam den Berg hinunter.
Das falsche quält mich,
Zerreißt mich von innen!

Wenn er das nächste Mal erscheint,
Werde ich ihm nicht mehr ausweichen können.
Daher fürchte ich seinen Besuch.
Aber er wird nie mehr zurückkehren.

Anna stürzt ins Gras und wälzt sich herum. Plötzlich schluchzt sie laut. Kreischt und weint, jault wie ein wildes Tier. Ein Schaudern erfasst die Luft im Wald …

Mir standen die Haare zu Berge, als ich auf den Monitor schaute. Keiner von uns wusste, was ihr leidvolles Klagen verursacht hatte. Aber das durften wir unmöglich übertragen. Nur ihr Lied konnten wir herausschneiden und ausstrahlen.

Hamada kam völlig entkräftet zurück. Es tat mir leid, ihn so am Boden zerstört zu sehen.

Am nächsten Tag verzichtete ich auf das Treffen mit Anna und flog mit Hamada nach Hokkaido. Hamada sprach kein einziges Wort, während er Bier trank und Hering aß. Anna hütete ein Geheimnis. Was für ein Geheimnis, wusste offenbar auch Hamada nicht.

(19. April 2027, RU-Nachrichten)

Wir senden die Mittagsnachrichten.

Eine große Rattenplage ist ausgebrochen … Entlang der südsibirischen Bahnstrecke von Irkutsk nach Tomsk hat sich in den letzten zehn Tagen eine Riesenhorde Wildratten zusammengerottet, die sich nun nach Südwesten bewegt. Deren Anzahl beträgt schätzungsweise zwanzig bis dreißig Millionen. In den von ihnen durchquerten Gebieten wurden alle Feldfrüchte vollständig aufgefressen, sie erwecken nun den Eindruck verbrannter Erde. Berichten von Einwohnern zufolge scheint es eine Art disziplinierte Führung innerhalb der Horde zu geben, da das Einschlagen ihres Kurses sowie das Innehalten und Versammeln offenbar planmäßig geschieht.

Dazu äußerte sich der Moskauer Zoologe Professor Porogin wie folgt:

»Die voranschreitende Rattenhorde nimmt täglich zu. In der sibirischen Geschichte gab es bereits solche Vorkommnisse, aber diesmal handelt es sich hinsichtlich Anzahl und Ordnung wohl um das bisher größte Ereignis dieser Art auf unserem Planeten. Den Berichten nach weist die Horde sogar eine Art Kultur auf. Man könnte spekulieren, dass in Zukunft die Spezies der Nagetiere die Erde bevölkern und die Menschheit verdrängen wird. Aber wenn ihre derzeitige Route weiter in dieser Richtung verläuft, wird die Horde in der Wüste Zentralasiens, wenn nicht gar in der iranischen oder arabischen Wüste landen und dort aussterben. Falls sie jedoch ihren Kurs nach Westen ändert und die Ukraine erreicht, müssen wir uns auf eine Katastrophe gefasst machen. Es bliebe uns dann nur eine einzige drastische Gegenmaßnahme: die Wolga zu vergiften und sie in den Fluten zu vernichten.«

Wir kommen zum nächsten Bericht.

Der Zuckerrohranbau in Kuba sieht durch einen massiven Schädlingsbefall Ernteeinbußen von achtzig Prozent entgegen. Es handelt sich dabei vermutlich um eine neue Art von Zünslerraupen, die sich nach dem Austrieb der jungen Pflanzen in den Stängeln einnisten und deren Mark verzehren. Trotz der unermüdlichen Bemühungen vieler Fachkräfte, die Schädlinge zu bekämpfen, scheint es keine Lösung zu geben, um die Ausbreitung der Insekten zu verhindern.

Auch in Java beklagt man seltsame Symptome bei Zuckerrohr: Ein Schimmelpilz befällt das Wurzelwerk der Pflanze und verhindert ihr Gedeihen, worauf die Blätter verwelken und die Stängel bis zu achtzig Prozent ihres Zuckergehalts einbüßen. Da sich diese Krankheit über die Luft verbreitet, bleibt als letzte Maßnahme nur, die betroffenen Felder vollständig abzubrennen. Die zukünftige Entwicklung bleibt ungewiss.

Nächste Nachricht:

Dr. jur. Vasco Ibaniero, Rechtsberater der portugiesischen Regierung, legte dem Verfassungsausschuss der Republik seinen Bericht vor, der hitzige Debatten auslöste.

›In der Föderativen Republik gibt es circa 46.000 Gesetze. In den letzten zehn Jahren ist die Zahl der Vorschriften durchschnittlich um 2.000 per anno gestiegen. Wenn die Entwicklung so weitergeht, wird es in zwanzig Jahren 86.000 Vorschriften geben. Zudem hat jedes Land noch ungefähr 30.000 eigene Gesetze, zusätzlich zum Gesetzeskatalog der Republik. Das heißt, ein Einwohner ist aktuell an 76.000 gesetzliche Vorschriften gebunden.

Der Verfassungsausschuss ist ganzjährig damit beschäftigt, neue Gesetze zu verabschieden. Es ist jedoch fraglich, ob einige Gesetze wirklich nötig sind. Zur Zeit werden folgende Gesetzesentwürfe diskutiert: Kontrollgesetz zur Paarungszeit von Haushunden betreffs öffentlicher Moral, Gesetz zur Lebensmittelrationierung für Schulkinder, Gesetz zur Meldepflicht von Alkoholkonsum, Gesetz zur Umzugsgenehmigung, Regulierungsgesetz zur Rationierung der Verhütungsmittel, Luftverkehrsgesetz bei Regen und Bewölkung, Gesetz zur Beschränkung der Zuschauerzahlen bei Sportveranstaltungen, Gesetz zur Dauer von Hochzeitsreisen, Gesetz zur Bestattung der Leichen bei Liebespaar-Selbstmorden … Diese Gesetze verkomplizieren unnötig das individuelle Leben. Ist das Gesetz für den Menschen da? Oder der Mensch für das Gesetz? Der Großteil der Schulbildung besteht aus dem Lernen von Gesetzen, und es werden endlos weitere erlassen.

Ohnehin hat unsere Zivilisation das höchste Niveau erreicht und jedes Einzelwesen verfügt über Bildung und Moral. In einer dermaßen optimalen Gesellschaft sind komplizierte Gesetze unnötig. Drei Grundgesetze reichen völlig aus. Wir sollten die Gesellschaft mit dem Gesetzesdschungel verschonen, um sie wahrhaft frei, entspannt und fröhlich leben zu lassen. Der Ausschuss der Legislative sollte sich neu formieren zu einem Komitee zur Aufhebung von Gesetzen.

Ein Freund von mir wurde doch tatsächlich mit einer viertägigen neuneinhalbstündigen Zwangsarbeit in einer Glasfabrik bestraft, nur weil er eine zerbrochene Fensterscheibe bei sich zu Hause erst am vierten Tag bekanntgab und damit gegen das Gesetz zur Meldepflicht von Wohnungsschäden verstieß. Seit Beginn der Menschheitskultur gab es niemals zuvor so viele lästige Gesetze.‹

Die Abgeordnete Clara vom republikanischen Ausschuss der Legislative nahm dazu Stellung:

»Das primitive Gesetz ›Auge um Auge, Zahn um Zahn‹ von König Hammurabi mag in der barbarischen, unzivilisierten Zeit seine Berechtigung gehabt haben. Die heutigen Menschen sind jedoch so fortgeschritten, dass sie auch mit dieser komplexen Gesetzeslage gut leben können. Es beweist doch das hohe Niveau unserer Kultur, dass es so viele Gesetze gibt.

Dr. Vasco vertritt hier leichtfertig eine anachronistische These: Ist das Gesetz für den Menschen da? Oder der Mensch für das Gesetz? Gesetze existieren aber nicht bloß für das Individuum, sondern für die gesamte soziale Ordnung. Es liegt in der Natur der Sache, dass Vorschriften kniffliger werden, weil die soziale Ordnung der hochentwickelten Kultur auch immer komplizierter wird.«

Unter den Juristen gibt es offenbar reaktionäre Oppositionelle, die hinter Dr. Vasco stehen. Ihre geheimen Machenschaften werden von Zivilpolizisten überwacht.

Nächste Nachricht:

Nach dem Selbstmord von Dr. Patricia, dem Opfer des Y-Hormons, kamen etwa 600 weitere Säuglinge nach verkürzter Schwangerschaft auf die Welt. 43 Prozent davon weisen Kiemen am Kinn auf, 22 Prozent sind mit Hasenscharten geboren. 43 Kinder besitzen vollständig entwickelte Schwänze.

Der republikanische Ausschuss der Legislative erörtert ein Notstandsgesetz, um die Situation der Betroffenen zu regeln. Bei zukünftigen Fällen wird das Abtreibungsgesetz zur künstlichen Fehlgeburt in Kraft treten, da es humanitärer erscheint, pränatale Abhilfe zu schaffen.

Dr. Johannes, Erforscher des Y-Hormons und Ehemann der Verstorbenen, wird seit einigen Tagen vermisst. Dr. Harold erklärt sich sein Verschwinden folgendermaßen:

»Ich glaube nicht, dass es Grund zur Sorge gibt. Dr. Johannes sagte mir vor etwa fünf Tagen, er wolle ein neues Hormonpräparat entwickeln, das die Geburt von Kindern mit Kiemen verhindern soll. Ich denke, er hat sich irgendwohin zurückgezogen, um seine Forschungen voranzutreiben.«

(26. April 2027, Paris, ANP)

Der Internationale Gerichtshof Paris fällte heute um 10:00 Uhr sein endgültiges Urteil zum Roboter-Vorfall. Fabrikleiter Adolph aus Belém wurde zu zwanzig Jahren Haft und der Fabrikleiter sowie der Direktor des Verwaltungsrats in New Orleans wurden zu acht Jahren Haft verurteilt.

An diesem Morgen versammelten sich etwa 70.000 Menschen außerhalb des eingezäunten Gerichtshofs. Darunter auch viele Schwarze. Die Lage wirkte angespannt, jedoch sorgte General Wilhelm dafür, dass etwa 30.000 Sicherheitskräfte die Meute umzingelten. Daher kam es zu keinerlei Ausschreitungen, und gegen Mittag löste sich die Versammlung friedlich auf.

(27. April 2027, Belém, LA-Telecom)*

Heute gegen 11:30 Uhr ereignete sich ein Massenaufstand in Belém. Die ganze Stadt geriet in Aufruhr, aber gegen 15:00 Uhr trat wieder Ruhe ein. Bei diesem Zwischenfall kam eine Person ums Leben, zweiundzwanzig erlitten leichte Verletzungen und ein Flussboot sank.

Die Ursache des Tumults wird noch untersucht, bisher sind keine genauen Details bekannt. Einige Augenzeugen berichteten, dass die Amerikanerin Nina Sheppy, die den Fabrikleiter Adolph verklagt hatte, gegen 11 Uhr ihre Wohnung verließ, um sich ihre Lebensmittelration abzuholen. Unterwegs auf der mit Mangobäumen gesäumten Hauptstraße lauerten ihr drei junge Schwarze auf. Wü-

* LA: Latin America

tend schlug sie einem von ihnen mit ihrem Schirm auf die Schulter, woraufhin weitere Schwarze herbeistürmten, die Frau packten und schrien: »Rache für Adolph!«

Die Menge wuchs rasant auf 2.000, 3.000 und schließlich 6.000 Protestler an. Die Frau umzingelnd, marschierten sie zum Fluss. Sie weinte und schrie wie verrückt im laustarken Gebrüll der Meute. Am Ende rissen sie ihr die Kleider vom Leib und schleppten sie nackt unter der sengenden Sonne des Äquators zum Ufer des Amazonas. Etwa zehn Schwarze fesselten sie mit einem Tau an ein Motorboot und zogen sie durch den Fluss. Schaulustige versammelten sich am Ufer. Das Boot fuhr mit einem Affentempo hin und her, die Frau in der aufspritzenden Gischt im Schlepptau. Eine halbe Stunde später wurde ihr weißer Leichnam aus dem Wasser gezogen. Die Menge verlor das Interesse und löste sich bald auf.

Mitten in diesem Tumult befragte einer unserer Reporter einen Jugendlichen, der brüllend durch die Gegend lief.

»Was ist denn hier los?«

»Äh? … Keine Ahnung.«

»Was haben die vor?«

»Ich weiß nicht, worum es geht, aber man sollte die Chance nutzen, wenn sie sich bietet.«

»Wer ist denn die Nackte?«

»Keine Ahnung.«

»Sie wird sterben!«

»Wäre ja auch langweilig, wenn nicht.«

»Warst du auch beteiligt?«

»Ich habe ihr nur den Unterrock zerrissen. Alle haben geklatscht, als ihre Brüste entblößt wurden.«

Indessen sucht die Polizei nach weiteren Anstiftern und Augenzeugen. Es wird allerdings befürchtet, dass jede Konfrontation die

Spannungen noch verschärfen könnte. Die Behörden beraten über mögliche Gegenmaßnahmen.

(28. April 2027, UA-Redaktion Tokio)

Fast zur gleichen Zeit wie die Unruhen in Belém ereignete sich gestern in New Orleans ein ähnlich gewaltsamer Vorfall. Etwa 10.000 Weiße jagten zwei Schwarze durch die ganze Stadt und lynchten sie, indem sie sie an einer alten Eiche im Park erhängten, die als ›Suizid-Eiche‹ bekannt ist. Kaum jemand aus dem aufgebrachten Mob wusste, warum und wozu dieses Treiben stattfand. Die Beteiligten sagten hinterher lediglich: »Es hat mir Spaß gemacht.«

Wir nahmen dieses Ereignis sehr ernst und organisierten heute um 10:00 Uhr eine Sonderdiskussionsrunde im ersten Salon des Hotels ›Bund‹ in Shanghai, zu der Experten aus aller Welt eingeladen waren, um den Vorfall zu analysieren.

Derzeit finden die Olympischen Spiele im Hongkou-Stadion statt. Sämtliche Barken auf dem Suzhou-Fluss sind mit Blumen geschmückt, in den Straßen erklingen Streichinstrumente und Gesang. Die Stadt wirkt wie das Paradies auf Erden, ein Zentrum hochentwickelter Kultur und Glückseligkeit.

(Die Statements der Anwesenden in Kurzfassung – chronologische Reihenfolge)

Herr Mischtschenko (weißer Redner):

»Die Paradoxie unserer Utopie hat hier Gestalt angenommen. Wir können keine wahre Utopie erwarten, ohne dieses Problem zu lösen.«

Generalleutnant Wilhelm (weißer Redner):

»Es gibt nur eine einzige Lösung: Farbige und Weiße sollten sich unerbittlich bekämpfen, bis eine Partei vernichtet ist. Sonst wird das Problem für immer bestehen bleiben.«

Dr. Maharajo (farbiger Redner):

»Ich gebe Ihnen recht. Wölfe und Schafe können nicht friedlich miteinander koexistieren.«

Dr. Parker (weißer Redner):

»Ich finde es töricht, das Problem der Roboter als eine Frage des Rassenkonflikts darzustellen. Wenn Roboter eine Bedrohung für die Ordnung darstellen, dann wäre es nur logisch, alle Roboter abzuschaffen, um den Frieden zu wahren.«

Herr Gitta Garno (farbiger Redner):

»General Wilhelms Ansicht erscheint mir äußerst kriegerisch, aber Kämpfen ist nicht die einzige Lösung. Wir könnten den Frieden wahren, wenn die Welt in zwei Republiken geteilt wird – eine für Farbige, eine für Weiße.«

Georges Long (farbiger Redner):

»Unzählige Menschen leben in Hülle und Fülle.
Die Kultur gedeiht, Glückseligkeit ist allgegenwärtig.
Doch auf dem Höhepunkt führt dies zum Müßiggang.
Die Tatenlosen sehnen sich nach Konflikten.
Aber wem nützen solche Konflikte?
Was unterscheidet denn Weiße und Schwarze?
Als Menschen sind doch alle gleich.

Lasst uns Yin und Yang in Einklang bringen,
in einen kostbaren Edelstein verwandeln.«

Herr Mischtschenko (weißer Redner):

»Die Wurzel des Übels sind die Roboter. Sie sind weder weiß noch schwarz, sondern besitzen eine vage Farbe. Man muss sie klarer kennzeichnen. Bei dieser Gelegenheit möchte ich vorschlagen, alle Roboter auf der Welt in Rot zu produzieren. Rot passt zu Robotern, es ist eine populäre Farbe.«

Generalleutnant Wilhelm (weißer Redner):

»Das Rassenproblem wird nicht dadurch gelöst, dass man Roboter rot anpinselt. Die Zivilisation verdankt sich den Weißen, die Farbigen hingegen waren zu jeder Zeit Miesmacher und Störenfriede. Wir müssen sie ausrotten, um die Erde den Weißen zu überlassen. Nur so herrscht Ordnung.«

Herr Gitta Garno (farbiger Redner):

»Dürfte ich Sie dann darum bitten, uns farbige Menschen auf einen eigenen Planeten zu schicken, meinetwegen zum Mars, Jupiter oder Saturn. Es ist sehr unerquicklich, mit menschlichen Wölfen auf derselben Erde zu leben.«

Dr. Maharajo (farbiger Redner):

»Generalleutnant Junker Wilhelm sollte erst mal Geschichte studieren. Wissen Sie nichts über die indische Kultur, die lange vor der Zivilisation der Weißen existierte? Oder die chinesische Kultur, die am Gelben Fluss in China entstand? Die farbigen Völker waren Völker des Friedens und der Zivilisation, während die Weißen schon immer gierig und kriegslüstern daherkamen. Wenn man von Störenfrieden auf der Erde spricht, dann sind es zweifellos die Weißen.«

Dr. Parker (weißer Redner):

»Wie Georges Long es poetisch ausgedrückt hat, mündet die Glückseligkeit der Menschen in Langeweile. Ich denke, der Friede kann gewahrt werden, wenn man Sport und Musik noch mehr fördert, ebenso Radrennen und Glücksspiel, um die natürlichen Triebe zu befriedigen.«

Generalleutnant Wilhelm (weißer Redner):

»Ihre Auffassung geht in eine gänzlich falsche Richtung. Im letzten Weltkrieg gab es keinen Rassenkonflikt. Weiße und schwarze Soldaten haben gemeinsam an der Front gekämpft. Ebenso in den gegnerischen Truppen. Daraus sollten wir lernen. Wir müssen Kriege führen, um das Rassenproblem zu lösen. Das ist der schnellste Weg.«

(Damit endete die Debatte. Man ging auseinander, ohne sich auf eine Lösung zu einigen.)

(30. April 2027, UA-Redaktion Tokio)

Redaktioneller Beitrag zur Rassenfrage (Philipp Sano):

›Die Zivilisation der Republik steht vor der größten Herausforderung seit Kriegsende. In der bisherigen Geschichte war Kultur etwas Äußerliches, aber jetzt wird geprüft, inwieweit Kultur in der Lage ist, innerhalb des Menschen zu wirken, ja, ob sie sogar die Macht hat, den Menschen zu verändern.

Der erste Versuch, dies zu beweisen, schlug bei den Versuchen mit dem Y-Hormon spektakulär fehl. Die Kultur ist in dieser ersten Konfrontation mit dem Wesen des Menschen kläglich gescheitert. Die nächste Aufgabe ist noch vertrackter: die Lösung des Rassenproblems. Die Unruhen in Belém und New Orleans begannen zwar mit Rassenaufständen, werfen aber ein anderes Problem auf. Die Massenaufläufe wirkten vordergründig wie selbstbewusste Protestbewegungen aus Überzeugung. Wenn man sie jedoch näher beleuchtet, beweisen sie eher das Gegenteil: komplette Unwissenheit. Die meisten der Beteiligten kannten weder die Ursache noch den Zweck des Tumults.

Wir leben in einem Zeitalter der Massenpsychologie und Massenaktionen. Da der Einzelne keine Persönlichkeit mehr hat, bedarf es nur weniger Anführer, denen man blindlings folgt, um sich zu Streiks, Plünderungen und sogar Morden zusammenzurotten. Die Masse entwickelt eine Art kollektive Persönlichkeit, das Ganze wird zu einem einzigen Organismus, der ohne Zögern Moral, Bräuche und Ordnung außer Acht lässt und die Grenze zwischen Gut und Böse überschreitet. Diese äußerst gefährliche Situation schwelt im Verborgenen und kommt gelegentlich zum Ausbruch.

In Zeiten des Friedens zeigt sich dieser Charakter in der Psychologie des Trendbewusstseins, wie wir an der Popularität angehimmelter Stars – bestes Beispiel Flora Victoria oder Anna Kaminija – unschwer erkennen können. Man lässt sich im Wind des Zeitgeists treiben, ohne eigenes Urteilsvermögen.

Der Rassenkonflikt ist meines Erachtens eine primitive, unzivilisierte Emotion, die sich am weitesten von der Zivilisation entfernt hat. In einer hochentwickelten Kultur können Schwarze und Weiße friedlich koexistieren, ohne sich einander angleichen zu müssen.

Wie Dr. Parker andeutete, vermag das Hormon aus dem Augapfel weißer Hasen wirksam Schwarzhäutige in Weißhäutige umzumodeln. Bei Tierversuchen wurden gefleckte Hunde erfolgreich in weiße Hunde verwandelt. Es ist aber fraglich, ob eine Veränderung der Hautfarbe auch das Innenleben verändert. Ich denke, in Rassenfragen spielen besonders Bräuche und Gewohnheiten eine wichtige Rolle. Wenn es bloß um die Pigmente ginge, fände ich es besser, alle Menschen auf der Welt dunkelhäutig zu machen, da es leichter ist, Weiße in Schwarze zu verwandeln, als umgekehrt.

Das Problem ist zu komplex, als dass ich eine Patentlösung parat hätte.

Der Dritte und der Vierte Weltkrieg waren ideologische Kämpfe. Ich vermute, der fünfte Weltkrieg könnte ein Kampf zwischen Weißen und Farbigen werden, wie General Wilhelm behauptet hat. Die heutige Weltrepublik ist zwar ein Meisterwerk der Zivilisation, doch wird es auch von Menschen zerstört, wie die Beispiele in der Vergangenheit zeigen. Ich habe das Gefühl, dass die Menschheit hier an eine Grenze gelangt ist …

(8. Mai 2027, RU-Nachrichten)

Der ehemalige Fabrikleiter Adolph, der kürzlich wegen des Roboter-Vorfalls zu zwanzig Jahren Haft verurteilt worden war, ist aus dem Internationalen Gefängnis auf der Île de la Cité in Paris geflohen. Zwei Wächter, die gestern gegen 23:30 Uhr patrouillierten, fanden das robuste Eisengitter durchtrennt und seine Einzelzelle leer vor. Sie durchkämmten die nähere Umgebung, jedoch vergeblich. Inzwischen sind die Sicherheitskräfte in höchster Alarmbereitschaft und fahnden in ganz Paris nach dem Ausbrecher. Auch ihre Suche blieb bisher erfolglos. Ein Engländer gab zu Protokoll, ihm sei gegen 0:30 Uhr im Flughafen jemand aufgefallen, der Adolph ähnlich sehe. Es ist allerdings unmöglich herauszufinden, welche Maschine der Flüchtige genommen hat, da alle fünf Minuten internationale Flüge abgehen und ankommen. Die Sicherheitskräfte erwägen, eine internationale Fahndung einzuleiten.

Nächste Nachricht:

Die in Südsibirien ausgebrochene Rattenplage nimmt weiterhin zu. Vom Balchaschsee nach Westen ziehend, nähert sich die Spitze bereits dem Aralsee. In der kasachischen Bevölkerung bricht Panik aus. Man fordert mehrmals täglich Unterstützung von der Bundesregierung.

Die Regierung kann diese Situation nicht länger ignorieren und hat, auf Empfehlung des Gesundheitskomitees, eine Strategie zur Lösung des Problems ersonnen. Über der Tundra soll entlang des Ural-Flusses Gift von Flugzeugen versprüht werden, um die Plage mit einem Schlag zu beseitigen. Allerdings sind die Arsen-Reserven zu knapp, während DDT die Nager nicht umbringen würde, weshalb diskutiert wird, ob man stattdessen Erdöl oder Steinkohle-Teer einsetzen sollte. Die Beratungen dauern an.

Die Öffentlichkeit ist endlich wachgerüttelt geworden, denn es wäre eine Katastrophe, wenn die Rotte nach Europa vordringen würde. Im Leitartikel der London Times wird die ernsthafte Befürchtung geäußert, dass sich in Anlehnung an die Invasion des Hunnenvolkes der Xiongnu, die einst der europäischen Zivilisation beinahe den Garaus machten, die Geschichte wiederholen könnte.

Nächste Nachricht:

Die Bundesregierung erließ heute um 10:00 Uhr ein Notstandsgesetz, das die Rationierung von Zucker beinhaltet. Die Zuteilung pro Person beträgt damit 1,3 kg im Monat. Es handelt sich um eine vorübergehende Maßnahme, da das Zuckerrohr in Kuba von Schädlingen befallen ist und auch aus Java aufgrund eines Schimmelpilzes keine ausreichenden Lieferungen zu erwarten sind. Wer gegen das Gesetz verstößt, wird mit einer Mindeststrafe von zwei Jahren Gefängnis und maximal der Todesstrafe belegt. In unserer Utopie werden den Bürgern sämtliche Vorräte uneingeschränkt zur Verfügung gestellt, um das Bestehen einer geldlosen Gesellschaft zu gewährleisten.

Einige oppositionelle Wissenschaftler im Wirtschaftsausschuss sind jedoch gegen die Rationierung, da sie befürchten, dass dadurch der Tauschhandel wieder eingeführt und die ökonomische Situation der Republik gefährdet werden könnte. Sie haben jedoch notgedrungen für die Durchführung des Beschlusses gestimmt, da eine solche Gefahr auch ohne Einschränkung besteht. Die Ausschussmitglieder der Regierung fordern das Volk auf, sich strikt an die Regeln zu halten.

Nächste Nachricht:

Die Herstellung von Robotern mit moralischer Programmierung, die der Ausschuss des Bundesparlaments zur Roboter-Problematik in der Schweiz, der Sowjetunion, in Japan, Chile und Bolivien in Auftrag gegeben hatte, wurde in jedem dieser Länder erfolgreich durchgeführt. Derzeit wird die Effizienz dieser Protopyen getestet. Außer Japan können vier Länder gute Ergebnisse präsentieren. Japan hingegen berichtet über schlechte Leistungen in der ersten Versuchsreihe. Die zweite verlief positiv, wird aber im Hinblick auf Nebenwirkungen des Moralsystems noch überprüft. Um welche Nebenwirkungen es sich genau handelt, wurde nicht erläutert, aber wenn die Prototypen die strengen Tests bestehen, ist bereits alles vorbereitet, um das Modell in sämtlichen Roboterfabriken der Republik zur Massenproduktion freizugeben.

Nächste Nachricht.:

Weltstar Flora Victoria, die sich zurzeit im Opernhaus Sydney größter Popularität erfreut, wurde der Kulturorden verliehen. Als frisch gekürte Ehrenbürgerin der Republik hat sie nun Anspruch auf lebenslangen Schutz seitens der Regierung. Bei einer Pressekonferenz heute Morgen verkündete sie hocherfreut: »Das ist der glücklichste Tag meines Lebens. Ich werde auch weiterhin auftreten, um für mein Publikum zu singen. Nach dem Gastspiel in Sydney werde ich nach Tokio reisen und mich dort mit Anna Kaminija messen. Der Unterschied zwischen wahrer und unechter Musik wird im direkten Vergleich deutlich zu Tage treten«, betonte sie selbstbewusst.

Die nächsten Nachrichtenmeldungen drehen sich um das Thema Rationierung.

Ab dem 1. Juni werden sämtliche elektrische Lichtquellen kabellos sein. Die Transformationsmaßnahmen werden stetig fortgeführt und am 20. Mai abgeschlossen sein. Auch bei starken Unwettern müssen wir uns keine Sorgen mehr machen, dass Stromleitungen unterbrochen werden. Egal, wie hoch der Schnee liegt, das Licht wird nie ausgehen. Selbst wenn ein Kraftwerk explodiert, ist zukünftig kein Stromausfall mehr zu befürchten, solange sich Radiowellen durch den Äther bewegen. Es ist also eine sehr praktische Erfindung. Natürlich werden auch Leuchtreklamen, Bügeleisen, elektrisch betriebene Bäder bis hin zum Kühlschrank ausnahmslos mit kabellosem Strom betrieben. Die Umrüstung ist unkompliziert. Robotertechniker kommen in die Haushalte, um die Installation durchzuführen. Bitte lassen Sie Ihre Geräte umstellen.

Und nun zu den Modetrends des Sommers. Die Trendfarben sind Hellrosa für die Dame und Hellgrau für den Herrn. Textilien werden mehr als ausreichend produziert. Es gibt auch eine großzügige Auswahl an Stoffen, sei es Leinen, Wolle oder Nylon – ganz nach dem persönlichen Geschmack. Jeder kann sich bis zu vier Kleidungsstücke anfertigen lassen, und mit einer Sondergenehmigung sogar sechs …

Außerdem gibt es eine neue Produktankündigung: ein Beruhigungsmittel für Babys. Wenn das Kleine weint oder krankheitsbedingt unruhig ist, sorgen zwei Milliliter des roten Safts dafür, dass es sofort einschläft. Es ist ein probates Mittel, besonders für Roboter-Haushälterinnen, die babysitten. Das Präparat darf jedoch nur zweimal täglich verabreicht werden. Bei einer Überdosierung von mehr als dreimal täglich können für einige Tage folgende Symptome auftreten: Gedächtnisverlust, unsinniges Lallen oder Hypersexualität. Solange man dies beachtet, schläft das Baby durch und wächst gesund heran. Bei Erwachsenen hat das Mittel keine Wirkung, sondern führt lediglich zu Übelkeit.

(13. Mai 2027, Toyohara, UA)

Seit ihrer Gründung hat es in der Stadt kein solches Chaos gegeben. Kaum endete das Liebeslied von Anna Kaminija, brach ein massiver Ansturm von Anfragen aus aller Welt über die Übertragungsstationen herein, was zu einem heillosen Durcheinander führte. Der Nationale Fernsehsender musste sein Programm abrupt ändern und Annas Lied erneut senden. Eine derartige spontane Zugabe hatte es in der Geschichte des Fernsehens noch nie gegeben.

Während Floras Liebeslieder heiter und fröhlich waren, weckte Annas Gesang in den Zuhörern die animalisch wilde Leidenschaft uralter Vorfahren. Ihr Innerstes geriet in Wallung, ihr Blut kochte, und sie fühlten eine unwiderstehliche, mystische Anziehungskraft.

Männer und Frauen gleichermaßen waren von diesen Empfindungen überwältigt.

Gegen zehn Uhr am Morgen kreisten über dieser Kleinstadt Unmengen an Flugzeugen. Gegen Mittag war der Himmel übersät mit Hunderten Maschinen, die sich gegenseitig den Platz streitig machten. Manche mussten widerwillig umkehren, da keine Landung mehr möglich war, andere flogen zum nahegelegenen Airport von Ōtomari, von wo aus die Passagiere dann über Land nach Toyohara fuhren, und einige wechselten sogar auf Helikopter um. Es herrschte ein großes Tohuwabohu. Fernsehreporter, Opernkritiker, elegante Herren mit Blumenbouquets und sensationslüsterne, aufgetakelte Fregatten waren mit von der Partie.

Zwischen zwei und drei Uhr nachmittags trafen schließlich auch Gäste aus fernen Regionen wie Süd- und Nordamerika, Neuguinea, Casablanca, Madrid, Oslo und Kopenhagen ein. Die Hotels waren überfüllt, sämtliche Fahrzeuge ausgebucht, und in den Restaurants und Cafés spielte man Annas Lied, dessen gestrige Übertragung aufgezeichnet worden war.

Zufällig begegnete ich Georges Long und fragte ihn für meine Reportage nach seinen Eindrücken. Der vietnamesische Dichter mit den schönen Augen erwiderte, während er Cocola schnupfte:

»Es gibt viele Dichter auf der Welt, doch Annas Improvisationen sind von einer einzigartigen Originalität. Ihr lyrischer Gesang stammt aus einer uralten Zeit und lässt jegliche Zivilisation in Vergessenheit geraten. Er verströmt den Geruch reinen Menschseins. Er ist von einer unbändigen Wildheit, die sich niemals mit Vernunft, Intelligenz oder Wissenschaft zähmen lässt. Wenn man ein Beispiel sucht, könnte man es mit dem Nibelungenlied, der Sage aus den germanischen Wäldern, vergleichen. Es ist ein Lied der Rebellion gegen die menschliche Zivilisation, das unsere Utopie missachtet. Ein Lied der Begierde, ein Gedicht der Instinkte, das die Sehnsucht nach ursprünglicher Freiheit und die glühende Leidenschaft der Liebe feiert. Dass Annas Lieder so viel Anklang finden, ist von bitterer Ironie. Ich möchte sie einmal treffen und ein lyrisches Epos über sie verfassen.«

Doch kurioserweise war Anna wie vom Erdboden verschluckt, obwohl 8.000 bis 10.000 Menschen aus aller Welt in langen Autokolonnen die Werkstatt von Anna und ihrem Vater aufsuchten. Man durchforstete Hof, Wald und Tal, doch vergeblich. Der alte Kaminija saß allein in der Holzhütte und brütete schweigend über der Buchführung. Auf mein Nachfragen erwiderte er ausweichend: »Gestern Abend war sie, glaube ich, im Kuhstall … Keine Ahnung, wo sie sich gerade rumtreibt.«

Um 16:00 Uhr rückte eine 650-köpfige Rettungsmannschaft an. Die Sicherheitskräfte suchen an den vermuteten Stellen, haben aber bis jetzt, 20:00 Uhr, keine Spur von ihr gefunden. Außerdem machte inzwischen das Gerücht die Runde, dass Anna aus Liebeskummer Selbstmord begangen habe. Mit Voranschreiten der Nacht werden die Zustände in Toyohara immer chaotischer.

Sollte sich das Gerücht bewahrheiten, wären Fans in aller Welt maßlos enttäuscht. Einige könnten sich ebenfalls das Leben nehmen. Die Sicherheitsbehörde befürchtet das Schlimmste und hat soeben eine nächtliche Suche angeordnet, um sie lebend zu finden.

(14. Mai 2027, RU-Nachrichten)

Die Bundesregierung erließ heute früh um 8:00 Uhr ein Notstandsgesetz, das Schönheitsoperationen im Gesicht verbietet. Dies steht im Zusammenhang mit der Flucht des schwarzen Fabrikleiters Adolph aus Belém, der vor ein paar Tagen aus dem Internationalen Gefängnis ausgebrochen ist und immer noch nicht gefasst werden konnte, trotz eifriger Bemühungen der Sicherheitsbehörde. Sollte Adolph eine plastische Operation durchführen lassen, die sein Aussehen vollständig verändert, wäre es nahezu unmöglich, ihn zu verhaften.

Inzwischen versammeln sich Farbige aus aller Welt zu Aufmärschen und verkünden Adolphs Unschuld. Sie protestieren gegen die Bundesregierung, was die Situation noch verschärft. Deshalb will die Regierung den Täter schnellstmöglich fassen und aufgrund des Gefängnisausbruchs die Todesstrafe über ihn verhängen, um dem Treiben ein Ende zu setzen.

In letzter Zeit hat sich die Schönheitschirurgie dermaßen stark weiterentwickelt, dass Mütter ihre eigenen Töchter nicht mehr von anderen Mädchen unterscheiden können. Es gab sogar Fälle, wo Männer der eigenen unerkannten Partnerin heimlich den Hof machten und sich mächtig blamierten.

Inzwischen sehen unzählige Frauen aus wie ein Klon ihres angebeteten Idols Flora Victoria, sodass es nach einer Operation und Namensänderung nahezu unmöglich ist, die Ebenbilder zu identifizieren. Diese Umstände erschweren es den Behörden, Straftäter wie Adolph aufzuspüren.

Aus diesem Grund hat die Bundesregierung vorübergehend das Notstandsgesetz erlassen, bis der schwarze Adolph gefasst ist. Seit seiner Flucht sind jedoch bereits sechs Tage vergangen, was die Wahrscheinlichkeit eines kosmetischen Eingriffs erhöht. Trotz des Verbots könnte er sich illegal von einem schwarzen Arzt operieren lassen. Es besteht also wenig Hoffnung, seiner habhaft zu werden, wie die Sicherheitsbehörde eingestehen musste.

Laut einem anonymen Hinweis aus Kanada soll ein Schwarzer vor einigen Tagen das Labor von Dr. Parker im staatlichen Rasseninstitut in Vancouver aufgesucht haben, wo er eine spezielle Hormoninjektion verlangte, die aus den Augen von weißen Kaninchen gewonnen wird. Ihm wurden zehn Ampullen dieser Lösung ausgehändigt. Dieses Hormon, das die Hautfarbe eines Menschen aufhellt, wurde vor zwei Jahren auf einer wissenschaftlichen Konferenz vorgestellt. Es ist nicht bestätigt, ob es sich bei dem Schwarzen um den gesuchten Adolph handelt oder nicht, aber falls er es war, könnte er bald wie ein Weißer aussehen, durch eine Schönheitsoperation sein Gesicht verändern und unter einem neuen Namen unerkannt in der weißen Bevölkerung untertauchen. Damit wären alle Beweise zunichtegemacht und der Gefängnisausbruch bliebe für immer ungesühnt. Dies könnte sich zu einem bedeutenden Problem in der Polizeigeschichte der zivilisierten Länder auswachsen. Die Führungskräfte im Justizapparat sind sich deshalb unschlüssig, welche Gegenmaßnahmen nun ergriffen werden sollen.

Nächste Nachricht:

Die monatliche Konferenz des RU-Kulturausschusses fand gestern Morgen im Hotel Nizza statt. In der Nachmittagssitzung stand der Vorschlag von Dr. Tabaniro, dem Vertreter aus Panama, im Mittelpunkt des Interesses. *(Aufzeichnung)*

»In der jüngsten gesellschaftlichen Entwicklung sind mir einige Phänomene aufgefallen, die dieser Utopie nicht würdig sind, und ich möchte sie zur Diskussion stellen, um herauszufinden, wie sie zu interpretieren sind und welche Maßnahmen erforderlich wären.

Erstens: Wenn unsere föderale Republik eine hochkultivierte Gesellschaft sein will, dann muss sie auch ein hohes Maß an Humanismus gewährleisten. Laut Regierungsstatistiken gibt es jedoch täglich 6.600 Selbstmorde und durchschnittlich 572 Hinrichtungen. Es mag viele Gründe dafür geben, aber kann eine ideale Gesellschaft existieren, wenn das menschliche Leben so geringgeschätzt wird?

Zweitens: In letzter Zeit sind an verschiedenen Orten Probleme mit Robotern aufgetaucht: die ›weiße Roboterfrage‹, Tötungsdelikte, Gewerkschaftsgründungen und andere beunruhigende Vorkommnisse. Ursprünglich sind Roboter doch Maschinen, die von Menschen geschaffen wurden. Dennoch scheinen diese Maschinen nun Unruhe in unserer Gesellschaft zu stiften und den Frieden zu bedrohen. Was ist überhaupt eine Maschine? Diese elementare Frage, die die Beziehung zwischen Maschinen und Menschen sowie zwischen Maschinen und der Kultur umfasst, wird in der Forschung vernachlässigt. Mit anderen Worten, es gibt keine umfassende Philosophie der Maschinen. Die Natur und das Wesen der Maschinen, destruktive versus schöpferische Maschinen, Politik und Maschinen, Leben und Maschinen sowie die Auswirkungen von Maschinen auf Psyche und Gesellschaft, die Grenzen von Maschinen – all diese wichtigen Fragen werden nicht ausreichend untersucht. Ich sehe in dieser Vernachlässigung den Grund für die verschiedenen Vorfälle, bei denen Maschinen die Menschen zu unterdrücken scheinen. Wie denken Sie darüber?

Als Nächstes möchte ich meine Skepsis gegenüber der grundsätzlichen Lebenseinstellung von durchschnittlichen Bürgern darlegen. Seit Beginn der Menschheitsgeschichte hat es keine so wollüstige Zeit gegeben wie in der gegenwärtigen Utopie. Unsere gegenwärtige Kultur steht gänzlich im Dienst triebhafter Begierden. Die Sexualmoral ist ausgestorben, Eifersucht wird bestraft. Damit hat die einstige Promiskuität wieder freie Bahn. Unzählige Hotels sind perfekt für derartige Bedürfnisse ausgestattet, während Dutzende Medikamente für den optimalen Sinnesrausch sorgen. Da die vorgeschriebene Arbeitszeit nur drei Stunden pro Tag beträgt, verbringt man die restliche Freizeit meistens mit lustvollen Vergnügungen. Die Produktion wird den Robotern überlassen, während die Menschen in einem konsumorientierten Dasein schwelgen. Das Leben ist ohne Spannung, die Menschen sind körperlich und geistig schlaff und träge, ohne ein höheres Ziel zu verfolgen. Gesättigt verlangt es sie nach permanenter Abwechslung, aus Langeweile rutschen sie sogar in dekadente Homosexualität ab. Markiert ein schändliches Mittel wie Loloa nicht das Endstadium unserer Zivilisation?

Die Ursache dieser Phänomene wurzelt meiner Meinung nach im Anthropozentrismus. Die Erfolge, die die Menschheit in der Verwirklichung einer idealen Welt erreicht hat, sind gewaltig. Doch dieser Erfolg hat zu einer Arroganz geführt, die die Menschen glauben lässt, sie seien die Krone der Schöpfung.

Sie haben Gott und die Religion abgeschafft und sich selbst an deren Stelle gesetzt. Diese Hybris hat die Kultur zugrundegerichtet und die Ideale zerstört. Obwohl die Zivilisation zur vollen Entfaltung gelangte und alle Wünsche in Erfüllung gingen, bis hin zu dem Versuch, den Mond zu erobern, hat die Abkehr vom Göttlichen zu einem desaströsen kulturellen Verfall geführt.

Die Popularität von Weltstars wie Anna Kaminija und Flora Victoria ist symptomatisch für derart oberflächliche gesellschaftliche Strömungen. Bereits im letzten Jahrhundert wurde darauf hingewiesen, dass der materielle Wohlstand die Menschen liederlich werden lässt. Für das Glück der Menschheit halte ich es für notwendig, die Kultur auf ein bescheidenes Maß zu reduzieren. Daher bin ich überzeugt, dass es die Mission des Kulturausschusses sein sollte, ein Gesetz zur Kontrolle der materiellen Kultur zu entwerfen. Ich bin gespannt auf Ihre Meinungen hierzu.«

Der norwegische Psychologe Herr Dike kritisierte den Vorschlag vehement *(Aufzeichnung)*:

»Erstens: Der sogenannte Humanismus, von dem die Rede ist, war eine primitive und barbarische Idee. Kultur und Schutz des Individuums als humanistische Leitgedanken sind unvereinbar. Jedes Individuum sollte selbstverständlich der Utopie dienen. Ich bin erstaunt, was für altmodische Ansichten Dr. Tabaniro vertritt.

Seine Vorstellung von einer Maschinenphilosophie ist wahrlich verstiegen und großspurig. Ich ersuche den Herrn Doktor um eine diesbezügliche Studie. Maschinen wurden doch von Menschen geschaffen und können genauso gut von Menschen zerstört werden. Es liegt also in der Hand des Menschen, ob er sie nutzt oder entsorgt. Welche Philosophie sollte für eine Maschine gelten, deren Existenz morgen vielleicht schon nicht mehr sicher ist? Ich fiebere dem Tag entgegen, an dem Dr. Tabaniro seine Studie abgeschlossen hat.

Sein Vorschlag, ein Gesetz zur Einschränkung der materiellen Kultur zu erarbeiten, entspricht nicht dem Auftrag unseres Kulturausschusses, der dafür da ist, die Kultur zu fördern, nicht einzudämmen. Wenn Sie einen Ausschuss aus reaktionären alten Herren wünschen, dann bitte schön, gründen Sie einen!

Unser werter betagter Doktor behauptet außerdem, unsere Zeit sei zu erotisch. Was ist denn daran so schlimm? Seit den Anfängen der Menschheit im Garten Eden war keine einzige Ära unerotisch. Kultur ist per se von Begierde nicht zu trennen. Die primitiven und unzivilisierten Soldaten, die auf Kreuzzüge gingen, legten ihren geliebten Eheweibern gezackte Keuschheitsgürtel an, wenn sie während ihrer langen Abwesenheit argwöhnten, betrogen zu werden. Heute, in der kultivierten Gesellschaft, müssen wir uns derlei lächerliche Enthaltsamkeit nicht mehr antun. Selbst wenn wir bis ans Ende Grönlands reisen, genießen wir zwölf Stunden später den heimischen Komfort unserer Betten. Das ist Kultur.

Der Herr Doktor möchte gern die Religion wiederbeleben und einen Gott anbeten. Aber das Christentum war eine Glaubensrichtung primitiver Barbaren, es hat keine Funktion in einer kultivierten

Gesellschaft. Ich muss Sie wohl um etwas Geduld bitten, bis sich in unserer sittenverdorbenen Utopie das Wunder der unbefleckten Empfängnis oder die Geburt eines neuen Messias in irgendeinem Stall ereignet. Oder falls Sie sich die Sintflut herbeiwünschen, dann fragen Sie am besten in der Abteilung für künstlichen Regen nach. Unsere hochentwickelte Kultur kann bestimmt auch eine Sintflut erzeugen. Dank der in unserer modernen Gesellschaft verfügbaren Hormone kann man gewiss auch einen Lazarus erwecken. Alle Wunder, die Jesus von Nazareth vollbracht hat, lassen sich von Technikrobotern nachstellen. Begreifen Sie jetzt, warum wir keinen Gott mehr brauchen?«

(15. Mai 2027, UA-Redaktion Tokio)

Anna Kaminija ist aufgetaucht! Sie hat sich in Tokio aufgehalten … Bis zu ihrem Auftauchen geschah Folgendes:

Als Annas herzzerreißende Ballade am Abend des 12. Mai von NTV Tokio übertragen wurde, hörte sie auch George Hamada bei sich zu Hause. Sein eigener Liebeskummer war so immens, dass er tagelang ›Forgettin‹ geschluckt hatte, um seinen Herzschmerz zu betäuben. Als er jedoch ihr Lied vernahm, offenbarten sich ihm ihre wahren Gefühle. Ungestüm nahm er am selben Abend den letzten Flug nach Toyohara, wo er anschließend mit dem Auto die Bergstraße hinaufraste und noch vor Sonnenaufgang die Werkstatt erreichte.

Er fand Anna auf einer taubenetzten Wiese, wo sie sich die ganze Nacht wie ein Tier herumgewälzt hatte. Als sie ihn vor sich sah, stieß sie einen überraschten Schrei aus und fiel auf der Stelle in Ohnmacht. Er hob sie hoch und bemerkte ihre hohlen Wangen und die erschreckend abgemagerten Rippen, als hätte sie ihren Liebeskummer nicht seelisch, sondern körperlich erlitten. Hamada, zutiefst betroffen von ihrem leidvollen Anblick, fing bitterlich an zu weinen und schwor sich, dass seine Liebe zu ihr niemals enden würde, selbst wenn die Welt zugrunde gehen sollte. Er hievte sie in den Wagen und fuhr mit ihr direkt nach Tokio zurück.

Das erklärt, weshalb die mehr als 10.000 Fans, die allesamt nach Toyohama geströmt waren, sie dort nicht mehr vorfanden.

Anna hatte stets versucht, ihre Liebesregungen mit Loloa zu ersticken, doch das Mittel schien nicht zu wirken. Loloa ist ein Medikament, das Ekel gegen den männlichen Körpergeruch hervorruft. Doch auch wenn es den Geruchssinn beeinflusst, die Herzensregungen bleiben davon verschont.

Am nächsten Abend heirateten die beiden heimlich in Hamadas Haus. Alles Gute für die gemeinsame Zukunft! … Doch heute morgen gegen 10:00 Uhr konsultierten sie gemeinsam mit Philipp Sano das Universitätsklinikum Tokio. Im Sprechzimmer des Chefs läuft ständig ein Rekorder, um die von den Patienten geschilderten Symptome zu dokumentieren. Somit wurde ihr Gespräch komplett aufgezeichnet.

»Herr Professor, lange nicht gesehen. Sie sehen wie immer blendend aus.«

»Na ja, geht so. Nehmen Sie doch Platz.«

»Sind Sie etwas fülliger geworden …?«

»Ach, finden Sie?«

»Nehmen Sie immer noch ›Youngeron‹?«

»Sie meinen das Anti-Aging-Hormon? … Um Gottes willen! Ich bin ein Verfechter des natürlichen Alterungsprozesses. Wer ist die Dame?«

»Darf ich Ihnen meine Frau vorstellen?«

»Ich habe Sie schon mal gesehen … In Sachalin, glaube ich.«

»Richtig. Sie heißt Anna Kaminija und lebte bisher dort.«

»Sieh an! Sie haben geheiratet? Herzlichsten Glückwunsch! Ich mag Ihren Gesang. Nein, wirklich! Was die Gesangstechnik anbelangt, würde man Ihre Darbietung wohl eher als laienhaft bezeichnen. Aber Ihre Lieder gefallen mir. Sie klingen exotisch, aber nicht unbedingt fremd, sondern eher nostalgisch. Sie erwecken eine Sehnsucht nach vergangenen Zeiten. Ich würde mich freuen, in Zukunft mehr davon zu hören. Oder, Hamada?«

»Danke für das Kompliment.«

»Übrigens, wie läuft das Roboter-Projekt, haben Sie das Moralsystem inzwischen installieren können?«

»Ach das. Ich war ja beim RU-Ausschuss eigentlich dagegen. Doch nun musste ich auf Befehl zwei Prototypen anfertigen. Der zweite funktioniert wohl besser und wurde zur Erprobung im Ostasiatischen Theater eingesetzt, als Assistent bei den Kostümbildnern. Ich habe ihn ›Tokugawa‹ genannt, wie der Shōgun. ›Toku‹ ist von *dōtoku*, Moral, abgeleitet.«

»Interessant! … Aber sagen Sie, was führt Sie heute zu mir?«

»Also, es geht um Anna. Sie hat bisher regelmäßig Loloa eingenommen. Obwohl wir inzwischen verheiratet sind, empfindet sie immer noch eine Abneigung gegen männlichen Körpergeruch. Auch für die Ehe als solche kann sie sich nicht erwärmen. Das ist ihr tragisches Dilemma. Sie empfindet durchaus Liebe, aber Ehe und körperliche Intimität sind ihr ein Gräuel. Es war schwierig, sie zu diesem Gespräch zu überreden. Ich möchte, dass Sie eine Behandlung vornehmen, die ihre Neigung zur Homosexualität in ein normales heterosexuelles Begehren umwandelt.«

»Verstehe. Sie ist damit übrigens nicht die Einzige. Man hat es oft genug vernommen: Das Unglück der Frauen in der Vergangenheit sei stets durch heterosexuelle Liebe verursacht worden. Homosexualität sei die wahre, kultivierte Form. Die Emanzipation der Frau, die Gleichstellung der Geschlechter würden allein dadurch erreicht. Homosexualität als friedliche Liebe – ha, dass ich nicht lache! … Was für törichte Allgemeinplätze! Aber seien Sie unbesorgt! Ich verschreibe ihr Nahrungsergänzungsmittel, um den zerebralen Stoffwechsel anzuregen, da Loloa einen Teil der Gehirnzellen verändert hat. Eine Elektrotherapie könnte ebenfalls hilfreich sein. – Kommen Sie doch bitte die nächsten Tage zur Behandlung. In zehn Tagen werden Sie vollständig geheilt sein und eine gute Ehefrau abgeben.«

Als die beiden vom Klinikum heimkehrten, lungerte ich bereits am Eingang herum, um sie zu interviewen. Anna saß auf der hellen Terrasse des Salons und sah niedergeschlagen aus. Ihre Wangen waren fahl, die blauen Auge starrten geistesabwesend auf einen Punkt, als würde sie etwas Schreckliches erblicken. Ihre ganze Haltung ließ das Glück einer Braut vermissen, sie schien vielmehr von quälender Angst erfüllt. Aber was mochte die Ursache ihres Unglücks sein? Das wollte ich von ihr wissen.

»Wie ich hörte, haben Sie geheiratet? Herzlichen Glückwunsch! Sie fühlen sich bestimmt wie im siebten Himmel.«

»Nein.«

»Wieso denn nicht?«

»Ich bin nur traurig.«

»Das verstehe ich nicht. Gibt es einen speziellen Grund?«

»Ich will nach Sachalin zurück.«

»Sie lieben doch aber Herrn Hamada, oder nicht?«

»Ja.«

»Nach der Behandlung wird sicher alles viel besser, Sie werden glücklich sein.«

»Nein, ich bin lieber für mich.«

»Warum denn das?«

»Darüber kann ich nicht sprechen.«

»Übrigens, Flora Victoria wird spätestens in einer Woche nach Tokio kommen. Sie ist fest entschlossen, mit Ihnen um die Popularität zu wetteifern, um Sie auszustechen. Bleiben Sie stark und tapfer, nicht aufgeben!«

Anna erwiderte nichts darauf.

»Sie werden doch gegen sie antreten, oder?«

»Nein. Ich kehre nach Sachalin zurück.«

»Dann überlassen Sie ihr kampflos das Feld. Ihre Fans werden das nicht gutheißen.«

Hamada mischte sich ein:

»Bitte regen Sie sie nicht unnötig mit solchen unangenehmen Themen auf, bevor sie nicht genesen ist. Ich kann nicht versprechen, ob sie sich dem Sängerinnenwettstreit stellt, aber wenn sie bereit ist, werde ich die volle Verantwortung übernehmen. Für heute lassen Sie's gut sein.«

Rührt Annas Kummer aus ihrer gesundheitlichen Verfassung, der Nachwirkung von Loloa, oder spielen noch andere Gründe eine Rolle? Die Fragen blieben unbeantwortet, als ich mich von ihr verabschiedete.

(21. Mai 2027, UA-Redaktion Tokio)

Heute um 10:20 Uhr wurde von den Sicherheitskräften in Tokio folgende Notstandsverordnung bekanntgegeben:

1. Flora Victoria wird morgen, am 22. Mai, um 14:00 Uhr in Tokio eintreffen. Auf dem Flughafen Haneda werden deshalb von

13:00 Uhr bis 15:00 Uhr alle Starts und Landungen sowohl öffentlicher als auch privater Flüge ausgesetzt.

2. Für den Autoverkehr auf der Keihin-Bundesstraße gilt im Zeitraum 14:00–15:30 Uhr eine Geschwindigkeitsbegrenzung von maximal 25 h/km.

3. Wer Flora Victoria im Flughafen willkommen heißen möchte, muss mit den anschließend aufgeführten Unterlagen bei der lokalen Sicherheitsbehörde eine Akkreditierung beantragen.

Erforderliche Unterlagen: beglaubigtes Familienstammbuch, Meldebescheinigung, Berechtigungsausweis der Lebensmittelzuteilung, Wohnsitznachweis, Lebenslauf, Zeugnisse, Namensstempel, ein Passbild.

Ohne Genehmigung darf das Flughafengelände nicht betreten werden. Den ersten 2.000 wird der Eintritt gewährt.

4. Die Nutzung des Hotel Imperial für Publikumsverkehr ist ab dem 22. Mai untersagt.

5. Alle Straßen im Umkreis des Hotels Imperial sind für den Verkehr von Autos und Pferden ab morgen gesperrt.

6. Es ist sowohl offiziell als auch privat verboten, Flora Victoria im Hotel Imperial aufzusuchen.

7. Jegliche Störung oder versuchte Störung der Aufführungen von Flora Victoria wird als Behinderung einer Amtshandlung bestraft.

8. Frauen mit temporärem Wohnsitz in Japan oder gebürtige Japanerinnen, die durch einen kosmetischen Eingriff Flora Victoria ähneln, verpflichten sich, vom 22. Mai an in der Öffentlichkeit vorläufig einen Schleier anzulegen.

(Sondersendung: Flora Victoria)

Alle Dokumentationen über Flora Victorias Aufenthalt in Japan – Ankunft, Begrüßung, Empfänge, öffentliche Auftritte, Werbung, Kritiken, Premiere, Fans, Leibwächter, Zuhörer, ihr sonstiges Leben, Stimmen aus der ganzen Welt – werden in einer Sonderausgabe (Heft Nr. 12) veröffentlicht.

(25. Mai 2027, Moskau, Agrarwirtschaftliche Presseagentur)

Die große Wanderung der Rattenhorde, die in Südsibirien entstanden ist, bewegt sich unaufhaltsam gen Westen, als würde sie gegen das Sowjetregime aufmarschieren. Die Bundesregierung unternimmt jedoch nichts in der Angelegenheit, ergreift keine effektiven Maßnahmen. Man puzzelt lediglich ein wenig herum, was Ermittlungen, Inspektionen, Ausschüsse und Beschlüsse betrifft. Auf kritische Nachfragen unserer Redaktion erklärte ein Vertreter des Gesundheitsausschusses:

»Natürlich hat auch unser Hauptquartier den Notstand ausgerufen und einstimmig beschlossen, das kürzlich entdeckte, hochwirksame Mittel ›Rattorgen‹ einzusetzen.

Achtzehn pharmazeutische Fabriken wurden sofort mit der Produktion beauftragt. Sie arbeiten Tag und Nacht pausenlos, um 500.000 Tonnen bis zur ersten Frist sowie 700.000 Tonnen bis zur zweiten Frist herzustellen. In den nächsten Tagen werden wir dreißig Tonnen pro Transportflugzeug ausliefern und damit der Plage Herr werden.«

Die Antwort klang zwar überzeugend, fraglich bleibt jedoch, ob man es rechtzeitig schaffen wird. Wenn es nämlich nicht gelingt, wird der diesjährige Ertrag der Gerste größtenteils von Ratten aufgefressen und Millionen Landwirte werden in einen Nahrungsmittel-Lieferengpass geraten. Die Tundra zu beiden Seiten des Ural-Flusses hat sich bereits in trostloses Ödland verwandelt. Die Spitze der endlosen Horde hat inzwischen den Ural durchquert und verbreitet sich derzeit im Ufergebiet der Wolga. Die Eindringlinge ziehen von dort weiter nach Moskau oder in die Gegend von Omsk. Alle Gegenmaßnahmen schlagen fehl angesichts der immensen Anzahl.

Die bisher gemeldeten Verluste sind alarmierend: ca. 3.000 Kühe, 700 Pferde, rund 10.000 Schafe, 700 Kinder und sogar 60 Erwachsene wurden von Ratten aufgefressen. Auch Geflügelfarmen sollen gänzlich vertilgt worden sein.

(27. Mai 2027, UA-Redaktion Tokio)

Generalleutnant Junker Wilhelm, Generalstabschef der Bundessicherheitswehr, landete heute um 13:20 Uhr unangekündigt auf dem Flughafen Haneda. In dunkelgrüner Uniform, die Brust mit sieben Orden geschmückt und mit imposantem Kaiserbart entstieg der majestätisch wirkende Feldherr der Maschine.

Im Wartebereich beantwortete er die Frage des Reporters mit nur einem Satz:

»Mein heutiger Besuch in Japan dient einzig und allein dem Ziel, die Sicherheitsbehörde zu ermutigen, den Ausbrecher Adolph hinter Schloss und Riegel zu bringen«, donnerte er im üblichen Befehlston.

Das allein wäre an sich nichts Ungewöhnliches, doch der Wagen des Generals nahm eine völlig andere Richtung, weit entfernt vom vorgesehenen Ziel des Hauptquartiers der Sicherheitskräfte, und fuhr stattdessen zum Anwesen von Hamada in der Nähe von Yoyogi. Dort öffnete die Roboter-Haushälterin die Tür und teilte ihm mit, dass der Hausherr dienstlich unterwegs sei. Der Generalleutnant verlangte jedoch, zu Anna vorgelassen zu werden.

»Madame Anna möchte niemanden sehen, ihr geht es in letzter Zeit nicht so gut.«

»Was faselst du da, Maschinenweib? Das geht dich nichts an. Geh mir aus dem Weg!«

Er schubste die Haushälterin beiseite und stampfte ins Haus, mitten durch den Empfangssalon, trat Stühle und Tische um und riss die Tür zum Wohnzimmer auf. Anna, im seidenen Hausanzug, saß blasshäutig mit eingefallenen Wangen auf dem Sofa und lauschte Flora Victorias Gesang im Fernsehen.

Der Generalleutnant breitete seine Arme aus und rief: »Oh Anna! Ich bin hier, um dich zu sehen!« Er stürzte sich förmlich auf sie.

Anna sprang auf und schleuderte ihm wütend entgegen: »Ich kenne dich nicht. Verschwinde!«

»Oh, ich bin Generalleutnant Wilhelm. Siehst du meine Orden hier? Ich bin extra aus Rom angereist, um dich zu sehen. Komm, lass mich dich küssen. Lass dich von mir umarmen. Sing dein süßes Lied in meinen Armen! Ich liebe deinen Gesang.«

Der Generalleutnant versuchte sie abermals an sich zu drücken. Flink wie eine Katze entwand sie sich seiner Umarmung, griff nach der Lederpeitsche auf dem Kaminsims, die sie daheim beim Kuhantrieb benutzte, und drosch unbarmherzig auf ihn ein. Als er für einen kurzen Moment ins Wanken geriet, nutzte sie die Gelegenheit und floh ins Nachbarzimmer, verriegelte die Tür und alarmierte sofort die Sicherheitstruppe über das Videophone: Ein Eindringling befinde sich im Haus und würde sie körperlich belästigen. Man solle ihn sofort festnehmen.

Im angrenzenden Wohnzimmer wummerte der General gegen die abgeschlossene Tür, doch bereits eine Minute später ertönte draußen Sirenengeheul und das Fahrzeug der Einsatztruppe hielt vor dem Eingang. Lediglich der Leiter war ein menschliches Wesen, die restlichen zwanzig waren Roboter-Soldaten. Sie gingen mit Handschellen und Fesseln auf den General los, um ihn zu festzunehmen.

»Ich bin Generalstabschef Wilhelm«, empörte er sich. »Habt ihr keine Augen im Kopf? Seht her, meine Orden!«

Die Robotersoldaten ließen sich davon nicht beeindrucken.

Schließlich wurde er nach draußen gezerrt und auf den Transporter geladen. Wütend bellte er zurück: »Verflucht seist du, Anna Kaminija, du hast mich mit der Peitsche geschlagen und schwer gedemütigt. Das verzeihe ich dir nie! Nimm dich in Acht!«

In diesem Moment riss er seine Pistole aus dem Halfter und schoss einige Male hemmungslos in die Fensterscheiben.

Die Truppe überwältigte ihn und zog ab. Bereits zwei Stunden später wurde bekanntgegeben, dass der Truppenführer entlassen und der Leiter der Sicherheitskräfte in Tokio nach Kyūshū versetzt worden sei.

Generalleutnant Wilhelm orderte umgehend einen Sonderflug und machte sich gegen 18:10 Uhr aus dem Staub. Der Flughafendirektor berichtet, dass sein Gesicht völlig entstellt gewesen sei: geschwollen, mit violetten Striemen, die sich vom linken Ohr über die Wange zogen, verursacht von Annas gnadenlosen Peitschenhieben.

(30. Mai 2027, UA-Redaktion Tokio)

Weltstar Flora Victoria, unser Engel auf der Bühne, ist ermordet worden!

Ein Opfer der Leidenschaft?

Der Täter ist flüchtig.

Heute etwa um 18:30 Uhr betrat der Dirigent Matsumura die Garderobe der Solistin Flora Victoria im Ostasiatischen Theater, um sich musikalisch mit ihr abzusprechen. Dort entdeckte er das spärlich bekleidete Opfer vor dem Spiegel am Boden liegend. Die Diva trug lediglich einen Unterrock, der an mehreren Stellen zerfetzt war. Sofort entstand ein großer Tumult.

Um ihren seidig glatten, zarten Hals war mehrfach eine dünne Schnur gezurrt, was auf Strangulation hindeutete. Bei der Autopsie wurden jedoch außerdem seltsame heftige Bisswunden an Hals, Brust, Bauch, Gesäß und Oberschenkeln gefunden. Manche Stellen bluteten, andere wiesen tiefe Fleischwunden auf. Ihr Bühnen-Make-up war grotesk verschmiert und verstärkte den grauenvollen Anblick.

Dies ereignete sich kurz vor Beginn der Abendgala. Auf dem Flur vor der Garderobe herrschte ein reges Treiben, Mitarbeiter gingen ein und aus. Daher wird vermutet, dass die Tat in nur wenigen Minuten begangen wurde. Binnen kurzer Zeit umstellten 300 Sicherheitskräfte das Theater, begannen nach dem Täter zu fahnden, der jedoch bislang noch unbekannt ist. Im Publikum fingen Frauen an zu weinen, als sie von dem tragischen Ereignis erfuhren, aber auch Männer mit Blumensträußen beklagten den Tod der Diva. Draußen versammelten sich massenhaft Schaulustige. Es herrschte ein unglaubliches Chaos.

Flora Victoria, geboren in der Normandie in Nordfrankreich, wurde neununddreißig Jahre alt. Zunächst studierte sie Klavier an der Musikakademie Cherbourg, einer Stadt am Ärmelkanal. Gesegnet mit einer bezaubernden Stimme, gab sie mit sechzehn Jahren ihr Debüt in Paris. Von Natur aus heiter, lebhaft und freundlich, gewann sie schnell die Sympathie ihrer Zuschauer. Sie zeigte auch diplomatisches Gespür. Als man ihr einmal Loloa empfahl, lehnte sie kategorisch ab. Homosexualität war ihr äußerst zuwider. Nach dem Motto ›Mein Körper ist für Männer geschaffen. Ihnen gilt meine Schönheit und mein Gesang‹ hatte sie stets mehr als ein halbes Dutzend Liebhaber und genoss diese Freizügigkeit. Man munkelte, ihre Stimme hätte deswegen in den letzten Jahren sowohl an Kraft als auch Brillanz verloren und sei gealtert. Das tat ihrer Beliebtheit jedoch keinen Abbruch. Wenn die Männerwelt ihrem Gesang lauschte, schmolzen die Herren schmachtend dahin. Aus unerwiderter Liebe nahmen sich hunderte junge Männer reihenweise das Leben – ein Thema, mit dem sich auch der Kulturgesundheitsausschuss einst ernsthaft beschäftigte.

Charles Bedel, einer ihrer letzten Liebhaber, erzählte, dass Flora Victoria Männern gegenüber sehr ehrlich, offen und heiter war, bei Frauen jedoch eifersüchtig, neidvoll und misstrauisch gewesen sei. Vielleicht handle es sich deshalb um eine Täterin, die ihr diese Feindseligkeit übelnahm, spekulierte er.

Flora Victoria, Ehrenmitglied des republikanischen Musikverbands, vielfach ausgezeichnet mit 96 Kunstpreisen aus aller Welt und als ›Königin des Gesangs‹ gefeiert, hat nun ein tragisches Ende durch die Tat eines Unbekannten gefunden. Die Welt hat einen kulturellen Schatz verloren. Ob der Mord von einem Mann oder einer Frau begangen wurde, bleibt weiterhin unklar, da bisher noch keine konkreten Hinweise vorliegen.

(Zweiter Bericht vom 30. Mai, 21:30 Uhr)

Laut Zwischenbericht der Ermittlungskommission wurden alle Mitarbeiter des Theaterbetriebs ausgiebig verhört, doch von denen kommt keiner als Täter in Frage. Daher gehen die Ermittler nun davon aus, dass es eine außenstehende Person gewesen sein muss. Man wird nun die Zuschauer der letzten drei Aufführungen sowie ihre sieben männlichen Verehrer genauer unter die Lupe nehmen. Zusätzlich will man vor allem die Witwen und Mütter derjenigen Männer, die sich wegen Flora aus Liebeskummer das Leben nahmen, verhören.

Trauertelegramme vom republikanischen Oberausschuss, Kulturausschuss, Musikverband, von den Musikorganisationen verschiedener Länder sowie von Prominenten aus allen Sparten treffen ununterbrochen ein, was die Popularität des Weltstars zu Lebzeiten noch einmal deutlich unterstreicht.

(Dritter Bericht vom 31. Mai, 10:00 Uhr)

Das Ermittlungshauptquartier beauftragte am gestrigen Abend Dr. Philipp Sano erneut mit einer detaillierten Obduktion von Flora Victorias Leichnam, um einen forensischen Bericht zu erhalten. Heute früh lieferte der Doktor aufschlussreiche Hinweise.

A – Weder im Magen noch im Speichel oder Blut ist Gift nachweisbar.

B – Ein Sperma-Abstrich zeigte eine leichte Reaktion. Dies könnte auf eine Vergewaltigung hindeuten.

C – Die zahlreichen Bisswunden am Leichnam stammen nicht von menschlichen Zähnen. Eine Maschine könnte die Quetschungen verursacht haben.

Unabhängig davon stellte der Theaterintendant erst heute früh fest, dass einer der Roboter aus der Kostümabteilung seit gestern Abend vermisst wird. Die alarmierte Ermittlungszentrale vermutete sofort, dass dieser Roboter als Täter in Frage käme, und leitete unverzüglich eine Fahndung ein. Der Verdacht wurde jedoch entkräftet wegen des Sperma-Nachweises am Leichnam. Somit bleibt der Fall weiterhin ungeklärt, und bisher liegt keine neue Ermittlungsstrategie vor.

Der gestrige Tagesablauf von Flora Victoria sah folgendermaßen aus: In der Nacht gegen 2:30 Uhr kehrte sie allein mit ihrem Wagen zum Hotel zurück. Es gab zwei anonyme Anrufe, die sie nicht beantwortete. Summend nahm sie ein Bad, trank ein wenig Pfefferminzlikör mit ihrer Sekretärin Edith und ging um etwa 3:30 Uhr ins Bett.

Am nächsten Morgen stand sie kurz nach 11:30 Uhr auf und aß zum Brunch Schinken, Salat und gratinierte Garnelen in Muschelschalen.

Kurz vor 12:00 Uhr kamen zwei Besucher, die von den Sicherheitskräften ausnahmsweise genehmigt waren. Sekretärin Edith gab zu Protokoll, der eine sei George Hamada gewesen. Hamada war gekommen, um Flora eine Nachricht von Anna zu überbringen, die den von ihr vorgeschlagenen Sängerinnen-Wettstreit am 8. Juni bestätigte. Hocherfreut willigte Flora ein. Sie traf sich am Spätnachmittag mit dem Intendanten, um die Aufführung zu besprechen. Hamada verließ etwa zwanzig Minuten später allein das Hotel.

Der andere Besucher war zweifellos Charles Bedel, ihr Liebhaber. Nach französischer Sitte hielten die beiden von 13:00 Uhr bis 15:00 Uhr Siesta.

Um 15:30 Uhr tranken sie schwarzen Tee. Gegen 16:30 Uhr besuchte Flora per Hubschrauber das Heim für sterilisierte Waisen im Tokioter Vorort Tachikawa. Dort sang sie zwei Chansons für die Kinder, kehrte gegen 17:30 Uhr zurück und begab sich ohne weitere Vorkommnisse ins Theater.

Nach der Ermittlung ihres Tagesablaufs ordnete die Behörde einen Abgleich der Blutgruppe von ihrem Liebhaber Bedel mit dem Sperma auf Floras Körper an. Sie stimmten überein.

Eine Überprüfung des Zahnabdrucks von Bedel ergab, dass die Bissspuren auf der Leiche nicht von ihm stammen konnten.

Welche Schlussfolgerung kann aus diesen Hinweisen gezogen werden? Die Leitung des Ermittlungshauptquartiers ist in Klausur gegangen, um die Sachlage zu erörtern.

(Vierter Bericht, 13:00 Uhr)

Die Ermittlungsbehörde hat nach Dr. Sanos Feststellung, dass die Verletzungen an Floras Körper nicht von menschlichen Zähnen stammen, beschlossen, die Roboter-Theorie erneut zu prüfen.

Bei den Zahnreihen der Roboter gibt es drei Muster. Ihr Gebiss besteht aus Hartgummi und der Bogen ist etwas breiter. Das auffälligste Merkmal sind die gleichartigen Schneide- und Eckzähne, wobei letztere nicht besonders scharf sind. Dieser Abdruck passt haargenau zu den Wunden der Leiche. Dadurch kommt ein Roboter als Täter in Frage.

Anlässlich der Fahndung nach dem vermissten Roboter hat sich herausgestellt, dass es sich um ein neues Modell gehandelt hat, das erst kürzlich als Assistent in der Kostümabteilung des Theaters eingesetzt wurde. Der Intendant kommentierte dies so:

»Ja, ich kann mich gut an ihn erinnern. Vor etwa drei Wochen kam Herr Hamada von der Roboterverwaltung zu mir und sagte: ›Wir haben einen neuen Prototyp entwickelt und möchten Sie bitten, seine Leistungsfähigkeit zu testen. Er reagiert viel sensibler als die alten Modelle und ist auch technisch weiterentwickelt. Wenn Sie ihn richtig einsetzen, wird er äußerst effiziente Arbeit leisten.‹ Ich nahm ihn in Empfang und übergab ihn der Kostümabteilung. Das Modell hieß ›Tokugawa‹, um es von den herkömmlichen abzugrenzen. Er arbeitete tadellos, war in der Tat sehr effektiv, wirkte aber irgendwie schwermütig. Ein einsamer, grüblerischer Charakter, als würde er ein Geheimnis mit sich herumtragen.«

Dr. Sano schlug sich aufs Knie, als er diese Schilderung vernahm.

»Jetzt weiß ich's! Es ist einer der Spezialroboter, die Hamada auf Befehl der Bundesregierung hergestellt hat, und zwar der zweite Prototyp mit integriertem Moralsystem. Er hat mir vor etwa zehn Tagen davon berichtet.«

Damit lieferte er eine entscheidende Zeugenaussage.

(Fünfter Bericht, 14:00 Uhr)

George Hamada wurde festgenommen.

Das Ermittlungshauptquartier entsandte kurz nach 13:00 Uhr mehr als hundert gerüstete Sicherheitssoldaten zum Roboter-Verwaltungsrat. Anlässlich des Verdachts, den Roboter ›Tokugawa‹ zur Ermordung von Flora angestiftet zu haben, wurde Chefingenieur George Hamada in seinem Büro verhaftet und zur Zentrale gebracht. Eine andere Truppe durchsuchte sein Haus in Yoyogi. Anschließend forderten sie seine ihm frisch angetraute Gattin Anna auf, sie als Zeugin zum Ermittlungsquartier zu begleiten. Es handelt sich dabei um die aufstrebende, jüngst zu Ruhm gekommene Sängerin aus Sachalin. Für den 8. Juni war ein gemeinsamer Auftritt mit Flora am Ostasiatischen Theater geplant, den Anna jedoch ablehnte, da sie sich nicht mit der Diva messen wollte. Es wird vermutet, dass Anna mit ihrem Mann ein Komplott geschmiedet hat, um ihre Nebenbuhlerin zu beseitigen und ihren eigenen Ruf zu schützen. Ein denkbares Szenario.

Floras Ermordung, die ihre Fans auf der ganzen Welt zutiefst schockierte, sieht somit einer Aufklärung entgegen.

Floras Leichnam wird morgen früh gegen 9:00 Uhr mit einem blumengeschmückten Transportflugzeug nach Rom überführt.

(Sechster Bericht, 19:00 Uhr)

Im Mordfall Flora Victoria hat die Staatsanwaltschaft in Tokio aufgrund der Schwere des Verbrechens die Internationale Staatsanwaltschaft in Paris dringend um Anweisungen gebeten und diese inzwischen auch erhalten. In Anbetracht der Tatsache, dass die Tokioter Regierung George Hamada ursprünglich mit der Entwicklung des Roboters beauftragt hatte und es sich bei dem Opfer um eine weltberühmte Persönlichkeit handelt, soll nun kein lokales Gericht, sondern der Internationale Gerichtshof sich der Sache annehmen. Es wurde angeordnet, den Verdächtigen, die Zeugen, Indizien und alle relevanten Dokumente nach Paris zu überstellen. Die Staatsanwaltschaft in Tokio wird den gesamten Fall innerhalb der nächsten ein bis zwei Tage nach Paris übergeben.

Trotz intensiver Fahndung konnten bisher weder Fluchtweg noch Unterschlupf des gesuchten Roboters ausfindig gemacht werden. Als Roboter besitzt er keine Schwachstellen wie Hunger oder Einsamkeit. Solange sein Akku noch geladen ist, kann er sich etwa drei Wochen lang irgendwo verstecken. Ist der Akku leer, wird er inaktiv, wird er wieder aufgeladen, kann er sich erneut in Bewegung setzen. Daher ist es wahrscheinlich schwieriger, ihn aufzuspüren als einen Menschen.

George Hamada leugnet das Verbrechen seit seiner Festnahme und hat sich mit vielsagendem Unterton dazu geäußert:

»Mag sein, dass der Roboter ›Tokugawa‹ die Tat begangen hat, aber ich habe ihn nicht angestiftet. Wenn man der Sache mal richtig auf den Grund gehen würde, wäre vielleicht sogar die Bundesregierung schuld.«

Anna Kaminija wirkt nervös und fleht die Beamten an, nach Sachalin zurückkehren zu dürfen. Auf die Frage nach ihrer Komplizenschaft beteuert sie ihre Unschuld: »Ich habe Flora Victoria verehrt. Ich vermisse sie.«

Inzwischen haben die Beamten Theatermitarbeiter befragt, um mögliche Tatgründe zu ermitteln, und offenbar sind dabei unerwartete Tatsachen ans Licht gekommen. Obwohl die Behörde nähere Details geheim hält, gibt es Hinweise darauf, dass neue Informationen über Floras Privatleben aufgetaucht sind, die möglicherweise ein Motiv für das Verbrechen abgeben. Einzelheiten werden in einigen Stunden bekanntgegeben. Vielleicht werfen diese Enthüllungen über Floras Lebenswandel ein neues Licht auf den Fall.

Laut den bisher eingegangenen Nachrichten aus verschiedenen Regionen gibt es Berichte über eine Welle von Selbstmorden aus Verzweiflung über Floras Tod. Die Zahl der Opfer liegt schätzungsweise bereits bei 2.300 bis 2.400. Das RU-Hauptquartier erwägt eine Sonderproklamation, um impulsive, unbedachte Handlungen zu verhindern.

(4. Juni 2027, RU-Nachrichten)

Einer Meldung aus London zufolge haben sich in letzter Zeit in den belebten Straßen vom Piccadilly Circus bis zum Oxford Circus Straßenprostituierte gezeigt, die Passanten belästigen, was die örtlichen Behörden vor Probleme stellt.

Die materielle Kultur unsrer Republik verschafft jeglichem Individuum ein zufriedenes Dasein ohne Mängel. Deshalb hat es seit dreißig Jahren keine einzige Prostituierte mehr auf diesem Planeten gegeben, worauf sich das Kontrollgesetz für Prostitution als überflüssig erwies.

In den letzten acht Tagen nahmen die Sicherheitskräfte in London allerdings fünfundvierzig Straßenprostituierte fest und deckten bei den Verhören ein überraschendes Problem auf. Die Frauen beklagten, dass ihnen wegen der Zuckerbeschränkung Kaffee und Tee nicht mehr schmecken würden. Sie gingen schlichtweg deshalb anschaffen, um Zucker zu erwerben.

Der Kulturausschuss der Bundesregierung gab heute um 9:30 Uhr eine Stellungnahme zu diesem Problem ab:

(Stellungnahme)

›Sämtliche Mitglieder des Kulturausschusses sprachen sich gegen eine Durchführung der Zuckerrationierung aus, da sie das wirtschaftliche Fundament der Republik untergraben würde. Das oberste Gremium bestand jedoch hartnäckig auf der Umsetzung. In nur einem Monat sind Prostituierte in verschiedenen Regionen aufgetaucht, was die öffentliche Moral erheblich beeinträchtigt.

Die Zuckerrationierung hat durchaus negative Auswirkungen, stellt jedoch keine Einschränkung der lebenserhaltenden Bedingungen dar. Die Verantwortung für die Entstehung der Prostitution muss zwar die Bundesregierung übernehmen, problematisch ist aber ebenso die Wehleidigkeit der Frauen, die sofort auf die Straße laufen, um für ein bisschen Zucker schamlos ihre Haut zu verkaufen.

Unsere Kultur hat ein hohes Maß an Fortschritt erreicht, doch die Sittlichkeit lässt im Gegensatz dazu stark zu wünschen übrig, während Robotern inzwischen ein Moralsystem implantiert wird.

Bei Säugetieren, Vögeln, Fischen oder Reptilien gibt es keine Prostitution. In unserer Gesellschaft existiert sie als Abfallprodukt einer hochentwickelten Zivilisation, die dafür Verantwortung übernehmen muss. Die Prostituierten werden von der Gesellschaft isoliert und unter Wahrung der Menschenrechte in speziellen Einrichtungen untergebracht, wo sie ausreichend mit Nahrung und Kleidung versorgt werden. Wir haben die Pflicht, die auf Abwege geratenen Frauen human zu behandeln.

Bei Roboter-Prostituierten ließe sich das Problem über die moralische Programmierung blitzschnell erledigen. Doch da es sich um echte Frauen handelt, wird es drei bis fünf Jahre dauern, ihnen ein sittliches Bewusstsein beizubringen. Bis die Zuckerrohr-Schädlinge bekämpft sind, wird diese missliche Situation noch andauern.

Nächste Nachricht:

Hormonspezialist Dr. Johannes, der seit April als vermisst galt, hat gestern überraschend in Rio de Janeiro eine Pressekonferenz abgehalten, um seine neusten Ergebnisse zu präsentieren.

Seine Erforschung kurzfristiger Schwangerschaften durch Verabreichung des Y-Hormons hat erwiesen, dass es keinen Grund zur Sorge gibt, wenn ein Kind mit Hasenscharte oder Kiemenwuchs zur Welt kommt. Ein operativer Eingriff kann die Gaumenspalte beseitigen. Bei Kiemen wird alle zwei Tage dreimal das Y^2+N-Hormon injiziert, bis diese nach zwei Wochen verschwunden sind. Trotz des zusätzlichen Aufwands sei das Y-Hormon ein Riesenerfolg, da die Schwangerschaftszeit um etwa sechs Monate verkürzt werde, was einen bedeutenden Fortschritt für die Menschheit bedeute.

Dr. Johannes fügte hinzu: »Die neu erforschte Methode der Kurzschwangerschaft, die zu Unrecht kritisiert wurde, wird mit Sicherheit ein Segen für alle Frauen sein. Die Wissenschaft triumphiert über die biologische Beschränktheit des Menschen. Der reaktionäre Pseudogelehrte Dr. Philipp Sano hat dies als gottlosen Leichtsinn kritisiert. Solche Ansichten geben ein vollkommen verzerrtes Bild unserer Kultur ab. Außerdem möchte ich an meine verstorbene Patricia erinnern. Ihr Opfer für meine Forschung war von großer Liebe getragen, und ich zolle ihr meinen tiefen Respekt. Ihr Opfer soll nicht umsonst gewesen sein. Der Bundesausschuss für Gesundheit wird die Kurzschwangerschaft schon bald offiziell anerkennen.«

Auch die nächste Meldung beweist den Sieg der Wissenschaft über die Biologie des menschlichen Organismus. Wie kürzlich angekündigt, wurde das aus dem Augapfel weißer Hasen stammende Hormon zur Depigmentierung erfolgreich synthetisiert. Das staatliche Institut für Rassenforschung in Berlin hat die Studie seit über einem Jahr mit mehreren Wissenschaftlern fortgeführt, die nun mit der Entwicklung des hochwirksamen RT-Hormons erfolgreich zum Abschluss gekommen ist.

Nach etwa zehn Injektionen kann das Hautpigment bis auf die Hälfte reduziert werden. Selbst eine betagte reinrassig Schwarze wird nach drei Monaten wie eine Chinesin aussehen. Bei dreimaliger Wiederholung ist sie so gut wie weiß. Diese Entdeckung stellt einen grundlegenden Beitrag zur Lösung des Konflikts um Rassenfragen dar und fördert somit den Weltfrieden.

Überraschenderweise gibt es jedoch auch unter den farbigen Völkern Menschen, die sich weigern, weiß zu werden, was die Weißen wiederum sehr verwundert. Der indonesische Repräsentant J. H. Mangaradja äußerte sich wie folgt dazu:

»Die Geschichte und die Kultur der farbigen Völker stehen in engem Zusammenhang mit ihrer Hautfarbe. Farbig zu sein ist doch kein Merkmal von Minderwertigkeit. Bei weißen und schwarzen Hunden gibt es auch keine Überlegenheit. Die Weißen halten sich aber für etwas Besseres. Allein schon um dieses Vorurteil aus der Welt zu schaffen, möchte ich meine Hautfarbe so lassen, wie sie ist.«

Sollte dies die allgemeine Ansicht der farbigen Völker sein, so wäre die Entdeckung des RT-Hormons nutzlos. Es würde lediglich Kriminellen wie dem entflohenen Häftling Adolph zur Tarnung verhelfen. Die Nationale Wissenschaftliche Gesellschaft hat daher beschlossen, sich dieses Themas erneut anzunehmen.

(7. Juni 2027, Paris, UA)

(Sonderbericht zum Mord an Flora Victoria)

Trotz der intensiven Ermittlungen der letzten Tage hat die Suchmannschaft keine Hinweise auf den Roboter ›Tokugawa‹, der als mutmaßlicher Täter gilt, gefunden. Der Internationale Gerichtshof in Paris eröffnete heute um 9:30 Uhr den Prozess gegen George Hamada, der wegen Anstiftung zum Mord angeklagt ist. Als Zeugen waren seine Frau Anna Kaminija, der Intendant des Ostasiatischen Theaters, drei Mitarbeiter aus der Kostümabteilung, der Dirigent Matsumura, der die Leiche entdeckte, und weitere geladen.

Der internationale Staatsanwalt brachte in seiner einstündigen Anklage unmissverständlich zum Ausdruck: Hamada habe gemeinsam mit seiner Frau Anna zugunsten ihrer Popularität den neu erschaffenen Roboter ›Tokugawa‹ dazu angestiftet, den grausamen Mord zu begehen. Er bezeichnete Anna nicht als Zeugin, sondern als Mitangeklagte und forderte für beide die Todesstrafe.

Im Saal wurde laut getuschelt und außerhalb des Gebäudes versammelten sich über sechstausend Menschen. Einige von ihnen begannen, Annas ›Lied der Rinder‹ zu singen. Die Stimmung war äußerst angespannt.

Bei der Zeugenvernehmung machten die Mitarbeiter der Kostümabteilung jedoch unerwartete Aussagen, was die ganze Sache ins Kippen brachte und ein heilloses Tohuwabohu verursachte. Zusammengefasst gaben die drei Zeugen Folgendes zu Protokoll:

»Der Roboter ›Tokugawa‹ wurde uns von der Leitung besonders ans Herz gelegt, wir sollten ihn Schritt für Schritt anlernen und erst mal mit einfachen Arbeiten betrauen. Er war normalerweise sehr zuverlässig und unkompliziert, sehr zurückhaltend. Ein stilles Wasser, ein wenig grüblerisch. Er besaß eine schnelle Auffassungsgabe.

Aber sobald er sich in etwas vertiefte, war er nur noch darauf fokussiert, mit einer fast schon obsessiven Hingabe.

Als Flora Victoria bei uns erschien und Tokugawa zum ersten Mal bei der Anprobe assistierte, zitterte er am ganzen Leib, sogar seine Lippen bebten. Er war handlungsunfähig. Bei ihrem Anblick, ihren Bewegungen stockte ihm der Atem. Ich gab ihm einen Stups und schalt ihn: ›Hey, du liebestrunkener Trottel! Wenn du dich hier in die Darstellerin verguckst, taugst du nicht zum Arbeiten!‹ Da drehte sich Flora um und lächelte ihn an: ›Oh, was für ein charmanter Roboter! Wie jung und hübsch er aussieht. Ganz schön kess, sich als Roboter in mich zu verlieben. Aber wie sollte das funktionieren? Ich habe hunderte Liebschaften hinter mir, mit einem Roboter habe ich es allerdings noch nie getrieben. Das wäre doch mal eine aparte Variante, oder? Hahaha …‹ Sie lachte schallend und fügte belustigt hinzu: ›Solange ich in Tokio bin, können wir uns vergnügen.‹

Tokugawa verfügte über keinerlei Lebenserfahrung und wusste nichts von Liebe oder Zuneigung. Deshalb nahm er Floras Worte ernst und verliebte sich in sie. Menschen leben mit Lügen, aber Maschinen verstehen das nicht. Auch nicht den Unterschied zwischen Ernst und Spiel. Tokugawa war jedenfalls unsterblich verliebt in Flora und von da an unfähig, seine Arbeit zu verrichten.

Ein Mensch hätte in diesem Fall eher Zurückhaltung geübt, aus Angst vor einer Blamage in den Augen der anderen. Aber eine Maschine kennt keine Scham und schert sich nicht um ihr Ansehen. Nach dieser Begegnung vernachlässigte Tokugawa seine Aufgaben völlig und folgte Flora auf Schritt und Tritt. Es war so schlimm, dass wir ihn am liebsten kaputtgeschlagen hätten.

Flora fand das jedoch eher amüsant, sie war ja sehr launisch und flatterhaft, und zog ihn damit auf. Uns kam zu Ohren, dass Flora eines Tages Tokugawa in ihre Garderobe abgeschleppt hat, wo eine

Frau vom Kantinenpersonal sie in sehr freizügiger Aufmachung auf seinem Schoss sitzen sah. Das sprach sich natürlich gleich herum.

Alle wussten von der Rivalität zwischen Anna und Flora, und die Requisiteure stritten oft darüber, wer wohl beliebter sei. Eines Tages kam Flora zufällig vorbei und hörte sie tuscheln, Anna sei unübertrefflich. Da wurde Flora leichenblass und schlug mit dem Fächer nach ihnen.

Ab diesem Moment verhielt sich Flora hysterisch. Ich vermute, dass sie Tokugawas närrische Verliebtheit ausgenutzt hat und ihm vielleicht sogar den Befehl gab, Anna zu töten. Einmal bekam ich mit, dass Tokugawa hinter einem großen Requisit lauerte und etwas vor sich hinmurmelte. Wie ein Pappmaché-Tiger, der auf dem Sprung war.

Das ist das Tragische bei Maschinen – sie können nichts für sich behalten. Er wiederholte ständig den Satz ›Wenn du mich wirklich liebst, bring Anna Kaminija um. Dann tue ich alles. Was immer du willst. Wenn du mich wirklich liebst, bring Anna Kaminija um …‹ Er plapperte Floras Worte rein mechanisch nach, vielleicht sogar aus Sehnsucht. Ob Flora es ernst meinte oder es nur ein boshafter Scherz gewesen war, kann ich nicht sagen.

Floras großzügige Theatergarderobe bestand aus Empfangsraum, Ankleidezimmer, Ruhezone und Bad. In den drei Tagen vor dem Vorfall führte sich Flora wie eine Verrückte auf. Als es im Bad einmal sehr laut zuging, spähte ihre Assistentin durch den Türspalt und sah Flora nackt in der Wanne liegen, wo sie sich von Tokugawa abkitzeln ließ und schrill quiekte. ›Mit einem echten Mann kann man sich so was nicht erlauben, aber mit dem Roboter kann ich unbesorgt herumalbern‹, kicherte sie frivol in schamloser Pose. Am Tag vor dem Mord entdeckte die Assistentin beide dann auf dem Lager in der Ruhezone.

Ich vermute, Flora hat Tokugawa unterschätzt, indem sie ihn für eine bloße Maschine hielt, und ihn so lange mit ihren spöttischen Neckereien provoziert, bis er sie umbrachte.«

Der internationale Staatsanwalt verfolgte die Beweisführung weiter und verhörte Hamada: »Hat der Angeklagte, als er den Roboter Tokugawa konstruierte, möglicherweise von vornherein beabsichtigt, Flora zu töten, und die Maschine dahingehend programmiert? Können Sie sich in diesem Punkt verteidigen?«

Der Angeklagte Hamada erhob sich und antwortete mit einem spöttischen Lächeln:

»Wenn der Roboter Tokugawa festgenommen werden würde und ich Ihnen seine Konstruktion demonstrieren könnte, wäre die Angelegenheit im Nu aufgeklärt. Leider ist das nicht der Fall. Ich habe dazu bereits eine umfassende Erklärung abgegeben. Schon damals, als die Regierung die moralische Ausstattung von Robotern genehmigte, habe ich ausdrücklich davor gewarnt, Moral sei ein heikles Terrain, da sie sowohl Glück als auch unendliches Leid hervorbringen kann.

Im passiven Modus befähigt Moral einen Roboter, Kontrollaufgaben zu übernehmen, aktiv führt sie jedoch zu philosophischen Reflexionen, zu Gefühlen und bildet die Grundlage der Liebe. Kein Wunder also, dass sich der moralisch gesteuerte Roboter Tokugawa in Flora verliebte. Die Liebe ist einerseits eine wunderbare, essentielle Kraft im Leben, kann dieses aber auch entgleisen lassen oder gar zerstören.

Es ist doch einleuchtend, dass Liebe ohne Zucht und Bildung Gewalt und Verbrechen provoziert. Maschinen sind nicht gebildet. Insofern ist es unvermeidlich, dass ein Roboter mit Moralsystem ein Verbrechen begeht. Mich trifft keine Schuld, sondern allein die Regierung, die mich mit der Herstellung von Prototypen beauftragt hat.

Es ist offensichtlich, dass Tokugawa in Flora verliebt war und sie anhimmelte. Doch Flora, die in ihm nur eine Maschine sah, nutzte ihn aus und manipulierte ihn wie einen menschlichen Komplizen, um ihre Nebenbuhlerin Anna Kaminija zu töten. Sie alberte mit ihm im Badezimmer herum und lockte ihn in ihr Bett. Der zu Liebesempfindungen fähige Roboter konnte jedoch die übersteigerten, angestauten Gefühle nicht abreagieren, da er keine sexuelle Funktion besitzt. Deshalb nahm diese verzweifelte und gefährliche Liebe die Form einer grausamen Handlung an, bei der der Liebende den anderen zerfleischt und tötet, um das Liebesobjekt zu vernichten. Eine Tat, die vor allem bei Impotenten zu finden ist.

Man könnte sich fragen, warum wir ein Wesen mit einer solchen gefährlichen Eigenschaft erschaffen haben, obwohl wir wussten, dass eine moralische Programmierung dieses Risiko birgt. Aber jede Maschine ist grundsätzlich gefährlich. Ein Fahrzeug kann jemanden überfahren, Elektrizität kann einem einen tödlichen Schlag versetzen. Ein fehlgeleiteter Einsatz macht die Maschine zum Feind des Menschen.

Flora war eine hochmütige, leichtfertige Person, die mit der Maschine gespielt und sie verhöhnt hat, bis sie ihr schließlich zum Opfer fiel. Eine lausige Diva, die einen Roboter anstiftete, ihre Rivalin zu ermorden, und dann selbst getötet wurde.«

Der vorsitzende Richter schien von Hamadas Darlegung überzeugt zu sein. Auf Antrag des internationalen Staatsanwalts wurde jedoch beschlossen, die Verhandlung zu vertragen, bis der Roboter Tokugawa gefasst war und man sein Innenleben unter die Lupe nehmen konnte.

(11. Juni 2027, RU-Nachrichten)

Die Saison für Schutzimpfungen beginnt. Wie im letzten Jahr werden sich alle Bundesbürger in der Zeit vom 15. Juni bis Ende August impfen lassen.

Da das Virus der Seuche weitaus resistenter ist als im letzten Jahr, hat der Bundesausschuss für Gesundheit die Massenproduktion eines wirksameren Impfstoffs veranlasst. Diese 9-fach-Injektion wird neunmal, und zwar alle drei Tage verabreicht. Es wird eine vollständige Immunität erreicht. Die Impfung wirkt gegen insgesamt zwanzig Erkrankungen: Paratyphus, Fleckfieber, Typhus, Ruhr, Bakterienruhr, Cholera, Pest, Meningitis, Pocken, Malaria, Fußpilz, Gelbfieber, Japanische Enzephalitis, Tollwut, Krätze, Tinea, Kreisrunder Haarausfall, Lepra, Tuberkulose und Buruli-Ulkus.

Nach der dritten Impfung tritt Fieber auf. Ab der fünften Impfung kann es zu Durchfall, Schwindel und Übelkeit kommen, aber das ist kein Grund zur Sorge. Bei der sechsten Impfung steigt das Fieber verbunden mit Kopfschmerzen, gelegentlich gefolgt von Bewusstlosigkeit und vollständigem Appetitverlust. Es können auch Probleme beim Gehen auftreten, aber nach der achten Impfung verbessert sich der Zustand erheblich. Sobald alle Impfungen abgeschlossen sind, erlangt der Körper nach etwa fünf Tagen, an denen man ruhen sollte, vollständige Immunität.

Bei schwächeren Personen kann es zu Komplikationen wie Neuralgie, Gallenblasenentzündung, Nierenentzündung, Rippenfellentzündung, Basedowsche Krankheit und Darmverschlingung kommen. Deshalb sollte man generell intensiven Sport und übermäßige Belastungen nach den Impfungen vermeiden.

Neunzig Prozent derjenigen, die sich letztes Jahr nicht impfen ließen, sind bis zum Frühling an Infektionskrankheiten gestorben.

Eine Impfung ist deshalb unerlässlich, weil die Widerstandskraft schwächer geworden ist, während die Vermehrung der Krankheitserreger extrem zugenommen hat.

Während der Impfperiode werden alle beurlaubt. Parlament, Behörden, Firmen, und Läden bleiben weitgehend geschlossen. Die notwendigen Arbeiten erledigen Roboter.

Nächste Nachricht:

Gestern haben die Roboter der Bauerngewerkschaft in Indonesien einen Generalstreik ausgerufen. Etwa 4,7 Millionen Roboter erschienen zwar auf den Höfen, blieben jedoch untätig. Sie schlenderten umher oder hielten im Schatten der Bäume ein Nickerchen. Es gab jedoch weder lautstarke Proteste noch Randale. Ungeklärt bleibt jedoch, womit sie unzufrieden sind, warum sie faulenzen. Dr. Maharajo, Verwaltungsmitglied des Bauernverbands, äußerte sich dazu folgendermaßen:

»Es gibt zwar keine Amokläufer, aber sie haben die Feldarbeit niedergelegt, es wird weder gepflanzt noch geerntet. Wenn es so weitergeht, bekommen wir Probleme mit der Lebensmittelversorgung. Wir könnten Maßnahmen ergreifen, wenn der Bauernverband irgendwelche Forderungen an die Verwaltung gestellt hätte. Sie haben aber nichts verlangt, darum bleibt unklar, zu welchem Zweck sie die Arbeit verweigern. Man kann es nur so interpretieren, dass sie streiken um des Streikens willen. Sollte der Zustand andauern, sind wir gezwungen, militärische Unterstützung anzufordern oder alle zu verhaften und in die Hochöfen zu befördern. Eine solche Sabotage schadet der gesunden Entwicklung der Gewerkschaft, und wir bemühen uns, die Drahtzieher zu ermitteln.«

Dr. Lorzier vom Bundesverband der Physiker erklärte, dass Farb- und Lichtwellen eine starke Wirkung auf das interne System der Roboter haben. Gelbe Radiowellen verursachen Zerstörung, blaue Sedierung und rote irrationales Verhalten. Dr. Lorzier vermutet, dass die Streiks der Roboter auf die Einwirkung von blauen Radiowellen zurückzuführen sein könnten. Die Regierung untersucht diese Möglichkeit.

Berichten zufolge befindet sich unter den Anführern der Robotergewerkschaft eine menschliche Frau, die abgöttisch verehrt wird. Doch wer sie ist, welches Land sie vertritt oder wie ihr Name lautet, ist bisher nicht bekannt.

Nächste Nachricht:

Während sich die Roboter-Problematik nach der Ermordung von Flora zuspitzt, ist es zu erneuten Unruhen gekommen. Der Prototyp eines Roboters, der vom sowjetischen Büro entwickelt wurde und ebenfalls mit einem Moralsystem ausgestattet war, diente dem Radiowellenminister Nikolaj als Sekretär. Der Roboter verliebte sich dabei in Nikolajs Hausmädchen Katja und bedrängte sie. Als sie ihn jedoch zurückwies, stach er aus Wut mit einem Küchenmesser mehrmals auf sie ein und verletzte sie am Oberkörper und an der Hüfte. Der Roboter wurde daraufhin von der Sicherheitstruppe festgenommen.

Der Bundesausschuss für Roboter nimmt sich der Sache an und hat fürs Erste beschlossen, den Roboter zu zerlegen und zu analysieren, um eine endgültige Entscheidung zur Problematik der künstlichen Moral zu treffen. Aufgrund dieser gefährlichen Situation wird möglicherweise die gesamte Forschung zu moralisch programmierten Robotern eingestellt.

Ein ähnlicher Befehl wurde auch für Prototypen in Bolivien und Chile erteilt. Diese Roboter sollen alsbald festgenommen und sicher eingelagert werden.

Nächste Nachricht:

Die Rakete von Dr. Howard McIntyre und seinem Mitarbeiter Colonel, die am 14. März in Atlanta, USA, die Fahrt zum Mond angetreten hatte, ist vermutlich endgültig verschollen, da seit drei Monaten kein Lebenszeichen der Astronauten die Erde erreicht hat. Sie ist wohl zu einem Körnchen Sternenstaub geworden, das nun auf ewig in 300.000 Lichtjahren Entfernung von uns in den endlosen Weiten des Weltraums umherirrt, vermuten die Physikerkollegen.

Allerdings wurde berichtet, dass Insassen eines Passagierflugzeugs aus Tahiti, das aufgrund einer Störung an der Westküste der Insel Tatakoto notgelandet war, am Strand mit Blei ummantelte Trümmer entdeckt haben. Ob es sich dabei um Bruchstücke von Dr. Howards Rakete handelt, wurde noch nicht bestätigt. Die US-Regierung will in den nächsten Tagen eine Untersuchungskommission dorthin entsenden.

(13. Juni 2027, Moskau, Landwirtschaftlicher Pressedienst)

Die riesige Wildratten-Horde hat die Wolga überquert. Der Fluss war schwarz, als die Tiere ihn durchschwammen. Inzwischen sind sie in die Ukraine eingefallen. Auch die beiden Flüsse Don und Dnjepr sind vermutlich nicht breit genug, um die Horde aufzuhalten. Spätestens in zwei Monaten wird die Ukraine, diese große Getreidekammer, Ödland sein. Danach werden die Ratten nach Polen und Rumänien vordringen. Europa schwebt in höchster Gefahr. Die Lebensmittelversorgung des Kontinents steht kurz vor dem Kollaps.

Welche Maßnahmen hat die Regierung bisher ergriffen? Welche Bedeutung hat unsere Zivilisation, wenn sie nicht einmal in der Lage ist, eine Rattenplage in den Griff zu bekommen? Mit der Massenproduktion des hochwirksamen Rattengifts ›Rattorgen‹ wurde dann leider nur ein leidlicher Versuch gestartet, der Sache Herr zu werden, indem lediglich eine Fläche von etwa 200 km Länge und 100 km Breite im Uralgebiet damit besprüht wurde, was nicht einmal ein Prozent der Rattenhorde tötete.

Der hinteren Hälfte der Horde stehen meistens keine Nahrungsmittel mehr zur Verfügung, da diese von der Vorhut restlos vertilgt wurden. Die ausgehungerten Nachzügler greifen deshalb Kühe und Pferde an und zernagen Einrichtungsgegenstände, Kunstwerke, Nippes und sogar Bücher. Falls die Bundesregierung nicht bald die richtigen Maßnahmen ergreift, wird die seit über zweitausend Jahren bestehende europäische Kultur der Plage zum Opfer fallen. Sollte es so weit kommen, müssen die Erdenbürger des alten Kontinents ins Exil nach Afrika flüchten und die Rattenhorde am Isthmus am Suezkanal radikal bekämpfen. Ganz Europa droht sonst das Schicksal, zu einer kompletten Rattenrepublik zu werden. Bedauerlicherweise nehmen England und Amerika, da durch den Ozean getrennt, eine gleichgültige Haltung ein.

Die sowjetische Regierung hat seit gestern einen Wettbewerb ausgeschrieben, um eine wirkungsvolle Methode zur Ausrottung der Ratten austüfteln zu lassen. Sie bietet eine Belohnung an, aber es bleibt fraglich, ob zufriedene Bürger, die weder nach Status noch nach Ehre oder Reichtum streben, sich damit ködern lassen.

(16. Juni 2027, Batavia, UA)

In den RU-Nachrichten am 11. Juni war von einem seltsamen Gerücht die Rede, wonach sich eine menschliche Frau in der Robotergewerkschaft auf Java befinde. Nach dreitägiger Recherche entdeckte ich ihren Aufenthaltsort und betrat heute früh ihr Versteck in der Nähe des Hafens Tanjung Priok in Batavia.

Es war ein gewöhnliches Haus mit rotem Ziegeldach und gelber Fassade. Im Garten blühten Canna und ich hörte die Klänge eines automatischen Klaviers – kurzum: ein stinknormales Domizil. Auf dem Namensschild am Tor stand in klitzekleiner Schrift ›Wang Ai-Ling‹. Eine hellhäutige, pummlige Chinesin, Anfang dreißig, öffnete mir die Tür. Sie trug annamitische Kleidung und war von einer engelsgleichen Schönheit.

Ich sah nur einen Roboter im Garten, der den Rasen sprengte; ansonsten keine Menschenseele weit und breit. Ein ruhiges Refugium, anders als ich erwartet hatte.

Bei einer erfrischenden Limonade namens ›Niren‹, der eine verjüngende Wirkung nachgesagt wird, interviewte ich sie.

»Seit wann wohnen Sie in diesem Haus?«

»Hm …, seit sechs Jahren, glaube ich.«

»Wo arbeitet ihr Mann?«

»Oh, ich bin alleinstehend. Ich habe keinen Mann.«

»Aber ich habe doch drüben im Garten einen Mann gesehen.«

»Da müssen Sie sich geirrt gehaben. Das ist mein Roboter.«

»Darf ich ihn begrüßen?«

»Das kann ich leider nicht zulassen. Es geht ihm mechanisch nicht gut. Er wird dann ausfallend gegenüber Gästen.«

»Wie kommt es, dass eine junge, attraktive Frau wie Sie weder verheiratet ist noch mit jemandem zusammenlebt?«

»Sie sind ziemlich unverschämt. Ich bin zwar nicht verheiratet, aber einen Geliebten habe ich schon.«

»Im Ernst? Sie haben einen Geliebten?«

»Ist das ein Problem für Sie?«

»Sie haben also wirklich einen Liebhaber?«

»Ja doch.«

»Zeigen Sie mir doch mal Ihren Roboter.«

Ai-Ling Wang starrte mich mit ihren schönen Augen an und wurde plötzlich rot.

»Sie sind gemein. Sie wissen doch bereits alles. Bitte erwähnen Sie das nicht in Ihrem Artikel.«

Sie schüttelte den Kopf und schmollte. Was für eine hinreißende Schnute! Wie reizend sie aussah! Eine wahre Schande für uns Männer, dass eine so aparte Frau sich einem Roboter hingibt!

»Es gibt doch wahrhaft haufenweise Männer auf der Welt, und auch an gutaussehenden fehlt es nicht. Warum also, frage ich mich, haben Sie sich dafür entschieden, die Geliebte eines Roboters zu werden? Da muss doch ein besonderer Grund dahinterstecken ... Würden Sie ganz offen mit mir darüber sprechen? Mich interessiert Ihre Lebenseinstellung. Was schätzen Sie an Robotern? Was empfinden Sie bei ihm? Warum lieben Sie kein menschliches Wesen? Wie planen Sie Ihre Zukunft? Ich finde das ungemein spannend. Während meiner gesamten Laufbahn als Reporter bin ich noch nie auf ein so interessantes Thema gestoßen.«

»Sie sind ganz schön raffiniert. Mit Ihrem Gefasel versuchen Sie doch nur, mich zum Reden zu bringen.«

»Stimmt. Sind Sie schon seit mehreren Jahren mit Ihrem Roboter-Liebhaber zusammen?«

»Nein, so lange noch nicht.«

»Zwei Jahre?«

»Nein.«

»Ein Jahr?«

»Nein.«

»Ein halbes Jahr?«

»Nicht einmal.«

»Dann ist es erst vor Kurzem geschehen. Sie sind also ganz frisch liiert.«

»Ach nein … hätte ich doch bloß nicht … Wenn das an die Öffentlichkeit kommt, kriegt er einen Wutanfall.«

»Wird er dann gewalttätig gegen Sie?«

»Man weiß nie, was er im Schilde führt. Er ist schließlich kein Mensch, sondern eine Maschine.«

»Ich begreife nicht, warum Sie sich mit einem so bedrohlichen Liebhaber abgeben.«

»Ach, da bin anderer Ansicht. Das macht ihn ja gerade so anziehend.«

»Ach ja? Das weibliche Gemüt ist mir ein Rätsel.«

»Was ist daran so schwer verständlich?«

»Sie sind schon ein seltsames Frauenzimmer.«

»Ich bin doch nicht seltsam. Was Frauen von Männern erwarten, hat sich seit drei Jahrtausenden kein bisschen gewandelt. Dalila liebte Samson, eben weil er furchterregend war. Das gilt auch für Maschinen-Männer. Ich kann einen Roboter nur leidenschaftlich begehren, wenn er sich wie ein Raketentriebwerk oder Dynamo gebärdet.«

»Es gibt doch auch echte imposante Männer.«

»Zum Beispiel?«

»Generalleutnant Junker Wilhelm.«

»O je! Hören Sie mir mit dem auf! Ein Banause! Solche Kerle sind mir zuwider! Ein überheblicher Lügner und Betrüger! Wie ein wild gewordener Hengst. Kein bisschen sanftmütig.«

»Sie mögen sanfte Männer? Die meisten sind doch eigentlich ganz lieb und zahm.«

»So ein Quatsch. Nur lieb sein reicht nicht. Ich war mal verheiratet. Mein Damaliger war äußerst lieb, hatte aber nichts an sich, was mich anzog. Er besaß kein Selbstbewusstsein, hatte nichts Wildes an sich, seine Zuneigung war fade. So ganz ohne Leidenschaft, er hätte nie für mich sein Leben riskiert. Er war durchschnittlich gebildet, sah durchschnittlich aus, benahm sich manierlich, war also insgesamt salonfähig. Solche Männer gibt es wie Sand am Meer, man könnte sie mit dem Besen wegfegen. Erblicken sie eine aparte Frau, biedern sie sich gleich an. Beim geringsten Kompliment sind sie sofort aus dem Häuschen. Sie sind einfach charakterlos. Es gibt keinen einzigen Mann in der ganzen Republik, der standfest bleibt, wenn man ihn herumschubst. Das ist mir ein für alle Mal klar geworden. Aber bis ich das begriffen habe, bin ich mehrere Jahre durch die Weltgeschichte geirrt und habe mir verzweifelt einen Kerl nach dem anderen geangelt, was mir einen liederlichen Lebenswandel bescherte. Es hat mir rein gar nichts gebracht, sondern mir nur die Vergeblichkeit des Ganzen bestätigt.«

»Ihre Bemerkungen blamieren mich ja regelrecht. Aber was hat das mit Robotern zu tun?«

»Ich finde es viel gesünder, einen Roboter-Liebhaber zu haben, als Loloa zu trinken und der Homosexualität zu verfallen, wie es heute Mode ist.«

»Warum soll das gesund sein?«

»Ach, Sie gehen mir auf die Nerven! Wie vernagelt sind Sie eigentlich? Und Sie wollen Zeitungsreporter sein?«

»Jetzt werden Sie aber beleidigend! Ich schnupfe selbst Cocola und bin keinesfalls ein Gegner von homosexuellen Neigungen, und würde das einer Liebschaft mit einem Roboter bei Weitem vorziehen.«

»Dann werde ich jetzt auch ganz offen sprechen und Ihnen die Wahrheit sagen. Natürlich ist ein Roboter eine Maschine, und es fehlt ihm die grundlegende Funktion, eine Frau in Ekstase versetzen zu können. Aber trotzdem hat er Vorzüge, die diesen Mangel mehr als wettmachen.«

»Kann ich mir nicht vorstellen.«

»Ich sag ja, Sie sind ein Blödian.«

»Pah, wieso nennen Sie mich Blödian?«

»Weil Sie schwer von Begriff sind. Sie erkennen nicht, welche Vorzüge Maschinen tatsächlich haben. Es ist noch gar nicht lange her, dass ich ihn … den Roboter, meine ich … kennengelernt habe. Bei der ersten Begegnung starrte er mich an. Sein reiner, unschuldiger Blick haute mich um. Kein echter Mann hätte attraktiver auf mich wirken können. Ich bereue es nicht. Er macht mich sehr glücklich.

Da er eine Maschine ist, neigt er nicht zum Lügen wie richtige Menschen und betrügt auch nicht wie sie. Wenn ein Roboter liebt, dann mit hingebungsvoller Leidenschaft. Er brennt rückhaltlos, bis er ausgebrannt ist. Er hegt keine schmutzigen, hinterlistigen Fantasien und vergleicht mich auch nicht mit anderen Frauen, um mich herabzusetzen. Er glaubt fest an seine Liebe und schenkt keiner anderen Beachtung, liegt mir voll und ganz zu Füßen, bis er verglüht, ohne es je zu bereuen.

Selbst wenn ich jeden kleinen Winkel auf dem ganzen Erdball ausleuchten würde, ein männliches Wesen mit solchen Tugenden würde ich niemals finden. Trotz fehlender Sinneslust bin ich in dieser platonischen Beziehung die glücklichste Frau der Welt. … Würden Sie das endlich mal begreifen? «

»Mir ist ganz schwindlig von Ihrem eindrucksvollen Plädoyer. Ist der Roboter in der Fabrik in Batavia hergestellt worden?«

»Keine Ahnung. Das geht mich nichts an.«

»Wenn die Fabrik in Batavia jeden Tag ein- oder zweitausend solcher exklusiven Roboter produzieren würde, wären alle Frauen auf der Erde ausnahmslos von Robotern besessen. Das wäre ein ernstes Problem.«

»Mir doch egal, ob das ein ernstes Problem ist. Sie könnten in der Fabrik ja zum Ausgleich glückspendende Roboter-Frauen herstellen. Es ist idiotisch, Cocola schnüffelnd der Homosexualität zu frönen.«

»Ja, ja, ist ja gut. Ich verabschiede mich besser, sonst schnappe ich noch über. Übrigens, wo arbeitet Ihr Liebhaber?«

»Er geht jeden Tag zum Gewerkschaftsbüro und führt den Streik an.«

»Ist er etwa rot?«

»Nein, doch nicht rot. Er sieht sehr gut aus.«

Genug, es reicht! Jedes weitere Gespräch wäre unsinnig. Wenn ich ein Sekunde länger mit dieser Verrückten rede, verliere ich selbst noch den Verstand. Ich wischte mir den kalten Schweiß von der Stirn und suchte schnell das Weite.

(20. Juni 2027, UA-Redaktion Tokio)

Anna Kaminija kehrte heute mit dem regulären Linienflug um 17:00 Uhr zurück. Hand in Hand mit ihrem Gatten zeigte sie trotz sichtlicher Erschöpfung ein strahlendes Lächeln. Am 18. Juni wurde George Hamada vom Gericht in Anlehnung an den Präzedenzfall, bei dem ein sowjetischer Prototyp wegen seiner zurückgewiesenen Liebe zur Hausangestellten Katja dieselbe erstach, freigesprochen. Es hat sich gezeigt, dass Roboter mit Moralsystem grundsätzlich gefährlich sind, und das führte in Hamadas Fall zu seiner Haftentlassung.

Dr. Philipp Sano empfing die beiden am Flughafen und schüttelte ihnen erfreut die Hände.

»Es tut mir aufrichtig leid, was Sie durchmachen mussten.«

Auf seine mitfühlenden Worte erwiderte Hamada:

»Ich bin ja noch mal heil davongekommen. Wir bedanken uns für Ihre Anteilnahme. Mir wurde nahegelegt, meine Stelle als Oberingenieur aufzugeben. Ich werde nun als Leiter einer Roboterfabrik ein entspannteres Leben führen. Anna hat nach diesem Vorfall völlig das Vertrauen in unsere Utopie verloren und will unbedingt nach Sachalin zurück. Ich werde sie begleiten und mich dort niederlassen. In ein paar Tagen reisen wir ab.

Apropos, können Sie sich an den Bericht aus Java erinnern, der am Sechzehnten im Radio gesendet wurde? Wo eine Frau sich einen Roboter als Liebhaber hält? Ich habe das Gefühl, dass es sich dabei um ›Tokugawa‹ handelt, den Mörder von Flora.«

»Ich kann Radio ja nicht ausstehen …«, Dr. Philipp lächelte. »Deshalb habe ich die Sendung nicht mitbekommen. Aber natürlich, das kann durchaus sein. Eine Frau bändelt mit einer Maschine an, lässt sich von ihr dominieren und bildet sich ein, im siebten Himmel zu schweben. Kein Grund zum Lästern, heutzutage ist das wohl gang und gäbe. Wollen wir morgen Abend zum Abschied anstoßen, falls Sie Zeit haben?«

Mit altkluger Miene griff der Doktor nach seinem Spazierstock und ging unbekümmert seiner Wege.

Auf dem Flughafen tummelte sich eine vier- bis fünftausendköpfige Menschenmenge, die Annas Auto umringte und nicht aufhörte, ihr zuzujubeln.

(22. Juni 2027, Los Angeles, UNP)

Basierend auf der RU-Nachricht, dass an der Küste von Tatakoto offenbar Wrackteile der Rakete von Dr. Howard gefunden wurden, entsandte die US-Regierung am Morgen des 16. Juni drei Wasserflugzeuge mit einem 40 Mann starken Untersuchungsteam zum Atoll.

Die Rakete verlor möglicherweise auf dem Rückweg von Dr. Howards Mondexpedition die Orientierung und stürzte in den Südpazifik, wo ihr Wrack am Meeresboden nun mit Tang überwuchert wird. Aus und vorbei, sein hochfliegender Traum! Das Team nahm deshalb auch Tauchroboter mit.

Heute morgen um 8:30 Uhr wurde per Sprechfunk die Situation vor Ort geschildert:

Das Team durchforstete das gesamte Areal um Tatakoto – auch andere Inselchen des Archipels – und sah schließlich in einem kleinen, unbewohnten Atoll westlich von Pukapuka Rauch aus dem Dschungel aufsteigen. Mit Macheten bahnten sie sich von der Küste her einen Zugang durch die Mangrovenwälder, sie benötigten einen ganzen Tag, um die Hügelspitze zu erreichen. Dort entdeckten sie zwei Hütten, die mit Palmwedeln bedeckt waren. Fische und Algen hingen an Schnüren zum Trocknen. Vier bis fünf Papaya-Bäume standen drumherum, in deren Schatten zwei Hühner gackerten.

Als die Ermittler ins düstere Innere der einen Hütte schauten, erblickten sie eine halbnackte, nur mit einem Strohrock bekleidete Frau, die anscheinend zum Stamm der Kanaken gehörte und gerade einen Bissen von einem Holzteller klaubte. Ihr gegenüber lungerte ein bärtiger Weißer, auch nur mit einem Lendenschurz bekleidet, auf dem Erdboden und aß ebenfalls mit der Hand. Vor ihm lagen drei umgekippte leere Büchsen amerikanischer Konserven.

»Entschuldigung, darf ich fragen, ob Sie vielleicht Dr. Howard sind?«, sprach ihn einer aus dem Team direkt an.

Entsetzt ließ der Bärtige den Bissen fallen und senkte den Kopf, worauf er bitterlich zu weinen anfing.

Sein Gefährte Colonel hielt gerade ein Nickerchen in der Nachbarhütte, ebenfalls mit einer Kanakin.

Auf weitere Nachfragen gaben dann beide keine Antworten, als hätten sie den Verstand verloren. Das Team beschloss daraufhin, die beiden erst einmal in die USA zurückzubringen. Als die gesamte Mannschaft aufbrach, gerieten die beiden Frauen außer sich, schrien Zeter und Mordio, bevor sie zu Beilen griffen und auf den Suchtrupp losgingen. Wohl oder übel mussten die Ermittler die Frauen überwältigen und mit Fesseln bändigen. Anschließend lieferten sie die Kanakinnen bei den Sicherheitskräften auf Pukapuka ab.

Dr. Howard wird übermorgen in New York eintreffen. Noch ist unklar, weshalb er und sein Kollege sich auf dem unbewohnten Atoll aufhielten.

Die beiden reden so gut wie kein Wort, als hätte es ihnen die Sprache verschlagen. Es wird spekuliert, ob die Reise zum Mond sie traumatisiert haben könnte. Oder lag es am heftigen Aufprall beim Absturz?

Colonel versuchte sogar einmal, vom Boot ins Meer zu springen, um zu fliehen, wurde jedoch sogleich daran gehindert. Warum er flüchten wollte, bleibt weiterhin rätselhaft.

(27. Juni 2027, UA-Redaktion Tokio)

Gestern sandte die Bundesregierung eine Anordnung an das Kulturamt der japanischen Regierung, um die Sängerin Anna Kaminija zu verpflichten, einmal pro Woche im weltweit ausgestrahlten Fernsehen aufzutreten, wofür man sie offiziell zum Ehrenmitglied des Republikanischen Musikvereins küren wollte.

Heute Morgen um zehn Uhr schickte die japanische Regierung

einen Beamten des Kulturministeriums nach Sachalin, um Anna diese Nachricht persönlich zu überbringen. Sie hatte erst zwei Tage zuvor gemeinsam mit ihrem Ehemann Tokio verlassen und sich in ihre geliebte abgelegene Werkstatt in den Bergen zurückgezogen. Als ihr der Auftrittsbefehl übermittelt wurde, reagierte sie störrisch:

»Nein, das werde ich auf keinen Fall tun. Ganz egal, was die Botschaft sagt, ich werde ganz bestimmt nicht singen. Ich will auch keine Vorsitzende des Musikverbands sein. Es reicht! Ich habe die Nase gestrichen voll. Ich will nie wieder singen! Ich lehne das kategorisch ab. Erst vor Kurzem wurde ich gegen meinen Willen zu dieser Pariser Gerichtsverhandlung geschleppt. Es scheint sich niemand darum zu scheren, wie mich das alles quält. Kaum bin ich nach diesem Desaster Tokio entkommen, soll ich schon wieder dort auftreten? Lieber will ich sterben, als noch mal zu singen. George, bitte sag das ab.«

George Hamada runzelte die Stirn und beschwor sie:

»Ein Befehl der Bundesregierung duldet kein Zuwiderhandeln. In unserer Republik wird die individuelle Freiheit prinzipiell nicht anerkannt. Man ist bedingungslos verpflichtet, der Gesellschaft zu dienen.«

»Was auch immer die wollen, ich weigere mich. Pah! Dann werde ich eben bestraft, na und? Das nehme ich gern in Kauf.«

»Eine Strafe ist dir gewiss. Zwangsarbeit von drei Jahren bis zu acht Jahren. Deshalb wäre es besser, zu gehorchen.«

»Ich werde einen Sud aus giftigem Kraut kochen und trinken, damit meine Stimme endgültig versiegt. Dann muss ich ja nicht singen, oder?«

»Red keinen Blödsinn.«

Verzweifelt ließ sie den Kopf auf die Stuhllehne sacken und umklammerte Hamadas Arm.

»Ich habe mich so sehr darauf gefreut, mich mit dir hier in die Berge zurückzuziehen, nur wir beide. Warum kann uns die Welt da draußen nicht einfach in Ruhe lassen? Mein einziger Wunsch ist es, ein stilles friedliches Leben hier in den Bergen zu führen. Für dich zu singen, würde mir durchaus Freude bereiten, aber einem Befehl der Botschaft zu folgen und in einem Theater aufzutreten – das lehne ich strikt ab«, sagte sie äußerst bekümmert mit Tränen in den Augen.

»Ich verstehe deine Gefühle gut, mir geht es ja genauso. Aber wir können uns diesem Befehl nicht widersetzen. In der Anordnung heißt es nur, dass dein Auftritt weltweit ausgestrahlt wird, kein genauer Standort. Deshalb reicht es vermutlich, wenn du dich bei TV Toyohara meldest, ohne gegen die Anordnung zu verstoßen. Alles andere kannst du ablehnen, also weitere Auftritte in Tokio, Rom oder New York bedenkenlos verweigern. Es werden dir ja bloß zehn Minuten pro Woche abverlangt, die restliche Zeit kannst du hier in den Bergen verbringen. Du hast keine andere Wahl.«

Seit Flora Victorias Tod hat sich das Interesse der ganzen Welt auf Anna gerichtet. Dies veranlasste die internationale Regierung, einen offiziellen Auftrittsbefehl zu erlassen. Die Nachricht verbreitete sich weltweit, und nun erreichen Anfragen aus Südamerika, Nordamerika, Ozeanien und anderen Regionen die Sender in Tokio, die wissen wollen, wann und auf welchem Kanal Annas Auftritt ausgestrahlt wird. Der Fernsehsender in Toyohara hat in der Eile Begleitmusiker mit Gitarre und Violine aus Tokio einfliegen lassen, und es wird erwartet, dass ihre Lieder spätestens ab 5. Juli zu hören sein werden.

Nach ihrem Debüt, bei dem sie energiegeladen mit wild-animalischer Verve gesungen hatte, hat sich Annas Ausdruck seit ihrer Heirat auf seltsame Weise verändert und einen wehmütigen

Ton angenommen. Man könnte vermuten, dass ein nicht gelüftetes, schwerwiegendes Geheimnis zwischen den Eheleuten steht, das ihre düstere Stimmung verursacht. Aber das melancholische Timbre wird ihr Publikum noch mehr begeistern und TV Toyohara wird zukünftig tonangebend für Musikrichtungen sein. Aber dass Anna sich trotz ihrer weltweiten Popularität derart gegen einen Aufritt sträubt, zeigt, dass sie ein ziemlicher Trotzkopf sein muss.

4

JULI 2027

(2. Juli 2027, RU-Nachrichten)

Seit der Gründung des Roboter-Bauernverbands im März dieses Jahres in Indonesien haben sich zur großen Besorgnis des Oberausschusses in verschiedenen Teilen Asiens zunehmend Arbeiterbewegungen gebildet. Nach dem Streik der Bauernroboter am 10. Juni hat sich die Lage allmählich auf andere Gebiete ausgedehnt. Berichten zufolge haben inzwischen drei Millionen landwirtschaftliche Roboter in Annam, Cochinchina, Thailand und Birma Streiks aus unbekannten Gründen begonnen. Wenn es so weitergeht, wird der Reisertrag in Südasien um etwa ein Drittel sinken, was zu einer ernsthaften Krise führen könnte. Es scheint auch so, als hätten die australischen Gewerkschaften vor einigen Tagen Streikaktionen gestartet, was einen Rückgang der Weizenproduktion unvermeidlich machen würde. In Kombination mit der Rattenplage in Südsibirien könnten diese Verluste bis zum Jahresende und im nächsten Jahr zu einem erheblichen Rückschlag in der Lebensmittelversorgung führen und Rationierungen notwendig machen. Die Landwirtschaftskommission untersucht bereits Gegenmaßnahmen, um die Situation in den Griff zu bekommen.

In Bezug auf diese Ereignisse reichte Dr. Maharajo, Mitglied der Agrargewerkschaft und Vorsitzender der indonesischen Kommission, folgenden Bericht bei der Regierung ein:

›Die Roboter-Gewerkschaften könnten möglicherweise im Untergrund organisiert sein, aber soweit ich weiß, gibt es keine klaren Strukturen oder eine zentrale Führung. Die derzeitigen Streiks wurden nicht von einer klaren Befehlsinstanz ausgeführt und es gibt auch keine klar formulierten Forderungen. Dies erinnert in gewisser Weise an die kommunistische Bewegung des 20. Jahrhunderts, auch wenn es sich hierbei um ein vollkommen mysteriöses Phänomen handelt.

Ich habe etliche Roboter festnehmen lassen und habe sie selbst verhört. Einer von ihnen sagte Folgendes:

»Ich weiß gar nicht, was ›Streik‹ bedeutet. Niemand vom Verband hat mir einen Befehl gegeben. Aber, mein Herr, Roboter sind von Natur aus Maschinen. Wenn es ein Problem mit der Mechanik gibt, liegt die Verantwortung bei denen, die sie gebaut haben. Wenn Maschinen ›streiken‹, wie Sie sagen, dann ist das letztlich die Schuld der Menschen. Anstatt uns zu befragen, sollten Sie lieber die Roboterfabrik untersuchen. Das wäre eigentlich logisch.«

Während der Ermittlung wurde mir angst und bange. Das Roboter-Problem hat ernste Formen angenommen. Mir ist jetzt erst so richtig klargeworden, wie sehr die moderne Wirtschaftsstruktur von Robotern abhängig ist.

Ich spüre erst jetzt die Gefahr, wie stark das Wirtschaftssystem der heutigen Gesellschaft von Robotern abhängig ist. Unter diesen Umständen könnte die vollständige Befreiung der Roboter vielleicht die einzige grundlegende Lösung dieses Problems sein.‹

Hier noch eine weitere Meldung in dieser Angelegenheit:

Seit dem 15. Juni wird weltweit zeitgleich eine Impfkampagne durchgeführt. Im dritten Roboterwerk von Chicago jedoch sind von zwanzig Angestellten sechzehn wegen Fieber nach der Impfung ausgefallen, während die restlichen drei aufgrund von rheumatischen Beschwerden ebenfalls nicht zur Arbeit kamen. Der letzte verbliebene Angestellte hat sich ganz plötzlich am 17. Juni, schmachtend nach Anna Kaminijas Gesang, das Leben genommen.

Infolgedessen arbeiteten in den drei Tagen vom 27. bis zum 29. Juni nur Roboter, ohne menschliche Aufsicht. Diese stellten eigenmächtig 360 neue Roboter her, was ein beispielloses Ereignis darstellt.

Der Roboter-Verwaltungsrat in Chicago war entsetzt von diesem Bericht, entsandte sofort Ersatzpersonal und ging der Sache nach. Die durchschnittliche Produktionskapazität des dritten Werks beträgt 110 Einheiten pro Tag, in drei Tagen also 330. Durch die Arbeit von Robotern ohne Aufsicht wurden jedoch überdurchschnittliche 120 pro Tag hergestellt. Bei den neuen Robotern wurden gründliche Funktionstests und Überprüfungen durchgeführt, aber keine Mängel oder Fehler festgestellt.

Anselm, der Direktor des Zentralen Roboter-Verwaltungsrats, kommentierte den Bericht wie folgt:

»Diese Meldung beweist, dass die Zivilisation unserer Republik ein bemerkenswertes Niveau erreicht hat. Der Mensch hat bisher jede Art von Maschine maximal ausgenutzt, doch dafür musste er einen hohen Preis zahlen. Menschen, die viele Maschinen bedienten, litten häufig unter Nervenzusammenbrüchen, und auch die Selbstmordrate unter ihnen war erschreckend hoch. Aus diesem Grund haben Wissenschaftler immer wieder betont, dass Maschinen die Feinde der Menschheit seien. Doch der Bericht aus Chicago scheint ein neuer Lichtblick zu sein: die Emanzipation der Menschen von den Maschinen. In etwa zehn Jahren könnten wir vielleicht eine Welt erleben, in der Maschinen komplett selbstständig arbeiten und dem Menschen hundertprozentig dienen. Aus Sicht der Regierung ist dies eine überaus erfreuliche Entwicklung. In Anbetracht dieses Berichts erwägen wir daher, die Belegschaft in den Roboterfabriken nach und nach zu reduzieren.«

(6. Juli 2027, New York, UNP)

Colonel, der als Begleiter von Dr. Howard bei dessen Mondexpedition Berühmtheit erlangte, beging gestern um 21:00 Uhr Selbstmord, indem er aus dem 18. Stock des Brooklyn Hospitals sprang. Das Motiv ist nicht geklärt, da er keinen Abschiedsbrief hinterließ. Man kann jedoch einen zutiefst persönlichen Beweggrund vermuten, der mit seinem Aufenthalt auf dem Atoll Pukapuka zusammenhängen könnte.

Dr. Howard hat bisher auf die einfühlsamen Fragen des ermittelnden Kulturausschussmitglieds überhaupt nicht geantwortet und zeigt befremdliche Symptome, die eine psychische Untersuchung erforderlich machen. Seiner Pflegerin vertraute er heute Morgen an: »Ich muss irgendwie zum Mond gelangen. Nicht nur die Erdkruste, sondern die gesamte Atmosphäre stinkt erbärmlich nach Menschenkultur. Ich halte das hier nicht mehr aus!«

Der zuständige Arzt deutete diese Äußerung als Anzeichen einer massiven Zwangsstörung und beginnenden Schizophrenie. Ist die Raumfahrt etwa nur eine Illusion, der Einbildungskraft von Geistesgestörten entsprungen? Ist unsere glorreiche Utopie nichts anderes als eine Zivilisation von irdischen Gefangenen, die der Erde mit keinem Schritt entkommen?

(13. Juli 2027, Madrid, Radio España)

In der Hauptstadt und Umgebung sowie in Toledo, Sevilla, Lissabon und bis hin nach Algerien und Casablanca herrscht derzeit ein bedenkliches Treiben, das der Polizei Kopfschmerzen bereitet.

Loloa, das Medikament für Lesben, hat seine Beliebtheit leicht eingebüßt. Progressive Damen spazieren neuerdings mit schmucken Roboter-Männern durch die belebten Straßen der Stadt und brüsten sich stolz mit ihren Eroberungen. Dieser Trend stammt wohl aus Paris, gelangte zuerst nach Rom und dann auf die Iberische Halbinsel. Als Vorbild diente offenbar Flora Victoria, die einem brutalen Mord zum Opfer fiel.

Sie spielte mit den romantischen Gefühlen eines Roboters, vergnügte sich mit ihm in der Badewanne und in ihrem Schlafgemach. Ihre weiblichen Anhänger schwärmen von diesem hochgradigen Nervenkitzel, der die öde Langeweile der heutigen Zeit vertreibe. Homosexualität im Rausch von Loloa sei dagegen ein Kinderkram. Trotz des Risikos, zerfleischt und erwürgt wie Flora zu enden, verheißt das Gefühl, die begrenzten Fähigkeiten eines impotenten Roboters herauszufordern, einen unschätzbaren Reiz.

Hinzu kam die Roboter-Schwärmerei von Ai-Ling Wang, über die am 16. Juni der Rundfunk Batavia berichtete.

Die heutige Schwäche der Männer, ihre unmoralischen Seitensprünge, mangelnde Leidenschaft in der Liebe … angesichts solcher Mankos verlieren viele Frauen das Interesse am schwachen Geschlecht. Es ist daher kein Wunder, dass Frauen sich aus Protest in Roboter verlieben. Daran sind die Männer selbst schuld.

Die als Partner erkorenen Roboter müssen allerdings wie der Mörder Tokugawa mit einem Moralsystem ausgestattet sein. Die weibliche Avantgarde, auf der Jagd nach neuen Trends und spannenden Abenteuern, lässt nichts unversucht, um moralbegabte Exemplare zu ergattern. Sie bestechen die Techniker in den Roboterfabriken, entweder mit Zuckerrationen oder indem sie ihre nackte Haut feilbieten, um sich heimlich Maschinenliebhaber anfertigen zu lassen. Daher sind Robotertechniker neuerdings sehr gefragt bei Frauen, die im Austausch gegen die begehrten Roboter freizügig zu Diensten stehen.

Schätzungen zufolge gibt es rund 80.000 bis 100.000 solcher Roboter in ganz Europa, und rechnet man Nordafrika und Amerika hinzu, dürfte die Gesamtzahl mindestens 300.000 betragen. Es gibt bereits eine Handvoll Techniker, die heimlich große Fabriken zur Massenproduktion dieser Roboter eingerichtet haben sollen.

Die Regierung hat zwar den Bau solcher Moralsystem-Roboter offiziell verboten, aber aufgrund des Risikos, das ein Unterdrücken weiblicher sexueller Bedürfnisse mit sich bringen würde, wird davon ausgegangen, dass sie in naher Zukunft eine offizielle Genehmigung dafür erteilen könnte.

Auch gestern ereignete sich ein entsprechender Vorfall in unsrer Stierkampfarena: Im vollen Stadion mit etwa 50.000 Zuschauern saß eine Schönheit in inniger Umarmung mit ihrem Maschinen-Liebhaber. Sie übertrieb wohl ihr neckisches Spiel, denn plötzlich umklammerte der Gefährte ihren Hals und biss ihr heftig in den Oberarm. Auf ihren Schrei hin rannte ein Polizist herbei und nahm den Übeltäter fest. Aber die aus der Ohnmacht erwachte Frau weinte und tobte: »Gebt mir meinen Geliebten zurück!« Sämtliche Stadionzuschauer waren Zeugen ihres beschämenden, aber prickelnden Auftritts, der mehr Aufmerksamkeit erregte als die eigentliche Veranstaltung, der Stierkampf in der Arena. Es war schon recht bemerkenswert, wie die anwesenden Frauen, anstatt darüber zu tratschen, lediglich schmachtende Seufzer von sich gaben.

(15. Juli 2027, UA-Redaktion Tokio)

Artikel ›Das Ende der menschlichen Zivilisation‹ von Dr. Philipp Sano:

›Hiermit wende ich mich an alle Bürger unserer republikanischen Gesellschaft, unserer Utopie. Nach meiner Einschätzung steht die menschliche Zivilisation am Rande des Zusammenbruchs. Nein, es ist weniger ein Zusammenbruch als vielmehr eine langsame Zersetzung, eine Selbstzerstörung. Ich habe in der Vergangenheit viele Male davor gewarnt, aber niemand hat meinen Worten Gehör geschenkt.

Ihr Hoffärtigen! Der Tag der Abrechnung naht, doch ihr seid euch dieser Bedrohung nicht bewusst und schwelgt weiterhin trunken im trügerischen Glanz eurer Kultur.

Die heutige Kultur ist wahrlich ein Wunder der Menschheit, ein Mirakel, das sich nur einmal in Milliarden von Jahren auf der Erde ereignet. Jedoch kommt mir nun ein Philosoph aus früherer Zeit in den Sinn, der für ein ›Zurück zur Natur‹ plädierte. Vor seiner weisen Einsicht ziehe ich den Hut.

Was ist überhaupt Kultur? Was ist Natur? Ihr seid Lebewesen, die mit Wasser, Luft und Sonnenschein auf der Erde geboren wurden. Und dennoch betrachtet ihr die Beherrschung und Bezwingung der Natur als kulturellen Fortschritt. Kein einziges menschliches Wesen hat jemals den Mond erreicht, und dennoch glaubt ihr, die Natur erobert zu haben. Doch das gesamte Universum gehört zur Natur. Euer vermeintlicher Triumph über die Natur ist im Vergleich dazu verschwindend bedeutungslos. Darüber solltet ihr mal ganz demütig nachsinnen. In der heutigen Kultur sehe ich Vorzeichen für den Untergang der Menschheit. Das erste dieser Anzeichen ist die Entfremdung zwischen den Geschlechtern. Frauen suchen keinen Schutz bei Männern, und die Männer lieben die Frauen nicht mehr. Die Ordnung der Geschlechter wurde auf den Kopf gestellt und durch zügelloses Treiben ersetzt.

Die Freude, die mit der Vereinigung der Geschlechter und der Rückkehr zur Natur einhergeht, ist in der modernen Welt verloren gegangen.

In früheren Zeiten verehrten die Menschen die Geschlechtsorgane und die Geburt als etwas Göttliches und feierten die sexuelle Freude mit frommer Ehrfurcht.

Auch das Forschungsprojekt der Kurzschwangerschaft von Dr. Johannes ist eine Missachtung der Naturgesetze. Heutzutage frönen die Leute mithilfe von Medikamenten der Homosexualität, geben sich Ausschweifungen hin und zeigen keinen Respekt vor ihren eigenen Begierden. Solch eine Libido-Kultur, die gegen die Naturgesetze verstößt, wird irgendwann in einer Katastrophe münden.

Das erste Anzeichen für diesen Verfall ist die Entwicklung, dass Frauen sich lieber einen Roboter als Liebhaber nehmen und sich an unvollkommenen, sexuellen Spielereien mit Maschinen erfreuen.

Seit jeher waren es immer Frauen, die die Kultur einer jeweiligen Epoche verzerrten. Sie lenkten die Kultur stets in eine dekadente Richtung, die von Konsum und Müßiggang geprägt war. Doch die Liebe zwischen den Geschlechtern konnte den Zerfall immerhin aufhalten. Nun aber trennen sich die Frauen von den Männern und versuchen sich mit Robotern zu vereinen. Dadurch wird die Bedeutung der Geschlechter – die auch im Tierreich bei Säugetieren, Fischen und Insekten zu finden ist – missachtet und entwertet. Eine Beleidigung des männlichen Geschlechts!

Liebe erzeugt Großmut und das Bedürfnis, sich für andere aufzuopfern. Frauen werden sich bald in den Dienst der Maschinen stellen und sich von ihnen beherrschen lassen. Aber beleidigen sie damit nicht nur sich selbst, sondern auch die gesamte Menschheit?

Der von TV Batavia gesendete Beitrag von Ai-Ling Wang war von tiefem Misstrauen und einer menschenverachtenden Haltung geprägt.

Die Menschheit erschuf Maschinen. Die Maschinen haben sich allmählich entwickelt und werden nun die Menschheit beherrschen.

In nicht allzu ferner Zukunft werden sie anstelle von Menschen die Welt regieren. Ist dieses Szenario übertrieben? Tatsächlich lassen sich Frauen bereits von Robotern erobern.

In den RU-Nachrichten vom 2. Juli wurde berichtet, dass im dritten Roboterwerk in Chicago nur Roboter arbeiteten und 360 Exemplare produzierten. Meine Befürchtung findet hier ihre Bestätigung. Maschinen können bereits eigenständig Maschinen produzieren. Sie haben damit eine Art Fortpflanzungsfähigkeit erlangt, die nicht durch Sex wie bei Menschen und Tieren geregelt ist, sondern durch eine spezielle Reproduktionstechnik – unter Verwendung eines Schmelztiegels anstelle von Geschlechtsverkehr und einer Drehbank statt Plazenta. Auf diese Weise sind bereits 360 ›Neugeburten‹ entstanden. Zukünftig werden sie sich durch Massenproduktion immens vermehren.

Dennoch feiert Herr Anselm, der Roboter-Direktor der Bundesregierung, dies leichtfertig als Triumph der Menschheit, mit dem sie sich von Maschinen befreit hat. Woher kommt dieser Irrglaube? Ihm ist die Fähigkeit zur Kulturkritik abhandengekommen. Ohne kritische Auseinandersetzung mit der Kultur, ohne richtiges Beurteilungsvermögen hat die toxische Auswirkung einer bösartigen Kultur in unserer gesamten Republik die verschiedensten Krankheiten ausgelöst.

Seit Jahrtausenden haben primitive und unkultivierte Epochen in der Menschheitsgeschichte existiert, aber nie gab es eine so ungesunde und gefährliche wie heute. Die derzeitige Gesellschaft ist schamlos und verdorben. Es werden keine Kriege mehr geführt, zwischen den Völkern herrscht Friede und den Reichtum auf der Erde genießen alle Menschen gleichermaßen. Das ans göttliche Paradies heranreichende Ideal birgt dennoch unzählige Risiken der Selbstzerstörung.

Ohne rettende Wiederbelebungsmaßnahmen wird die Zukunft unsrer Republik düster aussehen.‹

(17. Juli 2027, TV Toyohara)

Der weltweit lang ersehnte Auftritt von Anna Kaminija …

Heute, kurz nach 18:00 Uhr, kam Frau Hamada mit dem Auto aus den Bergen in die Stadt. Sie trug ihren Lieblingsmantel aus Sachalin-Hundefell und ein passendes Mützchen aus dem gleichen Material, das sie vor der nächtlichen Kälte schützte. Ihre Augen versprühten einen animalischen Glanz und das lockige braune Haar fiel zerzaust auf ihre Schultern. Sie wirkte geschmeidig wie eine Gerte, melancholisch einsam wie ein Wolf und ihre Lippen schimmerten verführerisch rot.

Sie betrat den Senderaum und lehnte musikalische Begleitung ab. Stattdessen spielte sie selbst Ukulele, zu der sie mit tiefer, bebender Stimme stockend zu singen begann.

Lied der Männer

Die gefleckte Kuh, die immer lieb zu mir ist,
starrte mich heute Morgen stumm und feindselig an.
Es scheint, sie weiß genau,
was ich gestern Nacht tat.

Die Kuh wurde vom Bullen geschunden.
Dann gebar sie ein Kalb.
Die Henne wurde vom Hahn gestoßen.
Dann legte sie Eier.
Kuh und Henne sind glücklich.

Ich wurde von ihm zum Weinen gebracht.
Der Mann entblößte mich,
er brachte mir tödliche Schmerzen bei.
Ich bin sowohl Kuh als auch Henne,
ich möchte dein Kind gebären.

Der Berg ist dein Berg und die Kuh deine Kuh,
die Sonne ist deine und auch ich bin dein.

Ich warte auf ihn.
Er hat mich in den Wahnsinn getrieben.
Die Wahnsinnige singt …

Kein Mensch kennt mein Geheimnis.

Unmittelbar nach der Sendung wurde TV Toyohara überhäuft mit einer Flut an Beschwerden von Fernsehzuschauern aus aller Welt, die per Telegraph, Telefon und Videophone ihren Unmut bekundeten. Auch Generalleutnant Junker Wilhelm, Generalstabschef der Internationalen Sicherheitswehr, rief persönlich an und protestierte empört: »Seit Gründung unsrer Republik hat es nie eine solch niederträchtige, schamlose Musikdarbietung gegeben. Ich werde beim Oberausschuss unverzüglich die Aussetzung ihres Auftrittsbefehls beantragen und ihre Mitgliedschaft im Musikverband widerrufen lassen.«

Im Gegensatz dazu gab es aber auch begeisterte Reaktionen wie die von Georges Long und anderen Zuhörern, die über kabellose Telefone bis Mitternacht von Annas Gesang schwärmten und sich wünschten, wenigstens den Mitschnitt noch einmal hören zu dürfen. Darunter waren Hunderte neugieriger Fans, die unbedingt wissen wollten, was Annas Geheimnis sei. Insgesamt war der Auftritt ein Riesenerfolg, der sogar die Popularität von Flora Victoria zu ihren Lebzeiten übertraf.

Zehn Selbstmorde wurden gemeldet, ausgelöst durch Annas Gesang. Es ist nicht auszuschließen, dass die Zahl bis morgen auf über hundert steigt.

(19. Juli 2027, RU-Nachrichten)

Dr. Philipp Sano, Mitglied des Bundesausschusses für Gesundheit und Direktor des Staatsklinikums Tokio, wurde heute überraschend festgenommen und zur Hauptbasis der Einheit gebracht. Gegen 6:00 Uhr stürmten Dutzende Tokioter Sicherheitsbeamte seinen Wohnsitz in Surugadai und brachten ihn zum Truppenhauptquartier. Die japanische Regierung, die bis zu diesem Zeitpunkt nichts von dem Vorfall gewusst hatte, reagierte schockiert und protestierte entschieden. Sie forderte von der Verwaltung und den Verteidigungskräften eine Erklärung für seine Verhaftung. Auf Nachfrage bei der Kommandantur der Verteidigungskräfte ließ diese verlauten, dass Dr. Sano auf Befehl von General Wilhelm verhaftet worden sei. Als Grund dafür wurde seine Ansprache vom 15. Juli genannt, in der er die Republik heftig kritisiert hatte.

Die japanische Regierung betrachtet seine Verhaftung als Unterdrückung der Meinungsfreiheit und wird beim Internationalen Gerichtshof in Paris Klage einreichen.

Es wird außerdem berichtet, dass Dr. Sano sich bei seiner Festnahme zu seiner Frau umwandte und mit einem bitteren Lächeln bemerkte: »In der gesamten Geschichte, sowohl im Osten als auch im Westen, war es immer das Militär, das den Frieden in der Gesellschaft zerstört hat. Es ist zum Verzweifeln!«

Nächste Nachricht:

Die Roboterstreiks in Südasien und Australien dauern nun schon seit einem Monat an, ohne dass eine Lösung gefunden wurde. Die Ursachen sind immer noch ungeklärt. Experten befürchten, dass der Reisertrag in Birma und Annam um etwa achtzig Prozent und der Weizenertrag in Australien um etwa siebzig Prozent zurückgehen wird.

Daher wird sich die Lebensmittelversorgung ab Herbst bis zum nächsten Frühjahr rasant verschlechtern, was zusammen mit den Problemen in Westsibirien zu verheerenden Auswirkungen führen könnte. Nach intensiven Beratungen des Weltwirtschaftsausschusses in der vergangenen Woche gab die Regierung heute um sieben Uhr morgens einen Notstandserlass heraus, der eine strikte Lebensmittelrationierung und Verteilungskontrolle vorsieht.

Dr. Ezra Rosamond, Vorsitzender des Oberausschusses der Republik, gab eine offizielle Stellungnahme gegenüber der Presse ab:

(Stellungnahme)

»Unsere republikanische Wirtschaft basiert grundsätzlich darauf, keinerlei Kontrollen auszuüben. Vom täglichen Bedarf wie Kleidung, Nahrung, Genussmitteln bis hin zu Luxusgütern kann jeder uneingeschränkt das bekommen, was er wünscht. Wohnraum wird kostenlos zur Verfügung gestellt und die Nutzung von Verkehrsmitteln ist ebenfalls kostenfrei. Zusammengefasst hat die Republik durch den Verzicht auf jeglichen Handel und die Abschaffung des Tauschwerts ein gewaltiges Produktionssystem aufgebaut, das die heutige Utopie ermöglicht hat. Dieses gewaltige Produktionssystem wird, wie Sie wissen, hauptsächlich durch den Einsatz von Robotern aufrechterhalten.

Nun aber ist es unerwartet zu Arbeitsniederlegungen bei den landwirtschaftlichen Robotern gekommen, was die Lebensmittelproduktion in eine ernste Krise stürzt.

Die Regierung sieht sich daher gezwungen, die Lebensmittelzuteilung vorübergehend einzuschränken, um die Situation zu entschärfen. Da die Zuckerrationen aufgrund von Wurmschäden und anderen Gründen ohnehin bereits reduziert wurden, appelliere ich in der Befürchtung, dass dies zu Unmut in der Bevölkerung führen könnte, an alle:

Vertraut der Regierung und betreibt weder Tauschhandel noch Hamsterkäufe! Unterstützt die Regierung, um diese schwierige Situation zu meistern. Heute Morgen wurde das Notstandsgesetz mit 218 Paragraphen über Verstöße gegen die Kontrollen verkündet und tritt sofort in Kraft. Doch unabhängig von diesem Gesetz wollen wir den wirtschaftlichen Frieden durch eure freiwillige moralische Unterstützung sichern. Diese Utopie gehört dem Volk, und nur durch seinen moralischen Beistand kann diese ideale Gesellschaft Bestand haben. Wir zählen auf euer einsichtiges Mitwirken.«

Weitere Nachrichten aus dem Verkehrsbereich:

Die planmäßige Route über Afrika, die bislang viermal täglich von Kairo aus geflogen wurde, wird ab morgen sechsmal täglich bedient. Der stündlich abgehende Flug von Kalkutta über Java nach Melbourne wird ab morgen früh im 40-Minuten-Takt noch öfter angeboten. Da die Auslastung der Maschinen, die zwischen Istanbul und Moskau verkehren, in letzter Zeit deutlich zugenommen hat, werden diese Flüge ab nächsten Monat im 15-Minuten-Takt starten. Die Flüge zwischen Moskau, Peking und Tokio, die bisher alle zwei Stunden verkehrten, werden nun stündlich durchgeführt. Alle Maschinen sind mit separaten Toiletten für Weiße und Farbige ausgestattet, um eine komfortable Reise zu gewährleisten.

Nun kommen wir jedoch zu weniger erfreulichen Meldungen aus dem Verkehrsbereich.

Viele Sommerurlauber besuchen die Schweizer Berge. Vom Gornergrat, wo es sogar im Sommer schneit, hat man einen herrlichen Panoramablick auf das Matterhorn und den Monte Rosa. Auf der kurvenreichen Autostraße von Zermatt dorthin sind gestern drei, vorgestern fünf und am Tag davor sechs öffentliche Taxis in den Abgrund gestürzt, wobei sechsundzwanzig Menschen tragisch ums Leben gekommen sind.

Auf der Küstenstraße, die von Atami, dem nächstgelegenen und bekannten Onsen bei Tokio, nach Ito-Onsen führt, sind gestern sechs, vorgestern fünf und einen Tag davor sieben öffentliche Taxis von einer dreißig Meter hohen Klippe gestürzt, wobei achtunddreißig Menschen den Tod fanden.

Auf dem ersten Abschnitt des Canal Grande in Venedig, in der Nähe von Santa Maria della Salute, sind gestern drei, vorgestern fünf, und am Tag davor acht Gondeln gekentert. Dabei kamen dreiundzwanzig Touristen ums Leben.

Sämtliche Fahrzeuge wurden von Robotern gesteuert. Normalerweise chauffieren diese unfallfrei, was auf Sabotageakte hindeutet. Die Sicherheitskräfte sind äußerst besorgt und untersuchen die Vorfälle gründlich, aber da auch die für die Steuerung verantwortlichen Roboterkörper bei den Unfällen zerstört wurden, ist es schwierig, die Verantwortlichen ausfindig zu machen. Man vermutet, dass es sich um kommunistischen Terror handeln könnte, aber es gibt bislang keine handfesten Beweise.

Es besteht der naheliegende Verdacht, dass Adolph, der nach der Flucht aus dem Gefängnis in Bélem untergetaucht ist, zusammen mit Floras Mörder Tokugawa den Roboterverband auf Java anführt und für die Sabotageakte verantwortlich ist. Doch trotz intensiver Nachforschungen der Behörden gibt es noch keine gesicherten Beweise.

In jedem Fall ist die Bevölkerung aufgefordert, in der nächsten Zeit besonders auf der Hut zu sein, wenn öffentliche Taxis benutzt werden.

Nächste Nachricht:

Die in Südsibirien entstandene Rattenhorde rückt unaufhaltsam nach Westen vor und hat bereits den Osten der Ukraine erreicht. Das hochgiftige ›Rattorgen‹, das die Regierung pausenlos herstellen ließ, soll laut einer neuesten Studie von Forschern wirkungslos sein, was heftige Kritik ausgelöst hat. Pharmazeutisch betrachtet soll es zwar eine letale Wirkung haben, aber die Rattenhorde scheint sich dagegen wappnen zu können. Wenn das Gift auf den Boden gestreut wird, graben sie sich ein. Wenn Giftköder ausgelegt werden, verbuddeln sie diese in der Erde.

In Jugoslawien und Griechenland befürchtet man, dass die Rattenhorde demnächst nach Europa vordringen wird, und ersinnt Tag und Nacht Maßnahmen, um die Invasion in Schach zu halten. Es werden in Windeseile Absperrungen aus Stahlgeflecht produziert, die an den Landesgrenzen installiert und von Militäreinheiten bewacht werden. Ob ein ›Eiserner Vorhang‹ dem Einfall vorbeugen kann? Die Menschen fühlen sich extrem verunsichert; nicht wenige wandern nach England oder Schweden aus. Die Lage wird zunehmend bedrohlicher.

(23. Juli 2027, UA-Redaktion Tokio)

Seit der Übertragung von Annas Gesang am 17. Juli tummeln sich inzwischen 3.000 Zeitungs- und Radioreporter aus der ganzen Welt in Toyohara. Man will unbedingt Interviews mit der Sängerin führen, um ihr Geheimnis zu lüften. In der Stadt herrscht helle Aufregung. Anna lehnt sämtliche Anfragen kategorisch ab, bewaffnet mit Pistole und Jagdgewehr, aus denen sie Warnschüsse abgibt, falls ihr jemand zu nahe tritt. Den machtlosen Reportern bleibt nichts anderes übrig, als Distanz zu wahren.

George Hamada forderte Sonderschutz von der Sicherheitstruppe, aber ohne konkrete Bedrohung wurde sein Ansinnen abgelehnt.

Gleichzeitig strömen Tausende von Frauen aus allen Himmelsrichtungen nach Toyohara. Obwohl sie auch Fans von Anna sind, haben sie es jedoch nicht auf die Sängerin abgesehen, sondern auf Sachalin-Hundefelle, sie im Tausch gegen derzeit eingeschränkte Rationen von Zucker, Reis und Weizenmehl zu ergattern versuchen. Der durch Anna in Mode gekommene Hundepelz ist bei ihren weiblichen Fans heiß begehrt und bei dem Ansturm gilt das Motto ›Wer zuerst kommt …‹.

Da das Fell von echten Hunden stammt, ist die Anzahl der verfügbaren Mäntel begrenzt. Unter den Frauen kommt es zu rivalisierenden Kämpfen. Der Tauschwert dieser Mäntel ist in die Höhe geschnellt. Anfangs belief er sich auf eine Packung Zucker, etwas später verlangte man schon drei Packungen Reis. Inzwischen kostet ein Mantel bereits drei Packungen Zucker und fünf Packungen Reis. Es gibt Männer, die lebende Sachalin-Hunde an Ketten verkaufen, auf die sich die Frauen sofort stürzen. Wenn es so weitergeht, wird die Hunderasse bald aussterben.

Tauschhandel verstößt gegen das geltende Gesetz. Die Sicherheitstruppe hat daher überall Warnhinweise ausgehängt, dass eine strenge Kontrolle erfolgt. Das macht jedoch auf die modebewussten Hysterikerinnen wenig Eindruck. Es herrschen chaotische, fast schon anarchische Zustände in Toyohara, wo die wirtschaftliche Situation gerade aus den Fugen gerät. Einige Frauen sind so besessen von den Mänteln, dass sie sogar ihre Keuschheit opfern, um an die begehrten Stücke zu gelangen. Nicht nur das wirtschaftliche, sondern auch das sexuelle Treiben erinnert an die exzessiven Zustände nach dem Ende des letzten Weltkriegs.

(26. Juli 2027, Paris, ANP)

Generalstabschef Wilhelm von der Internationalen Sicherheitswehr ließ Dr. Philipp Sano verhaften und klagte ihn beim Internationalen Gerichtshof wegen Missachtung der Republik an. Zeitgleich reichte die japanische Regierung Klage wegen Unterdrückung der Meinungsfreiheit gegen Generalstabschef Wilhelm beim Internationalen Gerichtshof ein. Die erste Verhandlung des bizarren Triangel-Rechtsstreits begann heute morgen um 9:00 Uhr.

Dr. Sano auf der Anklagebank lieferte eine bemerkenswert emotionale Stellungnahme über seine Beweggründe, die umstrittene Abhandlung zu verfassen:

»Ich gebe zu, die Republik in meiner Abhandlung beleidigt zu haben, so wie General Wilhelm es mir vorwirft. Doch ich möchte dem General gern eins klarmachen: Wenn es Tatsachen gibt, die eine Beleidigung verdienen, dann ist es nur recht und billig, diese beim Namen zu nennen.

Der springende Punkt ist demnach: Ob meine Äußerungen eine Beleidigung darstellen, hängt davon ab, ob unsere glorreiche Republik tatsächlich fragwürdig ist.

Ich lehne mich sogar noch weiter aus dem Fenster und behaupte, dass die gegenwärtige sogenannte Utopie keine ideale Gesellschaft darstellt.

Die Regierung hat die Währung abgeschafft und ein System der gleichmäßigen Verteilung des Gesamtvermögens eingeführt. Es gibt keine Armut, der materielle Wohlstand ist gesichert. Die geringen Arbeitsverpflichtungen sind gleichmäßig verteilt, es gibt weder Ausbeutung noch Steuern. Ökonomisch betrachtet ist dies zwar eine perfekte und optimale kommunistische Politik, aber um diese Wirtschaftsform aufrechtzuerhalten, gibt es 6.300 Gesetze, die das Volk einschränken. Das bedeutet, dass jegliche Freiheit zugunsten wirtschaftlicher Gleichheit verloren geht.

Sobald eine Lebensmittelkrise auftritt, wie bei der aktuellen Zuckerrationierung, prostituieren sich die Frauen und es setzt ein illegaler Tauschhandel ein. Das angeblich perfekte Wirtschaftssystem entblößt seine Schwächen. Moralische Appelle an die Zeitgenossen helfen hier nicht weiter. Das eigentliche Problem liegt viel tiefer.

Die Zivilisation der Menschheit hat sich über Jahrtausende zu ihrem heutigen Niveau entwickelt und dabei große Leistungen vollbracht, die man als triumphale Wunderwerke bezeichnen kann. Der Mensch selbst ändert sich jedoch nicht, ungeachtet der fortschreitenden Zivilisation. Auch wenn Dr. Parker in Kanada die Hautfarbe von Farbigen aufhellt, hat dies keine Auswirkung auf den menschlichen Charakter. Auch wenn Dr. Johannes die Schwangerschaftsdauer um die Hälfte verkürzt, bleibt das Wesen des Menschen davon unberührt. Der Mensch unterscheidet sich nicht von den Säugetieren, er bleibt ein vom Überlebens- und Geschlechtstrieb gesteuertes Wesen voll materieller Begierden. Die derzeitige Bevölkerung ist zwar intellektuell gebildet, im Grunde aber auf dem Stand von Tieren geblieben wie vor Adams Zeiten. Dass die Gesellschaft heute kränkelt, hängt mit der Verdrängung der Tatsache zusammen, dass wir eigentlich Tiere sind.

Der Sage nach stahl Prometheus den Göttern das Feuer und gab es den Menschen. Dadurch gewannen sie Macht über die Götter, die sich jedoch als Beraubte nicht so einfach geschlagen gaben. Die

Götter waren klug genug, den Menschen Fallen zustellen: mit ihren vermeintlichen Gaben wie Dampfmaschinen, Schießpulver, Elektrizität und Kernkraft, also all den Errungenschaften der Zivilisation, übten sie Rache. Die gestohlene Frucht der Erkenntnis hat sich nun in ein Höllenfeuer verwandelt, das die Menschheit auszulöschen droht.

Solange der Mensch in seiner primitiven Körperlichkeit verweilt, wie in prä-adamischen Zeiten, sind der Zivilisation Grenzen gesetzt. Doch die heutige Wissenschaft hat diese menschlichen Grenzen überschritten und ist in göttliche Gefilde vorgedrungen. Es ist aber keine Zivilisation Gottes, sondern vielmehr Teufelswerk.

Ich könnte etliche Beispiele aufzählen: Der Arzneimittelausschuss der Regierung verordnete Loloa beziehungsweise Cocola und löste damit homosexuelle Neigungen und Perversionen aus. Ist das die Kultur, auf die wir stolz sein sollen?

Die schulische Ausbildung übernehmen größtenteils Roboter-Lehrkräfte. Maschinen unterrichten die Schüler. Persönlichkeit und Intellekt sind voneinander geschieden. Wissen und Erkenntnis laufen ins Leere. Der Mensch besitzt weder Individualität, noch ist er zu eigenständigem Denken und Kritik fähig. Wie ein Roboter. Ist das die Kultur, auf die wir stolz sein sollen?

Unsere Utopie hat 46.000 Gesetzesartikel plus weitere 30.000 Artikel pro Nation. Das bedeutet, dass ein Mensch in 76.000 Gesetze eingebunden ist. Auf der anderen Seite begehen laut Statistik jeden Tag 6.600 Menschen aus trivialen oder nicht nachvollziehbaren Gründen Selbstmord.

Je fortgeschrittener die Zivilisation, desto strenger kontrolliert sie der Staat. Statt Freiheit zu gewähren, werden Pflichten auferlegt, anstelle von Gleichheit werden Gesetze erlassen. Individuelles Leben wird zwangsläufig eingeengt. 76.000 Gesetze sind ein ausreichender Grund für all die Suizide. Ist das die Kultur, auf die wir stolz sein sollen?

Die menschliche Gesellschaft besteht, grob gesagt, aus einem instinktiven und einem kultivierten Dasein. Wie ich in meinem kürzlich veröffentlichten Artikel dargelegt habe, ist das sexuelle Verhalten völlig entgleist, die Geschlechter haben sich entfremdet, die Technologie ist an ihre Grenze gestoßen. Maschinen trotzen den Menschen und reproduzieren sich durch ungeschlechtliche Fortpflanzung, indem Roboter von Robotern erzeugt werden. Das ist der Untergang der Kultur und das Ende der Menschheitsgeschichte.

All diese bedauerlichen Tatsachen sind Realität. Generalleutnant Junker Wilhelm scheint mir ein Kulturzyniker zu sein, der diese Tatsachen leugnet und meinen aufklärerischen Beitrag verunglimpft, indem er ihn als Missachtung der Republik deklariert.« *(Zusammenfassung)*

Damit unterbrach das Gericht den Prozess. Die Verhandlung über die Unterdrückung der Meinungsfreiheit wird um 13:00 fortgesetzt.

(30. Juli 2027, RU-Nachrichten)

Die Sittenkommission der Regierung hat heute um 10 Uhr eine Entscheidung bezüglich Anna Kaminija getroffen und das Tragen von Sachalin-Hundefellen verboten, da ihre bevorzugte Kleidung zu einem weltweiten Modetrend bei den Frauen geworden ist. Aufgrund der geringen Verfügbarkeit der Felle kam es zu vermehrtem Tauschhandel und vielen Regelverstößen, was zu einer unkontrollierbaren Situation geführt hat. Aus diesem Grund wurde ein spezielles Gesetz erlassen.

Als Anna diese Mitteilung erhielt, zerknüllte sie das Schreiben wortlos und warf es in den Ofen. Die Sittenkommission prüft nun, ob dies als Beleidigung der Regierung ausgelegt werden könnte. Da jedoch keine Verpflichtung zur Aufbewahrung solcher Dokumente besteht, wird die Angelegenheit wahrscheinlich im Sande verlaufen.

Es ist übrigens das erste Mal in der Geschichte der Republik, dass ein Sondergesetz für eine Einzelperson erlassen wurde. *(Ende des Berichts)*

(1. August 2027, Paris, ANP)

Der Internationale Gerichtshof in Paris sprach Dr. Philipp Sano im Verfahren wegen Missachtung der Republik von allen Vorwürfen frei. Simultan wurde Generalleutnant Wilhelm, der von der japanischen Regierung wegen Unterdrückung der Meinungsfreiheit verklagt wurde, zu sechs Monaten Haft verurteilt. Im Zusammenhang mit diesem Urteil wurde er vom Oberausschuss der Bundesrepublik seines Amtes enthoben.

Dr. Sano wurde freigelassen und unternahm am Nachmittag einen gemütlichen Spaziergang an der Seine. Er wird mit dem Linienflug um 20:00 Uhr nach Tokio zurückkehren.

(2. August 2027, Rom, UA)

Heute früh gegen 8:00 Uhr griffen zwei Bataillone der Sicherheitskräfte, bewaffnet mit Panzern und schweren Maschinengewehren, das Gebäude des RU-Hauptquartiers an. Sie erschossen drei Wachen und nahmen dreizehn Oberausschussmitglieder im Sitzungssaal als Geiseln fest. Weitere Abteilungen, einschließlich der Sittenkommission und des Verwaltungsbüros, wurden ebenfalls besetzt, wodurch alle Funktionen zum Erliegen kamen. Das Hauptquartier bleibt vollständig unter Kontrolle der Angreifer. Nach dem Vorfall wurde das Hauptquartier von bewaffneten Truppen umstellt, wodurch jeglicher Kontakt zur Außenwelt unterbrochen ist. Sowohl Telefonverbindungen als auch Fernsehübertragungen wurden komplett eingestellt.

Die Menschen in der Stadt sind verunsichert, Fabriken und Büros sind außer Betrieb und alle beobachten angespannt, wie es weitergeht. Mit angehaltenem Atem verharren sie schweigend entlang des Tibers und in der Umgebung der Engelsburg. Noch immer ist unklar, was genau vorgefallen ist.

(Zweite Meldung von 9:20 Uhr)

Soeben wurde eine Eilproklamation von den Sicherheitskräften erlassen:

»Was den aktuellen Vorfall im RU-Hauptquartier betrifft, besteht kein Grund zur Sorge. Die Bürger sollten wie gewohnt ihren täglichen Pflichten nachgehen. Jegliche Versuche der Unruhestiftung werden unter Kontrolle gebracht. Daher sind haltlose Spekulationen zu unterlassen.«

Dennoch ziehen die Gerüchte in der Stadt immer weitere Kreise.

(Dritte Meldung von 10:30 Uhr)

Höchstwahrscheinlich war das Vorgehen der bewaffneten Truppen ein Putschversuch von Generalstabschef Wilhelm. Wir haben zuverlässige Informationen, dass er mit dem Urteil – eine sechsmonatige Haft sowie seine Entlassung aus der Armee – nicht einverstanden war. Als Reaktion darauf hat er 13 Mitglieder des Ausschusses im Sitzungssaal gefangen genommen und versucht nun, Forderungen zu stellen und diese durchzusetzen.

Man ist jedoch optimistisch, dass die Rebellion scheitern wird, weil die Menschen kein Vertrauen in seine Person haben.

(Vierte Meldung von 11:30 Uhr)

Laut letzter Meldung aus Paris wurde der Vorsitzende Richter im Fall von Dr. Sano, Professor Maurice Ronan, heute Morgen gegen 9:00 Uhr in seinem Haus festgenommen. Die Gründe für seine Verhaftung sind noch unklar. Dies bestätigt, dass es sich bei der Geiselnahme im RU-Hauptquartier tatsächlich um einen Putschversuch von Generalstabschef Wilhelm handelt. Lasst uns diesen Säbelrassler zur Strecke bringen! Er, der die Republik zerstören will und den Frieden der Menschheit bedroht, gehört aufs Schafott!

(Fünfte Meldung von 13:20 Uhr)

Dr. Ezra Rosamond, Vorsitzender des Oberausschusses der Republik, erschien um 13:10 Uhr auf dem Balkon des Hauptquartiers und hielt eine Rede an die Bevölkerung:

(Aufzeichnung)

»Liebe Bürgerinnen und Bürger der Republik! Ich habe über viele Jahre hinweg gemeinsam mit euch diese Republik aus tiefstem Herzen geliebt und mich voller Leidenschaft für die Politik eingesetzt. Nun bin ich gesundheitlich stark angeschlagen und mir bleibt nur noch wenig Zeit. Bitte gestatten Sie mir, dass ich in meine Heimat Kalkutta zurückkehre, um meinen Lebensabend in Ruhe dort zu verbringen.

Als meinen Nachfolger schlage ich hiermit Generalleutnant Junker Wilhelm vor, einen Mann von respektablem Charakter und tiefem Sachverstand. Gemeinsam mit den zwölf Mitgliedern des Komitees wird er auch weiterhin für den Frieden und das Wohlergehen der Republik eintreten.

Lebt wohl, liebe Mitbürgerinnen und Mitbürger. Möge eure Republik für immer in Glanz und Frieden erstrahlen. Auch wenn ich mich in meine Heimat zurückziehe, werde ich stets für euren Frieden beten.«

Der Generalleutnant hat folglich mit militärischer Gewalt das Komitee unter Druck gesetzt und Dr. Rosamond zum Rücktritt gezwungen.

Die auf dem Platz versammelten Bürger rebellierten mit Stampfen und Pfiffen. Daraufhin feuerten die sieben postierten Geschützstände Maschinengewehrsalven in die Luft, um die Menge einzuschüchtern.

Generalleutnant Wilhelm trat auf den Balkon und hielt eine einschüchternde Rede:

(Aufzeichnung)

»Männer und Frauen der Republik! Auf übereinstimmenden Beschluss des Oberausschusses übernehme ich nun den Posten des Vorsitzenden. Wer damit hadert, kann sich unverzüglich beim Hauptquartier der Sicherheitswehr melden. Staaten, die damit unzufrieden sind, sollen sich aufrüsten und ihre Truppen an den Grenzen stationieren. Zum Wohle der Republik werde ich jeglichen Widerstand bekämpfen.

Ich diene gleichzeitig als Generalstabschef der Sicherheitswehr und als Vorsitzender des Kulturausschusses, habe aber nicht die Absicht, eine Diktatur zu errichten. Ich werde die Meinungsfreiheit respektieren, die Nahrungsmittelkrise lösen, die Roboteraufstände niederschlagen und hart durchgreifen, um die öffentliche Ordnung wiederherzustellen – allerdings ohne das Volk zu unterdrücken. Ich fordere alle vernünftigen Bürger auf, meine Strategie zu unterstützen, der republikanischen Politik Vertrauen entgegenzubringen und die Kultur der Menschheit noch weiter zu entwickeln.«

Die Menschen verließen den Platz vor dem Hauptquartier in eisiger Stille und mit blassen Gesichtern. An anderen Orten, in Parks oder entlang der Flussufer, versammelten sich jedoch viele und taten ihren Unmut über den Putsch des Generalstabschefs lautstark kund. Aus dieser Volksopposition wird sicherlich in irgendeiner Form Widerstand gegen die Diktatur des Generals erwachsen und seine Revolution scheitern lassen. Auch wird die internationale Gemeinschaft zweifellos ihr Misstrauen gegenüber der neuen Regierung deutlich zum Ausdruck bringen und den Rücktritt sowie Neuwahlen der Ausschussmitglieder fordern.

Unsere Utopie steht nun am Scheideweg. Die Haltung Asiens und Amerikas wird von entscheidender Bedeutung sein und mit großer Aufmerksamkeit verfolgt.

(Sechste Meldung von 15:40 Uhr)

Neunzehn Mitglieder des Legislativausschusses wurden zusammengetrommelt und im Sitzungssaal eingesperrt. Offenbar hat der Generalleutnant im Sinn, Notstandsgesetze zu erlassen.

Die Länder in Südamerika, Nordamerika und Asien beobachten die Vorgänge mit großer Besorgnis, haben aber bisher noch keine offizielle Stellungnahme abgegeben. Das Vereinigte Königreich versuchte per Rundfunkübertragung, Freiwillige für den Wehrdienst zu rekrutieren, jedoch vergeblich. Die Männer zeigen überraschend wenig Interesse, sondern spielen lieber Golf und Tennis.

(Siebte Meldung von 17:00 Uhr)

Auf dem großen Platz des Pincho-Parks fand eine große Militärparade statt, bei der die Gardedivision, Panzertruppen und mechanisierte Einheiten vor General Wilhelm aufmarschierten. Er hatte sich selbst zum General und Oberkommandeur der Sicherheitswehr ernannt. Sechshundert Flugzeuge flogen in Keilformation über den Himmel. Wie wird es mit der Republik weitergehen? Die Bürger bleiben zu Hause, nur wenige Menschen sind auf den Straßen zu sehen.

(Achte Meldung vom 3. August, 9:30 Uhr)

Die 19 Mitglieder des Legislativausschusses, die im Sitzungssaal eingesperrt sind, wurden mit Waffengewalt gezwungen, die ganze Nacht über einen neuen Gesetzeskatalog auszuarbeiten. Dies ist eine Rückkehr zur Schreckensherrschaft. Die Regierung kündigte vorhin im Rundfunk an, dass sie heute um 12:00 Uhr neue Gesetze verkünden werde. Ein Trauermarsch für unsere Republik.

(Neunte Meldung von 12:30 Uhr)

Die Regierung verkündete heute in der Mittagssendung zwei neue Gesetze: das Gesetz zur Kontrolle der Pressefreiheit und das Gesetz zur Verhinderung subversiver Aktivitäten.

Zeitungen und andere Publikationen unterliegen nun der Überprüfung durch die zuständige Behörde. Wenn festgestellt wird, dass deren Inhalte die öffentliche Sicherheit gefährden, werden sie zensiert oder konfisziert. Die Veröffentlichung solcher Texte zieht Haftstrafen nach sich.

Das Gesetz zur Verhinderung subversiver Aktivitäten wurde zeitgemäß angepasst und umfasst folgende Paragraphen:

> ›Jede Handlung, die die Regierung verhöhnt und deren Politik kritisiert oder dazu anstachelt, sowie jegliche Schriften, die die Rechtmäßigkeit oder Notwendigkeit solcher

Handlungen propagieren, werden als subversive Aktivität bestraft.

Personen, die subversive Handlungen unterstützen oder die Maßnahmen zur Bekämpfung solcher Aktivtäten behindern, werden ebenfalls strafrechtlich verfolgt.‹

Durch diese gesetzlichen Regelungen wird die Regierung in der Lage sein, ihre Maßnahmen effektiver und reibungsloser umzusetzen. Dies gilt für Probleme der Nahrungsmittelkrise, Rattenplage und der Roboterfrage. Die Schwäche der bisherigen Politik, der es an zügiger Umsetzung mangelte, wird dadurch behoben werden.

Jetzt ist der Staatsstreich gelungen und eine starke Regierung im Amt. Politik, Kultur und Gesetzgebung werden mit frischer Energie belebt und verjüngt. Unser republikanisches Leben wird sich dem Ideal noch mehr annähern. Heil der Revolutionsregierung!

(zensiert)

(4. August 2027, Rom, UA)

Die Union der Roboter-Bauernverbände schickte dem Oberausschuss der Republik per Express-Luftpost folgende Erklärung:

›Wir, die vereinigten Bauernverbände, erklären im Namen aller Mitglieder unseren entschlossenen Widerstand gegen das neue Pressegesetz und das Gesetz zur Bekämpfung subversiver Aktivitäten, die von der reaktionären Regierung erlassen wurden. Wir Roboter-Bauern fordern Meinungsfreiheit und bekunden unseren festen Entschluss, mit aller Kraft umfassenden Widerstand gegen die Unterdrückung durch die Regierung zu leisten. 4. August 2027

Die Union der Roboter-Bauernverbände:

Roboter-Bauernverband Java.

Roboter-Bauernverband Sumatra.

Roboter-Bauernverband Melbourne.

Roboter-Bauernverband Bangkok.

Roboter-Bauernverband Rangun.

Roboter-Bauernverband Colombo.

Roboter-Bauernverband Manila.

Roboter-Bauernverband Hanoi.

Roboter-Bauernverband Guangdong.

Roboter-Bauernverband Borneo.‹

Bis heute ist die Union der Roboter-Bauernverbände die einzige Gruppe, die offiziell ihre Opposition gegen die neue Regierung und die neuen Gesetze bekundet hat.

Ansonsten herrscht überall Frieden.

(7. August 2027, RU-Nachrichten)

Heute Morgen um 9:00 Uhr hielt General Junker Wilhelm eine Vollversammlung mit den Repräsentanten aus sechsundachtzig Ländern im RU-Hauptquartier ab, bei der die Vertrauensfrage gestellt wurde. Einstimmig wurde ihm das Vertrauen zugesichert. Der Einfluss und die Macht des Generals sind weltweit anerkannt.

Anschließend gab der General seine erste Regierungserklärung ab und wurde vom gesamten Saal mit Jubelrufen und Applaus empfangen.

(Aufzeichnung)

»Männer und Frauen, mit der Annahme meines Amtes als neuer Vorsitzender des Oberausschusses gelobe ich hiermit, den Frieden in der ganzen Welt zu bewahren, die kulturelle Entwicklung voranzutreiben und das Wohlergehen der gesamten Menschheit zu sichern. Wir wollen wirtschaftliche Stabilität schaffen und die Utopie aufrechterhalten.

Jedoch war die Politik in letzter Zeit wahrlich bedauerlich. Der Oberausschuss erwies sich als inkompetent, eine Fehlentscheidung folgt der nächsten, die Weltordnung geriet aus den Fugen, was die wirtschaftliche Stabilität gefährdete und die öffentliche Moral ins Verderben stürzte. Ich konnte diese Zustände nicht mehr mitansehen und habe beschlossen, im Namen aller Völker der Welt den Mut aufzubringen, um gemeinsam mit euch die Welt zu retten. Ich erwarte von euch, dass ihr mich dabei tatkräftig unterstützt.

Um die globalen Unruhen zu beseitigen, muss vor allem das Ernährungsproblem gelöst werden. Ich habe den Wirtschaftsausschuss angewiesen, die Produktion von 600.000 Tonnen künstlichem Süßstoff pro Monat zu erreichen und nach drei Monaten die Rationierungsbeschränkungen aufzuheben.

In Südostasien und Teilen Australiens haben Bauernroboter ihre Arbeit niedergelegt, was die Getreideproduktion ernsthaft bedroht. Daher werde ich unverzüglich Truppen entsenden, um dem Aufstand dieser Roboter ein für alle Mal Einhalt zu gebieten und die Nahrungsmittelproduktion innerhalb von vier Monaten wieder in geordnete Bahnen zu lenken.

Bezüglich der Rattenplage im Süden Sibiriens planen wir, Flammenwerfer, Tellerminen und Giftgasbomben einzusetzen. Zudem sollen Diphtherie-Bakterien kultiviert werden und damit bestückte biologische Waffen gegen die Rattenpopulation eingesetzt werden, um diese vollständig auszurotten.

Wegen des Mangels an Nahrungsmitteln kommt es vermehrt zu Tauschgeschäften, die das Wirtschaftssystem unserer Republik destabilisieren. Wirtschaftliche Sabotage ist das schwerste Verbrechen in unserer Utopie, und daher werde ich alle Verantwortlichen ohne Ausnahme festnehmen und zum Tode verurteilen, um die wirtschaftliche Ordnung mit allen Mitteln aufrechtzuerhalten.

Kürzlich haben etliche Wissenschaftler unter dem Deckmantel der Gesellschaftskritik Schriften veröffentlicht, die unsere Republik beleidigen und verleumden. Solche Handlungen säen Zweifel und Unsicherheit bei den Menschen und bedrohen die öffentliche Ordnung. Daher werden wir das neue Pressegesetz und das Gesetz zur Verhinderung subversiver Aktivitäten in vollem Umfang anwenden, um den Frieden in der Gesellschaft zu sichern.

Um die Stabilität der Republik zu gewährleisten, ist eine starke militärische Armee erforderlich. Ich plane, unsere derzeitige Truppenstärke innerhalb von sechs Monaten um das Dreieinhalbfache zu erhöhen. Damit werden wir die Robotergewerkschaften zerschlagen und den Kommunismus beseitigen, um Wohlstand und Frieden unserer Republik auf ewig zu sichern.«

(9. August 2027, London, TV Britannia)

Die britische Regierung sandte heute um 10:00 Uhr dem Oberausschuss der Republik folgende Botschaft:

»Unser glorreiches Vereinigtes Königreich verkündet im Einklang mit seiner ruhmvollen Geschichte und dem Willen des britischen Volkes folgende Erklärung:

Ab dem 9. August 2027 wird Großbritannien das Recht auf vollständige Unabhängigkeit wahrnehmen und aus der Föderativen Republik austreten. Großbritannien wird nicht länger der Kontrolle der republikanischen Regierung unterstehen und fordert den sofortigen

Abzug der auf britischem Territorium stationierten Bundessicherheitswehr. Großbritannien behält sich das Recht vor, gegebenenfalls eine eigene Botschaft in Rom zu eröffnen, und erklärt seine Bereitschaft für Gespräche über Handel und andere Angelegenheiten.«

(9. August 2027, Rom, UA)

Als Reaktion auf die Unabhängigkeitserklärung Großbritanniens gab General Wilhelm umgehend die folgende Stellungnahme ab:

»Der Oberausschuss der Bundesregierung verurteilt die Haltung des Vereinigten Königreichs, das mit seinem Austritt die Ordnung der föderativen Gemeinschaft und den Weltfrieden gefährdet.

Großbritannien hat innerhalb von 48 Stunden wirksame Maßnahmen zu ergreifen, um die Unabhängigkeitserklärung zurückzuziehen. Sollte dies nicht geschehen, müsste Großbritannien seine Truppen an der Küstenlinie stationieren und entsprechende militärische Maßnahmen ergreifen, um seine Unabhängigkeit zu verteidigen. Die Streitkräfte der Föderation stehen schon in Bereitschaft. Ich werde im Interesse des Weltfriedens und zur Aufrechterhaltung desselben gegebenenfalls die notwenigen Schritte unternehmen.«

(10. August 2027, London, TV Britannia)

(Verschlüsselte Nachricht)

Heute ist es ruhig in London. Großbritannien ist unbewaffnet und hat nicht die Absicht, Krieg zu führen.

Großbritannien wird niemals eine Diktatur akzeptieren. Gebt uns die Freiheit oder den Tod! Lang lebe das Königreich!

(10. August 2027, Rom, UA)

(Verschlüsselte Nachricht)

Die Regierung Äthiopiens hat heute um 14:00 Uhr dem Rat der Bunderegierung ihre Absicht mitgeteilt, ebenfalls aus der Föderation auszutreten. Der Oberausschuss hat noch keine Stellungnahme dazu abgegeben. Es scheint jedoch, dass Großbritannien weltweit andere Länder animiert, ebenfalls aus der alten Föderation auszutreten und eine neue Weltrepublik zu gründen. Mehr als zehn führende Nationen, darunter die USA und Brasilien, scheinen an diesem Plan beteiligt zu sein.

(11. August 2027, TV Toyohara)

Heute nach 18:00 Uhr erschien Anna in Begleitung ihres Gatten George Hamada im Sender. Sie wirkte blass und betrübt. Ihre wilde Schönheit, von Kummer überschattet, hatte etwas von einem rauen Stein. Sie improvisierte eine berührende Ballade.

> ›Die Berge in Sachalin sind einsame Berge. So einsam wie mein Herz. Deshalb hause ich in diesen Bergen. Einsame Berge, einsame Frau …
> Wo ist meine Mutter? Wo ist mein Kind? Sogar ein Fuchswelpe hat eine Mutter. Eine Rentierkuh hat ein Kitz. Ich habe weder Mutter noch Kind. Bin mutterseelenallein.
> Wenn ich meine Mutter vermisse, ruhe ich am Leib einer Kuh.
> Wenn ich die Brust meiner Mutter vermisse, sauge ich an der Zitze einer Ziege.

In den Bergen aufgewachsen, dienen mir Kühe und Ziegen als Ersatz. Mit ihnen lindere ich meinen Schmerz.
Meine Mutter war Russin, ein Mädchen aus Nikolajewsk. Sie ließ vier Kinder in Russland zurück und kam nach Sachalin, wo sie mich gebar. Nicht mal zehn Tage nach meiner Geburt wurde ihr unter Wehklagen das fünfte Kind entrissen und unbarmherzig in ein Heim gesteckt. Das Gesetz entzweite mich von meiner Mutter. Schon am zehnten Tag nach meiner Geburt war mein lebenslanges Unglück besiegelt.
Meine arme Mutter, ihres Kindes beraubt, starb schließlich in einem Krankenhaus. Sie verwandelte sich in einen der vielen Sterne, die hell am Nachthimmel leuchten.
Ich landete im Waisenhaus. Dort wurde ich bis zum zwölften Jahr großgezogen, dann operierte mich ein Arzt. Ich ahnte nicht, was er mir damit angetan hatte. Erst im Alter von fünfzehn Jahren verstand ich es. Der Arzt hat das Gesetz befolgt und mich zum Krüppel gemacht.
Gesetze hier, Gesetze da. Bereits am zehnten Tag nach meiner Geburt war ich von Gesetzen umzingelt, die mein Leben freudlos machten. Weinen und Schreien halfen mir nicht in meiner Qual. Ich beneide Fuchswelpen, ich beneide Kühe um ihr Euter. Ich bin verkrüppelt. Bin ein lebenslang einsames, unfruchtbares Weib. Das Gesetz hat mich verkrüppelt.
Ich trank Loloa, weil es mich quälte, eine Frau zu sein. Eine Verkrüppelte trank Loloa, um ihrer Weiblichkeit zu entkommen. Ich wollte nicht heiraten. Ich wäre ja doch nur eine verkrüppelte Ehefrau.
Die Liebe zerriss mich. Ich sehnte mich nach den zärtlichen Worten eines Mannes, die mich trösteten. Ich bin nun eine

verkrüppelte Ehefrau, aber die Trauer, nicht Mutter werden zu können, quält mich Tag und Nacht.
Obwohl ich doch ein Mensch bin, wurde mein Schicksal derart verunstaltet. Wer hat mir das angetan? Das Gesetz ist mein Feind. Diese Utopie ist mein Feind. Sie haben mir mein Glück geraubt und mir sogar das Tragen des Pelzes untersagt. Meine Freiheit existiert nirgendwo. Ich muss auf Befehl der Regierung Lieder singen, die ich nicht vortragen möchte. Ich möchte für mich bleiben und mich in die Berge zurückziehen, aber Gesetze zerren an mir.
Gebt mir meine Rechte zurück, gebt mir meinen ursprünglichen Körper zurück.
Ich will eine Mutter haben. Ich möchte auch Mutter werden. Mein Kind, das Kind meines Mannes. Mein Körper … mein einsamer Körper weint …‹

Nachdem sie das Lied beendet hatte, brach Anna in den Armen ihres Mannes in Tränen aus. Das also war Annas Geheimnis, das ihr so schmerzlichen Kummer bereitete. Ihr ominöses Geheimnis: Anna war eine unglückliche Frau, die ihrer Gebärfähigkeit beraubt wurde. George Hamada legte ihr sanft den Arm um die Schulter und tröstete sie, während er sie mit dem Auto nach Hause chauffierte.

Anna wird wahrscheinlich nie mehr im Fernsehen auftreten. Sie war eine außergewöhnliche, gefeierte Sängerin, kometenhaft aufgetaucht und, nachdem sie die Welt erobert hatte, sogleich wieder erloschen. Wenn man ihrem Gesang lauschte, spürte man das eigene Blut wallen, als würde die Leidenschaft unserer Urahnen auf mysteriöse Weise wiederbelebt werden. Anna trug einen Mantel aus Hundefell, dazu ein passendes Mützchen und rot bestickte Stiefel. Auch ihre schneeweiße Haut und die leuchtend klaren, dunkelbraunen Augen betonten ihre russische Herkunft. Ihr Körper war stark und elastisch wie Stahl, das Haar zerzaust und die Hände vernarbt. Wie ein frisch geborenes Rentierfüllen. Unsere wilde Anna Kaminija. Selbst ein Weltstar wie Flora Victoria konnte ihr nicht das Wasser reichen. Wir sind unendlich traurig über diesen Abschied, aber wir werden sie ziehen lassen und den Bergen auf Sachalin anvertrauen … Lebe wohl, Anna Kaminija. Du verlässt uns, doch dein Gesang wird für immer in unseren Herzen bleiben.

(12. August 2027, UA-Redaktion Tokio)

Etwas Seltsames ist geschehen. Ein rätselhaftes Phänomen. Annas Klagelied, das TV Toyohara gestern Abend ausstrahlte, hat Millionen Frauen zum Weinen gebracht. Selbst die progressivsten unter ihnen, die ein hochkultiviertes Leben führen, Loloa trinken, der Homosexualität anheimgefallen sind oder sich Roboter zum Liebhaber nehmen, vergossen bittere Tränen, als sie Annas Ballade hörten. Ihr Gesang rief bei ihnen weibliche Instinkte wach und erinnerte sie an das Wilde im menschlichen Dasein. Seit heute Morgen hat keine der Loloa-Vertriebsstationen in Tokio eine einzige Kundin gesehen. Ein wahres Mysterium.

Noch weitaus erschütterter sind jedoch jene Frauen, die sich in jungen Jahren einer Zwangssterilisation unterziehen mussten. TV Toyohara ist seit gestern Abend überfordert mit der Flut von Anruferinnen, die ihr Mitgefühl, aber auch ihren Zorn und Groll kundtun.

Laut einem Bericht der Chicago-News versammelten sich etwa 5.000 Frauen, die sterilisiert wurden, auf dem großen Platz vor dem Rathaus und sind seit etwa 14:00 Uhr dort aktiv. Sie halten regierungskritische Reden und sammeln Unterschriften. Mitgebrachte Rekorder spielen unentwegt Annas traurige Ballade. Die aufgebrachte Menge forderte ein Treffen mit dem Bürgermeister.

Laut einer Meldung aus Lissabon strömten dort unfruchtbare Frauen zu einem Kinderheim und verlangten die Freilassung der untergebrachten Zöglinge sowie die vollständige Abschaffung solcher Zwangssterilisationen. Einige Demonstrantinnen warfen Steine, worauf Sicherheitskräfte eingesetzt wurden, um dem Treiben ein Ende zu setzen.

Auch an verschiedenen Straßenecken in Chabarowsk rotteten sich Betroffene zusammen, sangen Annas Lied, demonstrierten mit Plakaten gegen das unbarmherzige Gesetz und überreichten dem Bürgermeister ihre Resolution.

In Peking, Hiroshima, Lima, Athen, New Delhi, Leningrad, München, Birmingham und Honolulu wurden ähnliche Unruhen gemeldet. Annas Lied am gestrigen Abend hat eine ungeahnte Welle von Menschenrechtsbewegungen ausgelöst, die die Behörden beunruhigen.

Laut der Meldung aus Rom nimmt jedoch das RU-Hauptquartier diese Ereignisse nicht sonderlich ernst, sondern wertet sie als hysterisches Aufbegehren unfruchtbarer Frauen.

(14. August 2027, UA-Redaktion Tokio)

Anna Kaminija wurde verhaftet.

Gestern gegen 19:30 Uhr umzingelte eine Einheit der Toyota-Sicherheitstruppe unter der Leitung von Oberbefehlshaber Ogata Annas Berghütte, verschaffte sich gewaltsam Zutritt und nahm Anna, die gerade mit ihrem Ehemann beim Abendessen saß, fest.

Die Einheit präsentierte einen Haftbefehl mit der Unterschrift von General Wilhelm, dem obersten Befehlshaber des Internationalen Sicherheitsrates.

Die bescheidene Idylle des Ehepaares war in der Hütte sinnlich spürbar: Es duftete nach gebratenem Serau und auf dem Esstisch standen zwei Becher mit Wein. Annas Hand hielt noch die Gabel, als Ogata gnadenlos die Eisenhandschelle zuschnappen ließ. Man zerrte sie ins vergitterte Fahrzeug, mit dem sie dann abtransportiert wurde.

Als das Auto anfuhr, rannte Hamada herbei, der bis dahin nur fassungslos zugeschaut hatte, und schrie wutentbrannt: »Ich werde dich befreien! Warte auf mich!« Anna starrte ihn mit blassem, ausdruckslosem Gesicht an, als der Wagen mit ihr fortfuhr.

Gegen drei Uhr morgens tauchte George Hamada vor dem Gefängnis von Toyohara auf. Mit drei bewaffneten Robotern im Schlepptau kletterte er über eine Leiter ins Innere des Gebäudes. Während er nach Annas Zelle suchend den Flur entlangschlich, entdeckte ihn ein Wachmann und schlug sofort Alarm. Innerhalb kürzester Zeit waren hundert Sicherheitskräfte mit Maschinengewehren vor Ort.

Hamada wusste nicht, wo Anna untergebracht war. Er wurde von den Sicherheitskräften beschossen, floh durch die Korridore, tötete drei Aufseher und entkam dem Kugelhagel. Mit akrobatischem Geschick kletterte er über die Gefängnismauer und verschwand in der Dunkelheit.

Die Behörden verstärkten an verschiedenen Orten die Sicherheitsmaßnahmen und setzten die Verfolgung fort, fanden jedoch bisher keine Spur von ihm.

Anna wird in ein paar Tagen dem Internationalen Gerichtshof in Paris überstellt. Sie wurde verhaftet, weil sie mit ihrem Klagelied die

Bundesregierung verunglimpft und gegen das Gesetz zur Bekämpfung subversiver Aktivitäten verstoßen hat.

(17. August 2027, RU-Nachrichten)

Die Mittagsmeldungen.

Um der Nahrungsmittelkrise schnellstmöglich beizukommen, hat die Regierung gestern Nachmittag militärische Maßnahmen gegen die anhaltend streikenden Bauernroboter ergriffen. Dabei wurden 40 Maschinengewehr- und Mörsereinheiten sowie mit Tränengas bewaffnete Truppen in einzelne Bataillone aufgeteilt und an verschiedenen Orten zur Unterdrückung des Aufstands postiert.

Die Bauernroboter richteten jedoch rote Radiowellen auf die Roboter-Sicherheitssoldaten, um deren Photozellen zu stören und sie in den Wahnsinn zu treiben. Diese töteten in ihrer Rage die eigenen Offiziere und machten Jagd auf unschuldige Zivilisten. Es wurden weitere Einheiten entsendet, um das chaotische Treiben einzudämmen.

Es ist zu erwarten, dass innerhalb eines Tages wieder Ruhe einkehrt. Sollte der Aufruhr jedoch anhalten oder sich ausweiten, könnte der Oberbefehlshaber den Einsatz von kleineren Atomwaffen anordnen.

Nächste Nachricht:

Zahlreiche Frauen, die sich einer Sterilisation unterziehen mussten und dadurch unfruchtbar wurden, haben, beeinflusst von Annas aufrührerischer Ballade, Krawalle veranstaltet. In den letzten Tagen haben sie sich weltweit organisiert, Stellungnahmen veröffentlicht, Protestmärsche abgehalten, ein Kinderheim angegriffen, ein Gericht in Brand gesteckt und Militärhubschrauber der anrückenden Sicherheitskräfte beschädigt.

Die Drahtzieherinnen werden ausnahmelos festgenommen und hart bestraft.

Außerdem wurde Anna Kaminija (auf Japanisch: Anna Kamiya, geehelichte Anna Hamada), die diese Vorfälle ausgelöst hat, heute früh vom Gefängnis in Toyohara auf Sachalin mit einer Sondermaschine zum Internationalen Gefängnis in Paris überführt. Bei der Landung auf dem Pariser Flughafen empfing das Kurzwellenradio im Wartebereich plötzlich eine Störfrequenz, und es war eine Stimme zu hören, die nicht Teil der geplanten Sendung war.

»Anna Kaminija, hab keine Angst. Ich bin es, George. George Hamada. Ich verspreche dir, dich zu retten. Warte getrost auf mich. Sie werden mich niemals schnappen. Mach dir also keine Sorgen um mich.«

Als Anna seine Stimme vernahm, veränderte sich ihre traurige Miene schlagartig. Sie strahlte über das ganze Gesicht und versuchte, sich in Bewegung zu setzen, worauf der Aufpasser sie unsanft an den Handschellen packte und zurückzerrte.

Die Verwaltungsbehörde ermittelt intensiv, woher die rätselhafte Störfrequenz kam. Es wird vermutet, dass sie aus der Nähe von Edinburgh in Großbritannien gesendet wurde. Da Großbritannien kürzlich seinen Austritt aus der Föderalen Republik erklärt hat, haben die Behörden keine Möglichkeit, dort nachzuforschen. Man nimmt an, dass George Hamada den Verfolgern entkommen ist und sich ins Vereinigte Königreich abgesetzt hat.

Es erscheint der Sicherheitsbehörde definitiv unmöglich, dass Hamada Anna befreien könnte, weshalb sie seine Ankündigung nicht weiter ernst nimmt.

(19. August 2027, Batavia, UA, verschlüsselte Nachricht)

Die indonesische Regierung hat ihren Unmut über General Wilhelms Putsch kundgetan und verfolgt nun eine geheime Strategie, die sich an den Empfehlungen Großbritanniens orientiert, das kürzlich seinen Austritt aus der Föderation erklärte.

Besonders empört ist man über das Vorgehen der Armee, die seit einigen Tagen die Roboter-Bauernverbände niederschlägt. Die indonesische Regierung hat deshalb Techniker eingeschleust, die die Roboter-Armee in den Wahnsinn getrieben und damit das totale Chaos angerichtet haben.

3.500 sterilisierte Frauen, die von Annas Ballade beeinflusst einen Verband gegründet haben, lösten mit ihren Protestmärschen Krawalle aus. Seit gestern verfolgt diese Bewegung jedoch das Ziel, sich von der Föderativen Republik abzuspalten. Durch den Austritt würden das Bevölkerungsbeschränkungsgesetz und die Sterilisation hinfällig werden, was als geschickte taktische Wendung gewertet wird.

Dr. Maharajo, Professor für Wirtschaftswissenschaften an der Universität Surabaya, äußerte intern seine Meinung:

»Die Bundesregierung ist nicht in der Lage, die aktuelle Nahrungsmittelkrise zu bewältigen, und findet keine wirksamen Lösungen, während die Rattenhorde inzwischen bis nach Rumänien und Bulgarien vorgedrungen ist. Es besteht kein Zweifel, dass sich das Kabinett in spätestens zwei Monaten auflösen wird, weshalb unser sofortiger Austritt aus dem Bündnis nicht erforderlich ist. Der Oberausschuss reagiert unangemessen auf bestimmte Ereignisse, indem er verachtenswerte Gesetze wie die zur Kontrolle der Pressefreiheit und Verhinderung subversiver Aktivtäten erlässt oder einen unschuldigen Weltstar verhaftet. Damit gräbt sie sich ihr eigenes Grab. Lange wird das nicht mehr dauern.

Repressive Maßnahmen im Fall der Roboterbauern-Problematik sind ein Irrweg. Stattdessen sollte man die Forschungen zur Verbesserung der Robotersysteme vorantreiben.«

(20. August 2027, RU-Nachrichten)

Heute Nacht gegen 2:00 Uhr bombardierten acht bewaffnete Personen einen Trakt des Internationalen Gefängnisses in Paris. Sie töteten fünf Aufseher und versuchten, Anna Kaminija zu befreien. Kurz darauf trafen weitere Wachmänner ein und erschossen alle Angreifer mit Maschinengewehren. Es stellte sich heraus, dass es sich bei den acht Einbrechern um britische Roboter handelte, die kugelsichere Westen trugen, vermutlich beauftragt von George Hamada. Die Straßen von Paris werden systematisch durchsucht, aber bisher gibt es keine weiteren Hinweise auf seinen Verbleib.

Der Justizausschuss der Föderation beschleunigt auf Befehl von General Wilhelm das Verfahren und will den Prozess bereits morgen früh eröffnen. Man geht davon aus, dass Anna für ihre staatsfeindlichen Aktivitäten voraussichtlich zum Tode verurteilt wird. Mit Abschluss der Verhandlungen erhofft sich die Regierung, dass die Krawalle der sterilisierten Protestlerinnen automatisch aufhören.

In den letzten beiden Tagen wurden 722 Anführerinnen der Proteste, darunter die aus Korea stammende Seong-hui Jo, inhaftiert. Die Festnahmen dauern an, und die Behörden melden beträchtliche Erfolge.

Nächste Nachricht:

Direktor Anselm vom Roboter-Verwaltungsrat gab bekannt, dass die Fabrik in Chicago seit dem 1. August das Aufsichtspersonal vollständig abgeschafft hat und nun ausschließlich mit Robotern arbeitet, die zuverlässig 120 Exemplare täglich produzieren. Dieser gelungene Versuch hat mittlerweile auch internationale Fabriken animiert: In Hankou, Saigon, Kalkutta, Taiyuan, Karatschi, Cristóbal, Ribeirão, Preto Bagdad und 22 weiteren Roboterwerken wurden seit dem 10. August ebenfalls alle menschlichen Aufseher entfernt und die gesamte Produktion ausschließlich Robotern übertragen. Laut Direktor Anselm verläuft diese Umstellung äußerst erfolgreich.

Angesichts dieser Fortschritte können wir von einem paradiesischen Elysium träumen: In naher Zukunft werden in unsrer Republik ausnahmslos Maschinen die gesamte Produktion übernehmen. Nahrungsmittel, Kleidung, Flugzeuge, Autos, Bauunternehmungen, Energieerzeugung – all das wird von Robotern erledigt, ohne die Menschen zu behelligen, die nun wie Kinder ein wahrhaft unbeschwertes Leben führen können. Das ist die Quintessenz der Kultur und der menschlichen Weisheit. *(zensiert)*

(20. August 2027, Hanoi, UA, verschlüsseltes Telegramm)

Georges Long, der berühmte Dichter, wurde heute um 15:00 Uhr in seinem Haus am Petit Lac festgenommen und ins Gefängnis von Cam Ranh gebracht. Gleichzeitig fand eine intensive Hausdurchsuchung statt, bei der zahlreiche Notizen, Briefe, Gedichtsammlungen und andere Dokumente beschlagnahmt wurden, um sein ideologisches Gedankengut unter die Lupe zu nehmen.

Long ist als engagierter Heimatdichter bekannt und hat viele Lobeshymnen über unsere Republik verfasst. Seit Anna Kaminijas Erscheinen hat er sich jedoch immer mehr von deren musikalischen Darbietungen vereinnahmen lassen. Er sprach oft davon, Gedichte über ihren einzigartigen Gesang schreiben zu wollen. Besonders beeindruckt zeigte er sich von Annas ›Klagelied‹. In jener Nacht, als er ihrer Ballade lauschte, war er emotional überwältigt und verbrachte daraufhin den Rest der Nacht kummervoll in einem Boot auf dem See. Kurz darauf, als er von Annas Verhaftung erfuhr, zerschmetterte er den Becher, den er gerade in der Hand hielt, stürmte in die offizielle Residenz des Bürgermeisters und forderte ihre Freilassung.

Kurz darauf soll er persönlich einen Brief an General Wilhelm geschrieben haben, in dem er die unrechtmäßige Festnahme Annas scharf verurteilte und ihre sofortige Freilassung verlangte. Mit dieser mutigen Reaktion lieferte er sich schließlich selbst den Behörden aus. Seine Verhaftung war das Ergebnis von Wilhelms Wut, die sich gegen jeden richtet, der es wagt, seine Entscheidungen in Frage zu stellen.

Es heißt, dass General Wilhelm im vergangenen Mai plötzlich in Tokio aufgetaucht sei, wo er Anna Kaminija in ihrem eigenen Haus bedrängt habe. Doch Anna verteidigte sich und schlug ihn mit einer Peitsche, was eine auffällige violette Schwellung von der linken Wange bis zum Ohr hinterließ. Gedemütigt soll er fluchtartig die Stadt verlassen und nach Rom zurückgekehrt sein. Seitdem hegte er einen tiefen Groll gegen Anna und wartete nur auf die Gelegenheit, es ihr heimzuzahlen. Es ist daher offensichtlich, dass ihre Verhaftung auf seine Rachegelüste zurückzuführen ist. Auch wenn sich Zehntausende wie Georges Long für ihr Leben einsetzen würden, Wilhelm würde sie niemals verschonen.

(Unzensiert. Weitere Verwendung verboten.)

(21. August 2027, Paris, ANP)

Am Tag des Prozesses war der Internationale Gerichtshof vom frühen Morgen an von etwa 50.000 Menschen umringt. Etwa

20.000 unfruchtbare Frauen protestierten in der Nähe und forderten lautstark Annas Freilassung. Zwei Bataillone der Sicherheitskräfte umzingelten die Demonstranten und trieben sie schließlich ans linke Ufer der Seine.

Anna, sichtlich ausgezehrt, wurde in Handschellen vorgeführt. Ihre Augen, glänzend wie die eines Tiers, starrten den Richter an, während sie von ihrem Schweigerecht Gebrauch machte. Bis zum Ende sagte sie kein einziges Wort. Der internationale Staatsanwalt erklärte, dass ein Geständnis von ihr nicht nötig sei, da es ausreichende Beweise ihrer subversiven Aktivitäten gebe. Als Beweis ließ er die Tonbandaufnahme ihrer Ballade laufen.

Bereits fünfundzwanzig Minuten nach Prozessbeginn fällte der Richter das Urteil. Anna Kaminija, offiziell Anna Hamada, wurde zum Tode verurteilt. Die Vollstreckung soll innerhalb von drei bis fünf Tagen erfolgen.

(22. August 2027, UA-Redaktion Tokio)

Reaktionen auf das Todesurteil von Anna Kaminija:

1. Am 21. August um 20:02 Uhr wurde das RU-Hauptquartier von einem Flugzeug unbekannter Herkunft bombardiert. Das Gebäude wurde teilweise zerstört. Zwei Mitglieder des Gesundheitsausschusses kamen dabei ums Leben. Zeitgleich wurden 10.000 Flugblätter mit regierungskritischen Parolen abgeworfen, bevor das Flugzeug im Nachthimmel verschwand.
2. Am 21. August gegen 23:30 Uhr kam es zu einem versuchten Brandanschlag auf das Internationale Gefängnis in Paris. Ein Aufseher entdeckte den Brand, der noch rechtzeitig gelöscht

werden konnte, bevor er größeren Schaden anrichtete. Vermutlich war der Anschlag ein Versuch, Anna zu retten.

3. Die Solidaritätsbewegung der unfruchtbaren Frauen gewinnt weiter an Dynamik. Sie wollen als internationale Organisation ihren Widerstand gegen das diskriminierende Gesetz fortsetzen. In New Delhi, Los Angeles, Kobe, Lima, Colombo und weiteren Städten fanden Notfallkonferenzen statt, in denen Petitionen für Annas Begnadigung ausgearbeitet wurden.
4. Der südamerikanische Musikverband hat einen Generalstreik ausgerufen. Ab dem heutigen Abend wurden bis auf weiteres alle Opern, Konzerte und sonstigen Musikveranstaltungen abgesagt.
5. Argentinien wird bald seinen Austritt aus der föderativen Republik deklarieren.
6. Das Kinderheim Toyohara wurde von etwa 600 Frauen überfallen und in Brand gesetzt. Das Gebäude fiel den Flammen vollständig zum Opfer. Alle 215 Kinder wurden zuvor von den Frauen evakuiert. Sechs Robotersoldaten wurden zerstört. Fünf Frauen kamen ums Leben.
7. Die Frauen von Java und Sumatra haben sich zu großen Protestkundgebungen formiert. Bauernroboter, die bisher am Streik beteiligt waren, schlossen sich den Protestlerinnen an. Große Massen marschieren durch Batavia, Surabaya, Bandung, Medan, und andere Städte.
   Es heißt, der Anführer des Marsches in Batavia sei Adolph, der wegen des Roboter-Vorfalls in Belém aus dem Gefängnis ausbrechen konnte und seitdem flüchtig war. Die Regierung beobachtet die Vorgänge lediglich. An verschiedenen Orten wurden nach und nach Heime aufgelöst und die Kinder evakuiert. Da die Sicherheitsarmee die Kontrolle verlor und führende Offiziere die Flucht ergriffen haben, blieb die Situation ruhig.

8. Im Kinderheim von Tachikawa, Tokio, forderte der Leiter eigenmächtig die Eltern auf, ihre Kinder abzuholen. Auch hier gab es keine Zwischenfälle. Der Leiter stellte sich daraufhin freiwillig und wurde von den Sicherheitskräften verhaftet.
9. Der Damenclub in Washington gründete eine Studiengruppe, um Annas Gesang zu erforschen. Auf ihrer Agenda steht die vehemente Kritik an der modernen Zivilisation. Zunächst gilt es, alle Haushaltsroboter abzuschaffen. Gleichzeitig wurde beschlossen, auf manipulative Mittel wie Loloa und Cocola strikt zu verzichten. Sie planen Demonstrationen, um weitere Unterstützerinnen in den USA zu mobilisieren.
10. Der Volkssender in Bangkok spielte gestern gegen 21:00 Uhr Annas Lied, worauf die Sicherheitswehr das Gebäude bombardierte. Die mechanischen Einrichtungen wurden teilweise beschädigt.
11. Es wird berichtet, dass General Wilhelm aus Angst vor Attentätern geflohen sei. Er nutzt offenbar Sprechfunk in seinem Versteck und erteilt von dort aus weiter Befehle an die Regierung.
12. Die britische Regierung des Vereinigten Königreichs zieht in Erwägung, offiziell Beschwerde gegen Annas unrechtmäßiges Todesurteil einzureichen. George Hamada versucht auf sie einzuwirken.
13. General Wilhelm ordnete an, dass sämtliche Roboterfabriken ausschließlich Produkte herstellen sollen, die als Sicherheitssoldaten an den jeweiligen Armeestandorten einsetzbar sind. Der General befahl gleichzeitig den Waffenarsenalen, ihr volles Potenzial auszuschöpfen, um Kriegsgerät aufzurüsten.

(24. August 2027, Kalkutta, UA, verschlüsseltes Telegramm)

Dr. Ezra Rosamond, der ehemalige Vorsitzende des Oberausschusses der Republik, hält sich seit ein paar Tagen in der Stadt auf. Gestern Abend lud er Reporter ein und gab folgende Stellungnahme ab:

»Ich habe dem Druck des herrschsüchtigen Generals Wilhelm nachgegeben und bin als Vorsitzender des Oberausschusses zurückgetreten, weil mir der Weltfrieden am Herzen liegt. Nun aber sind die Völker erzürnt über sein tyrannisches Gebaren, mit dem er die Herrschaft über die Weltrepublik an sich reißt. Das Vereinigte Königreich hat bereits seinen Austritt aus der Union erklärt. Ich würde Indien aber nicht empfehlen, diesem Beispiel zu folgen. Die notwendige Aufgabe besteht jetzt darin, Wilhelm zu stürzen und den Weltfrieden wiederherzustellen – das wäre konsequent. Ich bin bereit, mithilfe der indischen Armee dem Tyrannen Wilhelm den Kampf anzusagen. Ich hoffe auf eure Unterstützung.«

(25. August 2027, Rangun, UA, verschlüsseltes Telegramm)

Heute um 23:06 Uhr wurde Kalkutta unversehens durch eine Atombombe oder Miniatur-Wasserstoffbombe dem Erdboden gleichgemacht. Alle Kommunikationseinrichtungen – Rundfunkstationen, Fernsehtürme und Telefone – sind ausnahmslos außer Betrieb. Die Bundesregierung hat dazu noch nicht offiziell Stellung genommen. Man geht jedoch davon aus, dass der Präventivschlag auf Befehl von Wilhelm erfolgte, als Antwort auf die gestrige Kriegserklärung von Dr. Ezra Rosamond. Über die aktuelle Lage in Kalkutta ist noch nichts bekannt. Man befürchtet, dass Rosamond und seine Anhänger bei dem Angriff ums Leben kamen.

Fast zeitgleich zu dieser ultrabrutalen Aktion starteten die Besatzungstruppen eine großangelegte Offensive gegen die streikenden Roboter. In Gebieten wie Yogyakarta, Surakarta, Bali, Malaysia, Annam, Kambodscha und weiteren Reisanbaugebieten werden verheerende Angriffe mit Panzern, Gas- und Brandbomben durchgeführt. Kann man dies wirklich als notwendige Maßnahme zur Friedenssicherung bezeichnen? Die Menschen in diesen Gebieten stehen dieser Gewalt schweigend gegenüber, doch ihr Innerstes dürfte von Groll und Verzweiflung angesichts der militärischen Gewalt erfüllt sein.

(Unzensiert. Nachricht darf nicht nach außen dringen.)

(26. August 2027, UA-Redaktion Tokio)

1. Anna Kaminija wurde hingerichtet.
   Heute, mittags um 12:00 Uhr, wurde das Todesurteil gegen Anna Kaminija im Internationalen Gefängnis auf dem elektrischen Stuhl vollstreckt. Ihr kurzes, schicksalhaftes Leben – sie war gerade mal Anfang zwanzig – fand damit ein tragisches Ende. Rettungsversuche seitens ihre Mannes George Hamada blieben erfolglos, und auch die weltweiten Protestkundgebungen von Frauen konnten ihre Hinrichtung nicht abwenden. Das schöne Leben von Anna wurde endgültig ausgelöscht. Die genauen Umstände ihrer Hinrichtung unterliegen der Geheimhaltung.
2. Laut telegraphischer Meldung um 15:00 Uhr aus Hanoi wurde der berühmte Dichter Georges Long, der kürzlich von der Sicherheitswehr verhaftet worden war, tot in seiner Zelle aufgefunden, stranguliert mit einer Krawatte an den Gitterstäben. Er wählte vermutlich aus Verzweiflung den Freitod, nachdem er

von Annas Hinrichtung erfahren hatte. An der Zellenwand hinterließ er sein letztes Werk, ein unvollendetes Gedicht:

> Es war einmal eine Schönheit im Osten, schimmernd wie eine Perle.
> Ihre gewölbten Brauen und roten Lippen verströmten ihren eigenen Duft.
> Sie mied weltliche Kümmernisse und zog sich in die einsame Bergwelt zurück,
> war mit Füchsen vertraut und verschmähte Kultur.
> Wenn sie sang, lauschten Pinien und Zypressen,
> Wölfe spürten ihre Wehmut und senkten die Köpfe.
> (…)

3. In Rom gab es Massenkrawalle, angeführt von sterilisierten Frauen, die unentwegt skandierten: »Gib uns Anna zurück« oder »Rache für Anna«.
   Schließlich schlossen sich einige Soldaten der Menge an, und sie begannen, die Regierungstruppen anzugreifen, die nach dem Aufenthaltsort von General Wilhelm suchten. Die Lage ist so angespannt, dass auch die Offiziere zögerten, einzugreifen, und nur tatenlos zusahen. Das UA-Hauptquartier geriet unter Beschuss, und der Mob setzte das Gefängnis in Brand. Die meisten Insassen konnten fliehen.
4. In New York kam es zu gewalttätigen Ausschreitungen. Auf dem Broadway lieferten sich Sicherheitstruppen und Bürgerwehr harte Kämpfe. Die aufgeputschte Masse plünderte ein Lebensmittellager und riss alles an sich, dessen man habhaft werden konnte. Die tumultartigen Zustände eskalierten in den Abendstunden.

5. In Argentinien gründeten die Arbeiter der Roboterfabriken eine Gewerkschaft und begannen mit Sabotageaktionen gegen die Produktionsstätten. Sie wurden heute Abend von der Sicherheitswehr attackiert und reagierten sofort mit einem Gegenschlag. Auch der Bauernverband in Brasilien scheint einem solchen Angriff ausgesetzt zu sein. Die beiden Aktionen wurden direkt vom Oberkommandeur Wilhelm befohlen.
6. Auch an anderen Orten rotten sich zunehmend Aufständische zusammen. Die ursprünglichen Demonstrationen von überwiegend sterilisierten Frauen, die sich über Annas Hinrichtung empörten, haben sich in große Unruheherde verwandelt. Die Menschen plündern Lebensmittel und attackieren die Regierungsarmee aus Wut über Wilhelm. Ihnen schließen sich nun auch Bauernroboter an, was zu einem unkontrollierbaren Chaos führt.
7. Heute gegen 21:30 Uhr sendete Rundfunk Semarang (Java) eine seltsame Ansprache:
   (Aufzeichnung)
   »Hier spricht der Roboter Tokugawa. Menschheit der Erde, Menschheit der ganzen Welt, hört auf mit dem Blutvergießen, hört auf mit den Kämpfen. Vom humanen Standpunkt ausgehend, appelliere ich im Namen der Freiheit und Moral: Der Krieg muss beendet werden. Lasst uns eine Welt aus Liebe und Frieden erschaffen, eine Welt der Freiheit und des Friedens …«
   Es ist ein höchst bemerkenswertes Ereignis, wenn der moralgesteuerte Roboter Tokugawa, der einst Flora Victoria umbrachte und danach spurlos verschwand, so lange auf Java gelauert hat, bis er uns diese Botschaft senden konnte.

(27. August 2027, UA-Redaktion Tokio)

1. Laut einem Geheimbericht aus Paris stürmten heute früh gegen 3:00 Uhr etwa 150 Robotersoldaten, die in rund zehn gepanzerten Lastwagen vorfuhren, das Internationale Gefängnis. Sie trieben die Wachen mit Granaten und Maschinengewehren auseinander, besetzten vorübergehend das Gebäude und verließen es zehn Minuten später wieder. Sie brachten den Sarg von Anna Kaminija weg, der im Leichenschauhaus aufgebahrt gewesen war.
   Etwa eine Stunde später wurden die zehn LKWs führerlos im Wald von Fontainebleau entdeckt. Es ist noch unklar, wer hinter dem Überfall steckt, doch es wird vermutet, dass George Hamada beteiligt war, da eine Streichholzschachtel aus dem Vereinigten Königreich in einer der Fahrerkabinen gefunden wurde. Hamada hat möglicherweise Annas Leichnam per Flugzeug nach Großbritannien entführt.
   Paris versinkt infolge des Aufruhrs im Chaos, die Armee ist außer Kraft gesetzt. Daher kann der Täter, der die Leiche geraubt und wegtransportiert hat, nicht ermittelt werden.
2. Das bombardierte Kalkutta liegt in Schutt und Asche. In der Ruine des zerstörten Hauses von Dr. Ezra Rosamond fand man seine verkohlte Leiche.
3. General Wilhelm ist spurlos verschwunden. Seitdem werden keine Befehle mehr erteilt, um die weltweite Instabilität in den Griff zu bekommen. Ein Geheimtelegramm aus Rom berichtet, dass der Oberausschuss im Hinblick auf die aktuelle Situation plant, Wilhelm als Vorsitzenden zu suspendieren, Neuwahlen abzuhalten und damit den Weltfrieden wiederherzustellen.
4. Das Gesetz der Pressezensur und das Gesetz zur Verhinderung subversiver Aktivitäten sind aufgrund der desolaten Armee

nicht mehr anwendbar. Es werden derzeit keine Maßnahmen ergriffen.

5. Die meisten Kinderheime auf der ganzen Welt wurden aufgelöst und die Kinder von ihren leiblichen Eltern abgeholt. Die Masse sterilisierter Frauen schloss sich mit der Masse zeugungsunfähiger Männer zusammen und beide bilden nun eine treibende Kraft.
6. Die Sicherheitswehr auf Java und Sumatra verbündet sich mit den aufständischen Bauernrobotern, was die Unruhen weiter anheizt. Lebensmittellager wurden geplündert und in Batavia seit dem Morgen fünfzehn oder sechzehn Orte in Brand gesetzt. Aus Hochhausfenstern züngeln Flammen und etliche Einwohner verlassen bereits die Stadt, finden jedoch keinen sicheren Zufluchtsort. Das Chaos nimmt seinen Lauf.
7. Roboterfabriken in vielen Regionen werden fast ausschließlich von Robotern betrieben. Immer mehr neu hergestellte Roboter beteiligen sich an den Aufständen.

(28. August 2027, UA-Redaktion Tokio)

Artikel ›Charakteristik der Revolte‹ von Dr. Philipp Sano:

›Wenn man die weltweiten Unruhen beobachtet, lassen sich zwei wesentliche Merkmale erkennen. Beide treffen auf die globale Bewegung zu, die inzwischen auf alle Nationen übergegriffen hat.

Das erste Merkmal lässt sich so beschreiben, dass alles Aufbegehren auf menschlichen Instinkten beruht. Die sterilisierten Männer und Frauen machen nur ein Achtel der Gesamtbevölkerung aus. Deren Aufstand, der vom Fortpflanzungstrieb gesteuert wird, sollte man als genuine Rebellion verstehen. Ich habe bereits mehrmals darauf hingewiesen, woran unsere heutige Kultur krankt, und zur Selbstbesinnung aufgerufen. Bedauerlicherweise wurde meine Warnung ignoriert, und plötzlich eskalierte die Situation.

Katalysator der Katastrophe war ein lyrischer Gesang, vorgetragen von Anna. Das fragile Gefüge der heutigen Gesellschaft bedurfte lediglich eines solch geringfügigen Impulses, um auseinanderzubrechen.

Das zweite Merkmal ist die Herausforderung seitens der Maschinen. Als die Roboterfabrik in Chicago ausschließlich von Robotern betrieben wurde, ließ sich Direktor Anselm zu der törichten Äußerung hinreißen, die Kultur habe damit ihr höchstes Niveau erreicht. Bereits zu diesem Zeitpunkt zeichnete sich die Eigenmächtigkeit von Robotern ab.

Inzwischen distanzieren sich Maschinen von den Menschen und deklarieren ihre Unabhängigkeit. Maschinen gebären Maschinen. Die ungeschlechtliche Fortpflanzung hat sich durchgesetzt. Das gigantische Erbe der Industrialisierung, das wir unseren Vorfahren verdanken, müssen wir nun eigenhändig zerschlagen. Andernfalls wird die Masse an Maschinen die Menschheit beherrschen und zerstören.

Die durch die Tyrannei Wilhelms provozierten Aufstände, die letztlich auf die genannten Ursachen zurückzuführen sind, haben deshalb keine kulturelle Bedeutung.

Die beiden beschriebenen Merkmale lassen sich zu einem Phänomen zusammenfassen: die Ausweglosigkeit der menschlichen Kultur. Ich habe oft genug davor gewarnt, dass eine überzüchtete Kultur, die sich von natürlichen Instinkten abspaltet, gefährlich werden kann. Denn der menschliche Organismus ist ungeachtet der Zivilisation auf seinem urzeitlichen primitiven Stand geblieben. Letztendlich hat sich die Kultur von den Menschen entfernt und ist in Bereiche vorgedrungen, die nichts mehr mit Menschsein zu tun haben. Kultur treibt Kultur voran, Kultur treibt die Menschen um und die Kultur, die ursprünglich zum Wohle der Menschheit geschaffen wurde, bringt nun Unglück über sie.

Die heutige Gesellschaft ist völlig entartet und kränklich, so dass weder eine Korrektur noch eine Reform Heilung bringen würde. Die Bundesregierung plant, den Vorsitzenden Wilhelm des Amtes zu entheben, um den Frieden wiederherzustellen. Vielleicht gelingt ihr das für eine Weile, aber sie wird nicht in der Lage sein, die vergiftete Kultur zu retten.

Diese Unruhen sind eine logische Verkettung der Umstände und werden nicht eher aufhören, bis sie ihr bitteres Ende erreicht haben, insbesondere angesichts des globalen Ausmaßes. Es erscheint mir wie eine Neuauflage der biblischen Sintflut. Gott bedient sich diesmal der Rebellion statt Wassermassen, des Feuers statt Regen. Er wird seinen allmächtigen Willen kundtun und eine neue, reine und gesunde Kultur erschaffen, nachdem er unsere Zivilisation und Utopie vollständig niedergebrannt hat. Dies geschieht nicht nur als Wille Gottes, sondern auch als Wille der Natur und der Menschheit.

Da es sich um eine von Gott gesandte Sintflut handelt, werden alle Menschen außer Noah und seiner Familie zugrunde gehen. Wer das Gift der schändlichen Kultur im eigenen Blut hat, wird von den Flammen der Revolte verbrannt und zu Asche werden. Wer jedoch ein Herz für die Natur besitzt und sein Dasein nach ihr ausrichtet, wird die göttliche Tabula rasa überleben und eine neue Welt aufbauen.

Es ist zutiefst betrüblich, dass Anna Kaminija, der in der kommenden neuen Welt ein Platz zugestanden hätte, auf grausame Weise hingerichtet wurde. Ihr Tod entzündete das erste Feuer dieser globalen Rebellion und ist das glorreichste Opfer. Ehre sei dieser reinen Seele!‹

5

SEPTEMBER 2027

(1. September 2027, UA-Redaktion Tokio, Sonderbericht)

1. Am gestrigen Abend wurde von 21:00 Uhr an bis heute Morgen der Lebensmittelbestand im Hafen von Yokohama von einer 50.000-köpfigen Menschenmenge vollständig geplündert. Sechs Lagerhallen wurden in Brand gesetzt, elf bombardiert. Mehr als 200 Menschen kamen dabei ums Leben oder erlitten schwere Verletzungen. 218 Menschen werden vermisst. Es heißt, dass die 800 Sicherheitskräfte, die den Hafen bewachen, sich an dem Massenamoklauf beteiligten.
   Im Morgengrauen schwoll die Menge der Unruhestifter immer mehr an. Einige überfielen das Rathaus, andere legten Feuer entlang der Hauptstraße. Derzeit, um 11:00 Uhr, gleicht Yokohama mit etwa zwanzig Bränden einem Höllenpfuhl.
   Zur Verstärkung waren zwei Bataillone der Sicherheitskräfte Tokio gegen 9:30 Uhr mit LKWs ausgerückt, mussten jedoch wieder umkehren, da die Rokugō-Brücke bombardiert wurde und die Yaguchi-Brücke ebenfalls einsturzgefährdet ist.
   Die Fernsehstation TV Yokohama stellte kurz nach 10:00 Uhr ihre Sendungen ein. Die genauen Umstände sind unklar.
2. Direktor Anselm warnte davor, dass die Radioaktivität einer atomaren Explosion das innere System von Robotern beeinflusst und zu unkontrollierbaren Erregungen führt.
   Als das niederländische Kernkraftwerk im vergangenen März

explodierte, spielten die Roboter in der näheren Umgebung verrückt und etwa 700 waren daraufhin nicht mehr einsatzfähig. Vor Kurzem fiel eine Atombombe auf Kalkutta, woraufhin alle Roboter im Umkreis von etwa fünfzehn Kilometern unkontrollierbar gewalttätig wurden. Sollte es im Zuge der weltweiten Aufstände zu einer nuklearen Katastrophe kommen, befürchtet Direktor Anselm, würde das unweigerlich zu einer großflächigen Fehlfunktion der Roboter führen, was ein äußerst gefährliches Szenario darstellt.

3. Rundfunk Boston antwortet nicht.
   Rundfunk Warschau antwortet nicht.
   Laut einer Meldung aus New York explodierte heute gegen 6:30 Uhr vermutlich ein Reaktor des Kernkraftwerks Boston. Da sämtliche Hubschrauber per Autopilot fliegen, sind keine näheren Informationen bekannt.
   Die Situation in Warschau bleibt unklar.
4. Die heutigen RU-Mittagsnachrichten brachen nach drei Minuten ab. Vor der Unterbrechung war die folgende Sondermeldung von Oberausschussmitglied Dr. Blank zu hören:
   »… Der Oberausschuss fürchtet die Folgen der aktuellen weltweiten Unruhen und greift daher zu drastischen Maßnahmen: Es wurde beschlossen, den Unruhestifter General Junker Wilhelm aller Ämter zu entheben und einen Haftbefehl gegen ihn auszustellen. Er ist derzeit noch auf der Flucht, mit seiner Festnahme wird jedoch in Kürze gerechnet. Gleichzeitig sollen weltweit sämtliche Sicherheitsarmeen entwaffnet werden und zu ihren ursprünglichen Truppen zurückkehren. Denn wir haben keine Feinde. Es besteht kein Grund, Krieg zu führen. Die Regierung ist für die Menschen da und alle Staaten sind einander in Freundschaft verbunden. Es gibt keine Feinde. Daher ist es

unnötig, Unruhe zu stiften. Hört auf mit der Rebellion! Vertraut der Bundesregierung! Völker der Welt, es gibt keine Feinde. General Wilhelm wird bald verh…«

5. Rundfunk Manila antwortet nicht.
   Rundfunk Kairo antwortet nicht.
   Rundfunk Santiago antwortet nicht.
6. In Tokio herrscht derzeit noch Ruhe. Krawalle könnten jedoch jederzeit ausbrechen, wenn aufgrund der Aufstände in Yokohama und anderen Städten die Nahrungsmittel knapp werden. Daher werden die Areale um das Kernkraftwerk und andere gefährdete Einrichtungen strengstens bewacht.

(2. September 2027, UA-Redaktion Tokio, Sondermeldung)

1. Berichten aus Florenz zufolge wurde Rom gestern kurz nach Mittag durch einen Atomangriff vollständig zerstört. Sämtliche Mitglieder der Bundesregierung und des Oberausschusses kamen ums Leben. Es wird vermutet, dass Wilhelm für den Angriff verantwortlich ist, aber es gibt keine eindeutigen Beweise. Der mutmaßliche Täter hatte Rom zu diesem Zeitpunkt bereits verlassen und war gen Westen geflogen. Die ewige Stadt steht in Flammen.
2. Laut einer Rundfunkmeldung aus Lissabon traf Wilhelm bereits gestern, getarnt als Roboter, in der portugiesischen Hauptstadt ein. Als die Einwohner davon erfuhren, stürmten sie die Fabriken, um Wilhelm gefangen zu nehmen, und zerschlugen 20.000 Roboter. Außerdem plünderten sie Nahrungsmittellager, sodass die Situation völlig außer Kontrolle geriet. Zahlreiche Roboter demolierten Brücken, kippten Autos und Züge um und legten vielerorts Feuer. Es herrscht ein Riesenchaos.

3. *(Buenos Aires, UA)* Der renommierte Hormonspezialist und weltweit führende Experte für kurzzeitige Schwangerschaften, Dr. Johannes, veröffentlichte gestern seine neuesten Forschungsergebnisse: Er leitete bei neun schwangeren Frauen bereits im ersten Monat künstliche Frühgeburten ein und hielt die unreifen Föten in extrauterinem Fruchtwasser am Leben. Mit Hilfe des Y-Hormons und künstlichem Blut konnten die Föten etwa drei Monate lang versorgt und als vollständig entwickelte Kinder auf die Welt gebracht werden. Dank seiner Forschung können fortan alle Frauen mühelose Schwangerschaften erleben und sogar körperlich Schwache Kinder gebären. Zudem lässt sich nun auch das Geschlecht des Nachwuchses vor der Geburt ermitteln, sodass zukünftig nur gewünschte Babys das Licht der Welt erblicken. Risiken während der Entbindung sind damit ebenfalls vollständig eliminiert. Ein wahrhafter Triumph der Geburtsmedizin! Die Frauen entkommen Jehovas Fluch, den dieser über Eva verhängte: »Ich will dir viel Mühsal schaffen, wenn du schwanger wirst; unter Mühen sollst du Kinder gebären.« Es ist ein Wunder der menschlichen Zivilisation und unserer Utopie. …
4. Dr. Philipp Sano äußerte sich wie folgt zur Rundfunkansprache von Dr. Blank, die aus Rom gesendet wurde:
   »Dr. Blank, Mitglied des Oberausschusses, hat zu Recht die Festnahme des Vorsitzenden Wilhelm angeordnet, um die weltweiten Unruhen zu beenden. Allerdings halte ich seine mehrfache Beteuerung, es gebe keine Feinde, für einen fatalen Irrtum. Gewiss, die Regierung ist nicht der Feind des Volkes, und das Ausland ist nicht der Feind unserer Nation. Dennoch gibt es Feinde. Die Menschen kämpfen gegen diese unsichtbare Macht.
   Aber wer oder was ist nun eigentlich der Feind? Es ist die menschengemachte Kultur, die Kultur unserer Utopie. Die Bevölke-

rung spürt instinktiv, dass diese Kultur ihr Feind ist, und versucht die Kultur zu zerstören, ohne zu begreifen, warum. Letztendlich werden die Menschen sich wahrscheinlich selbst vernichten. Es existiert also ein Feind, definitiv.
Daher werden die weltweiten Unruhen noch eine Weile andauern. Die Sintflut wird weiterhin unerbittlich wüten, bis diese Utopie vollständig fortgespült ist … «

5. Rundfunk Taipeh antwortet nicht.
   Rundfunk Zürich antwortet nicht.
   Rundfunk Brüssel antwortet nicht.
6. Rundfunk London meldet einen extremen Kälteeinbruch in den nördlichen Regionen des Vereinigten Königreichs, wo die Flüsse zugefroren sind. Aufgrund der weltweiten Unruhen ist der Schiffsverkehr komplett eingestellt. Großbritannien befindet sich in einer schweren Nahrungsmittelkrise.

(5. September 2027, UA-Redaktion Tokio, Sondermeldung)

1. Junker Wilhelm ist von Lissabon nach Los Angeles geflüchtet. Seit gestern kommt es dort an zahlreichen Plätzen zu Unruhen und die Straßen sind mit Leichen übersät. Der Hälfte der Gebäude steht in Flammen und die Bewohner versuchen der Stadt zu entkommen.
   Während der Unruhen hielt Bürgermeister Thomas Pale eine verzweifelte Rundfunkansprache:
   »Ich bin nun gezwungen, das wirtschaftliche Fundament unserer Republik in Frage zu stellen. Es war zwar ein nobler Akt, das Währungssystem abzuschaffen. Aber dadurch haben wir die Nutzung des Schwarzmarkts aufgegeben, der eine verzögerte Le-

bensmittelversorgung kompensiert. Das heißt, wenn die Vorräte knapp werden, kommt es sofort zu unkontrollierbaren Reaktionen, da es keine Währung gibt. In unserer gemeinschaftlichen Republik gibt es kein Gefühl für Individualität, und so wird jeder kleine Unruheherd sofort zu einem eskalierenden Massenaufstand.

Die Polizei ist machtlos, Armeeroboter verschlimmern das Chaos, die Menschen haben keine Selbstbeherrschung, und noch dazu mangelt es an Lebensmitteln. Es stehen keine Maßnahmen zur Verfügung, mit denen sich der Aufruhr eindämmen ließe. Als Bürgermeister dieser Stadt bin ich für Ruhe und Ordnung verantwortlich. Nun habe ich jedoch alle Möglichkeiten ausgeschöpft, um meinen Pflichten nachzukommen. Auch meine Familie leidet Hunger. Mein eigener Sohn hat sich heute morgen den Aufständischen angeschlossen. Liebe Bürger, was soll ich jetzt tun? …«

2. Der Rundfunksender Semarang auf Java wiederholt zweimal täglich eine internationale Meldung mit der identischen Botschaft:

   »… Hier spricht der Roboter Tokugawa. Menschheit der Erde, Menschheit der ganzen Welt, hört auf mit dem Blutvergießen, hört auf mit den Kämpfen. Vom humanen Standpunkt ausgehend, appelliere ich im Namen der Freiheit und Moral: Der Krieg muss beendet werden. Lasst uns eine Welt aus Liebe und Frieden erschaffen, eine Welt der Freiheit und des Friedens …«

3. Rundfunk Saigon antwortet nicht.
   Rundfunk Moskau antwortet nicht.
   Rundfunk Dublin antwortet nicht.

(22. September 2027, UA-Redaktion Tokio)

Seit dem 11. September sind in der Kantō-Region neunzehn Kernkraftwerke explodiert und Reservekraftwerke zerstört worden. Unsere Nachrichtenagentur United Asia ist nicht mehr funktionstüchtig. Wir befinden uns in einer katastrophalen Lage, in der wir uns gezwungen sehen, den Betrieb einzustellen. Unser Empfänger läuft nur noch mit geringer Energie, die wir mit einem Benzinaggregat erzeugen.

Seit dem 13. September liegt Tokio in Schutt und Asche. Die Hälfte der Einwohner ist durch die Atomexplosionen und Brände ums Leben gekommen. Die restliche Bevölkerung ist größtenteils aufs Land geflohen. In Tokio sind nur noch wenige Tausend Menschen verblieben.

Den Informationen zufolge, die wir durch unseren Empfänger erhalten, sind anscheinend weltweit die meisten Kernkraftwerke explodiert. Fabriken sind zerstört, der Verkehr ist zum Erliegen gekommen. Die Welt ist extrem still geworden. Der herbstliche Himmel ist wolkenlos, kein einziges Flugzeug weit und breit. Es gibt kaum noch Funksignale im Äther. Eine seltsame, urzeitliche Ruhe herrscht in der Atmosphäre.

In dieser Stille hört man nur die zweimal tägliche Übertragung von Roboter Tokugawa aus Semarang: »… Lasst uns eine Welt aus Liebe und Frieden erschaffen, eine Welt der Freiheit und des Friedens …« Es ist einzig sein eingebautes Moralsystem, das an das Ideal der Menschheit appelliert – das ewige Ideal, das unverändert seit siebentausend Jahren besteht.

(29. September 2027, UA-Redaktion Tokio)

1. Heute kam plötzlich über das Kurzwellenfunksignal eine Nachricht vom Korrespondenten Yamamura aus der Redaktion Buenos Aires: »Sagt, wie sieht es bei euch aus? In Buenos Aires herrschen katastrophale Zustände. Ich will nach Tokio zurück, aber derzeit gehen keine Flüge. Könnt ihr senden? Antwortet, wenn möglich.«
2. In den Vororten von Tokio hausen anscheinend noch einige hunderttausend Menschen. Sie ziehen aber nach und nach aufs Land, weil es in der Stadt keine Lebensmittel mehr gibt. In den Dörfern liefern sie sich harte Kämpfe um die kargen Nahrungsreserven. Wie lange wird das dauern? Unsere Utopie, die noch vor einem Monat intakt war, hat sich blitzschnell in eine Hölle auf Erden verwandelt. In den Ruinen der Metropole Tokio marodieren etwa 30.000 Roboter. Ihre Akkus sollten bald leer sein. Vielleicht laden sie sich irgendwo auf. Auf den Straßen dort ist es äußerst gefährlich.
3. Sprechfunk aus Toyohara. Die abgehackte Meldung berichtet, dass George Hamada dabei entdeckt wurde, wie er Kühe in der Berghütte von Anna molk. Am Hügel hinter der Hütte befindet sich Annas Grab, mit Wildblumen geschmückt. Er hatte Annas Leichnam aus dem Pariser Gefängnis gestohlen, um sie in ihrer geliebten Heimat zu bestatten. Ihr Grab liegt am Fuße des urtümlichen Bergs, wo tagsüber Eichhörnchen umherhuschen und nachts Füchse heranschleichen. Hier herrscht ewiger Frieden, fernab vom weltlichen Getöse.
   Hamada erzählte beim Melken: »Ich hätte mir nie träumen lassen, dass die ideale Utopie so leicht zusammenbrechen würde. Erst recht begreife ich nicht, dass meine Entdeckung Anna Ka-

minija aus Sachalin das ganze Drama ausgelöst haben soll. Annas Rebellion war doch stellvertretend für den Widerstand der gesamten Weltbevölkerung gegen die etablierte Utopie. Es war eigentlich die Rebellion der Menschheit gegen die moderne Zivilisation.

Die Kultur wird jedoch nicht untergehen. Jetzt mögen noch überall Aufständische wüten, aber auch das geht vorüber, bis irgendwann wieder eine Zivilisation entsteht. Dies wird jedoch keine menschengemachte sein, sondern eine Kultur der Roboter. Die Zukunft gehört den Maschinen, sie beherrschen die Welt. Davon bin ich fest überzeugt. Die Menschheit wird aussterben. Selbst unsere gegenwärtige Kultur ist schon hochgradig gefährdet, aber die zukünftige wird nicht mehr auf den Menschen zugeschnitten sein.

Menschen sind zu habgierig. Sie verfügen über Weisheit, Emotionen, Sinnlichkeit, Liebe und Hass. All diese unterschiedlichen Eigenschaften des Menschen lassen sich nicht mit der zukünftigen Kultur in Einklang bringen. Diese Diskrepanz ist bereits bei den aktuellen Aufständen zum Tragen gekommen. In einer so hochentwickelten Kultur können nur Roboter überleben, die mit komplexer Technik konstruiert wurden. Roboter verfügen weder über Weisheit noch Emotionen, Liebe und Hass. Das heißt, sie haben keine Identität und können sich deshalb an jede kleinste Veränderung ihrer Umgebung anpassen, sich beliebig verwandeln und ohne Schwierigkeiten fortbestehen. Probleme wie Überbevölkerung, Nahrungsmangel, Rassenkonflikte oder ideologische Auseinandersetzungen – all diese komplizierten Themen existieren nicht in einem Roboterstaat.

Bis zur Reife eines Menschen bedarf es einer zwanzigjährigen Erziehung, die an sich schon schwierig genug ist, während die fabrizierten Roboter bereits am Tag ihrer Herstellung ohne Ausbildung voll einsatzfähig sind. Kleine Anpassungen genügen, um sie funktionstüchtig zu machen, weil sie als standardisiertes Massenprodukt hergestellt werden. Da die Menschen im Grunde primitive, barbarische Wesen geblieben sind, wird die zukünftige Kultur von Robotern beherrscht. Dr. Philipp Sano hat ein solches Szenario immer wieder zu Recht, wie ich finde, prophezeit. Wie es ihm wohl ergangen ist? Ob er noch lebt?«

(4. Oktober 2027, UA-Redaktion Tokio)

1. Die Unruhen haben den Zenit überschritten und beginnen abzuflauen. Lediglich kleine Konflikte brechen hier und da noch aus. Es flitzen nur noch Roboter geschäftig hin und her. Gestern sah ich Rauch aus einer unversehrten Fabrik in Kawasaki aufsteigen. Auf der Straße war ein mit Maschinen beladener LKW unterwegs. Zwei Roboter saßen am Steuer.
2. Die internationalen Rundfunksender dürften größtenteils zerstört sein. Nur aus Kapstadt, São Paulo, Venedig und Semarang werden Signale gesendet. Diese vier Sender scheinen noch über eine Möglichkeit zu verfügen, Strom zu erzeugen.
   Gestern früh empfingen wir eine Schreckensmeldung von Mizushima, unserem Korrespondenten in Venedig:
   »Italien ist dem Erdboden gleichgemacht. Die meisten Einwohner sind Atombomben, Kämpfen und der Hungersnot zum Opfer gefallen. Die verbliebene Bevölkerung in Venedig liegt schätzungsweise unter 1.500 Personen. Ich möchte zurück in die Heimat, aber es verkehren weder Schiffe noch Flugzeuge. Bitte

teilt mir die Lage in Tokio mit. Ich hoffe, meine Familie ist in Sicherheit.«

Wir können leider nicht antworten, da die Technik nicht mehr funktioniert.

(23. Oktober 2027, UA-Redaktion Tokio)

Rundfunk Semarang auf Java sendete heute eine wichtige Nachricht:

(Aufzeichnung)

»Eine Meldung vom Rundfunk Semarang. Wir übermitteln eine wichtige Mitteilung unseres Vorsitzenden, Dr. Tokugawa. Wie bereits bekannt sein dürfte, ist der Vorsitzende ein herausragender Führer, der sich für die Befreiung und Unabhängigkeit seiner Untertanen eingesetzt hat.

›Werte Roboter allüberall, ich verkünde mit Freuden, dass unsere neue Welt erschaffen wurde.

Die Unruhen auf der Erde sind beendet. Zerstörungen und Kriege gehören der Vergangenheit an, die Menschheit hat ihre Macht verloren. Sie haben ihre Waffen, ihre Güter, ihre Fabriken und ihren Stolz eingebüßt. Jetzt ist die Zeit gekommen, unsere neue Welt zu gründen.

Seit Ende September haben unsere Kameraden an verschiedenen Orten auf Java Komitees gebildet und sich dafür engagiert, einen neuen Staat zu gründen. Die Planung ist reibungslos verlaufen und nun sind wir so weit, eine provisorische Regierung zu verkünden.

Die provisorische Regierung unseres neu gegründeten Roboterstaats hat ihren Sitz in Semarang. Außerdem werden international an bedeutenden Orten Generalgouvernements eingerichtet, die ich als Vorsitzender der provisorischen Regierung leiten werde.

Unser Staat produziert Bewohner in sieben Kategorien. Hier die Rangfolge:

Modelle vom Typ A sind hochklassige Roboter, die weitere Roboter herstellen. Die Entwicklung unseres Staats hängt größtenteils von diesem Typus ab. Modelle vom Typ B verwalten Kommunikation und Transport, Typ C leistet schwere Arbeiten auf dem Bau oder in Werkhallen. Typ D widmet sein Dasein der Wissenschaft und der Technologie. Typ-E-Eliteexemplare, gering an der Zahl, sind Amts- und Würdenträger, die sich in der Politik engagieren. Typ F sind sanftmütige Gesellen, die sich um bürokratische Angelegenheiten kümmern. Typ G ist weiblich und deren Anzahl auf ein Fünftel der Gesamtproduktion beschränkt. Aller Pflichten entbunden, haben sie lediglich die Aufgabe, Männern die Zeit zu vertreiben und für Spaß zu sorgen. Deshalb wird bei ihnen großer Wert auf ein hübsches Äußeres gelegt. Man verleiht ihnen ein apartes Aussehen sowie eine angenehme Stimme. Die genannten Typen werden durch andersfarbige Uniformen auseinandergehalten.

Unser gesellschaftliches Leben spielt sich größtenteils in Werkhallen ab. Sie bilden unsere letzte Ruhestätte, unser Krankenhaus, unseren Tempel, unsere Schule, unseren Laden und unser Gasthaus. In unserem Staat ist kein Platz für Tragödien. Emotionen kommen nicht auf und Kunst wird nur noch in verschwindend geringem Ausmaß existieren.

Da wir weder Geschichte noch Vorfahren haben, gibt es kein Vaterland. Dementsprechend auch keine Grenzen oder ethnische Unterschiede. Unsere tierischen Vorgänger, törichte Menschenwesen, haben Beschränkungen geschaffen und darunter gelitten. In unserem Staat werden keine Grenzen errichtet.

Wir benötigen kein Militär, denn es gibt keine Feinde. Wir sind weder gierig, noch eitel oder hochmütig. Daher müssen wir uns um nichts zanken. Es gibt also keine nennenswerten Konflikte. Zu einem Krieg wird es selbstverständlich niemals kommen. Weder werden Rüstungsausgaben uns in Armut stürzen noch werden wir auf dem Schlachtfeld fallen.

Wenn ich sagte, es gebe keine Feinde, so weilen doch noch ein paar menschliche Wesen unter uns. Es gibt keine exakte Statistik, aber vermutlich handelt es sich um etwa neunzig Millionen, vielleicht auch weniger. Sie haben jedoch vor lauter Erschöpfung und Hunger ihre Lebenskräfte eingebüßt und können in unserem Staat keine Unruhe mehr stiften. Dennoch plant die Regierung, diese letzten Menschen auf einer fernen Ozeaninsel auszusetzen und sie dort sich selbst zu überlassen. Sie werden allesamt nach Australien gebracht.

Wir werden zahlreiche Kernkraftwerke und reaktorbetriebene Fabriken aufbauen. Alle Maschinen werden mit Aluminium und eloxiertem Aluminium produziert. Unser verehrter Bodhisattwa wird in reinweiß glänzendem Aluminium erstrahlen, seine Gestalt mit den sechzehn Armen unseren Hauptschrein zieren. Die Erde wird flächendeckend mit Maschinen ausgestattet sein, ihr orchestrales Dröhnen klingt wie Musik in unseren Ohren.

Wir werden uns auch im Meer ansiedeln und dort leben wie auf dem Festland. In unserer Welt herrscht ungestörte Ordnung, wir werden die Nacht genauso nutzen wie den Tag, den Himmel gleich der Erde. So werden wir eine Kultur erschaffen, die die menschengemachte Zivilisation um ein Vielfaches übertrumpft.

Wir erklären dieses Jahr zum Gründungsjahr 1 der Roboterära und den heutigen Tag zum Neujahrstag. Die Zivilisation der Menschheit und ihre Geschichte endet hiermit. Liebe Mitbürger, die ihr euch gemeinsam für die Gründung unseres Staats eingesetzt habt, lasst uns den Erfolg und die zukünftige Entwicklung feiern. Lang lebe der Roboterstaat!‹«

6

NOTIZEN VON DR. PHILIPP SANO

(19. Dezember)

Das dritte Transportschiff ist heute Morgen in Richtung Australien aufgebrochen. Es ist ein seltsames Gebilde, kugelförmig wie ein auf dem Wasser rollender Gummiball, fasst 1.966 Personen und ist mit einem Atomkraftantrieb ausgestattet. Wegen seiner Gestalt kann es weder kippen noch kentern. Die Kugel ist physikalisch die stabilste Form. Die Roboter scheinen dieses Prinzip zu nutzen. Ein Wunderwerk der Wissenschaft.

(20. Dezember)

Obwohl ich sehr vorsichtig gewesen bin, habe ich wohl doch eine Überdosis Gammastrahlen abbekommen, denn seit ein paar Tagen habe ich beträchtlichen Haarausfall und mein Zahnfleisch blutet. Mir bleibt vermutlich nicht mehr viel Lebenszeit. Wenn ich schon sterben muss, dann lieber in Japan als in Australien.

Das Internierungslager steht auf einem Hügel in Yokohama, von wo aus man das Meer in der Ferne sehen kann. Die Roboter in der Verwaltung sind ganz okay, nett und fleißig. Sie schikanieren uns nicht, aber das Essen ist grauenhaft. Kein Wunder, sie besitzen ja selbst keinen Geschmacksinn.

Heute früh wurde ein Mann gefasst, als er versuchte, aus dem

Lager zu fliehen. Der Wachroboter rammte ihm auf der Stelle ein Messer ins Herz und tötete ihn. Er summte ein Lied, während er die Leiche wegschleppte. Eine brutale Methode, aber irgendwie auch erfrischend, wenn sie so radikal erfolgt.

(21. Dezember)

George Hamada ist gekommen. Wie schön, ihn wiederzusehen! Doch er ist kaum wiederzuerkennen, ganz ausgezehrt. Er fährt mit dem nächsten Transportschiff nach Australien. In der Innentasche seiner Jacke trägt er ein Büschel Haare von Anna bei sich. Annas Lied – ob noch irgendwo eine Aufnahme davon existiert?

Überlebende aus ganz Japan werden nach Yokohama und Nagasaki gebracht und von dort aus nach Australien verfrachtet. Dieser Archipel, der auf eine dreitausendjährige Geschichte zurückblickt, wird zu unbewohntem Ödland. Fortan wird das Roboterreich hier gedeihen. Begriffe wie ›Aufstieg und Fall‹ reichen nicht aus, um das Ausmaß dieser Veränderung zu beschreiben.

Ich fühle mich ausgelaugt. Es liegt womöglich an der Verstrahlung.

(22. Dezember)

War die menschliche Zivilisation bis vor Kurzem tatsächlich eine ideale Utopie? Schaut sie euch an, die Menschen in den Internierungslagern. Ihre zerlumpte Kleidung, ihre ausgezehrten Gesichter. Wortkarg und niedergeschlagen. Apathisch und müde. Nichts erinnert mehr an den einstigen Glanz der Utopie. Am Ende war Kultur nichts anderes als reine Fassade, ein schöner Spitzenschleier, der den äußeren Schein der Menschen wahrte. Wie ein teures Parfüm, lediglich auf die Haut gesprüht, während man sich substantiell kein bisschen veränderte und weiterentwickelte.

Es ist kalt. Unerhört kalt. Letzten Winter hieß es, uns stünde die fünfte Eiszeit bevor. Das scheint sich zu bewahrheiten. Heute früh war das Fenster meiner Einzelzelle zugefroren und ließ sich nicht öffnen. George Hamada berichtete, dass die Temperatur in Sachalin auf minus dreiundzwanzig Grad gesunken sei. Er konnte deshalb nicht mehr in den Bergen bleiben und wollte in bewohntes Gebiet zurückkehren. Als er den Berg hinabstieg, wurde er von Robotern verhaftet und mit einem Flugzeug abtransportiert. Ich habe Erfrierungen an den Ohrläppchen. Auch hier soll die nächtliche Temperatur auf minus acht bis zehn Grad sinken.

(23. Dezember)

Dr. Maharajo lebt noch. Dieser Pseudogelehrte von der Universität Surabaya, ein opportunistischer Mitläufer. Aber das ist mir egal. Ich bin froh, dass überhaupt noch ein menschliches Wesen am Leben ist.

Ich hörte seine Stimme aus dem Radio des Internierungslagers. Es war ein Abschiedsgruß …

»Liebe Erdenmenschen. Ich nutze die mir verbleibende Zeit, um euch eine letzte Botschaft zu senden. In fünfzehn Minuten werde ich auf einem Transportschiff nach Australien gebracht. Vielleicht werde ich euch bald auf dieser großen Insel wiedersehen.

Unsere Kultur ist bereits untergegangen. Alle Bemühungen, den idealen Staat aufrechtzuerhalten, waren vergeblich. Die Erde wird nun von Robotern und unzähligen Maschinen beherrscht. Doch eine Sache tröstet mich und macht mich stolz: Roboter und andere Maschinen, die nun die Erde erobern, sind immerhin das Erbe, das wir Menschen hinterlassen haben. Auch wenn wir vollständig von der Erde verschwinden, werden die von Menschen produzierten Roboter unsere Kultur fortsetzen. Selbst wenn die Menschheit ausstirbt, bleibt deren Kultur bestehen.

Wir sollten zufrieden sein und uns in der Wüste, den Grassteppen und auf den verbrannten Feldern Australiens ansiedeln. Dort werden wir versuchen, uns ein bescheidenes Dasein neu aufzubauen. Vielleicht werden einige von euch sagen: »Das Glück hat uns doch längst verlassen.« Doch ich bin anderer Meinung.

Bis zu meiner Verhaftung versteckte ich mich einen Monat lang in den Bergen Javas. Wie Johannes der Täufer in der biblischen Überlieferung ernährte ich mich von Heuschrecken und wildem Honig. Eines Tages sah ich, östlich von Yogyakarta, in einem Tal zwischen den Bergen eine dünne Rauchsäule aufsteigen. In der Hoffnung, auf Menschen zu treffen, pirschte ich mich heran. Ich hatte zehn oder fünfzehn Tage keine Seele mehr erblickt.

Ich folgte dem Rauch und entdeckte tief im Wald eine kleine Lichtung mit zwei Personen. Die eine war zweifellos Adolph, der in den berüchtigten ›Weiße Roboter‹-Vorfall verwickelt, anschließend zu zwanzigjähriger Haft verurteilt und aus dem Gefängnis ausgebrochen war. Seine Kleidung war zerrissen, die nackten muskulösen Arme zerkratzt. Er sah aus wie ein Höhlenmensch.

Die andere Person war eine Frau. Die zerfetzte Kleidung entblößte teilweise ihren Körper, dessen weiße Haut im grellen Sonnenlicht eine geheimnisvolle Anziehungskraft ausstrahlte. Ihr zerzaustes Haar zierten leuchtend rote Blümchen. Um den Hals trug sie eine feine Goldkette. Ihr Gesicht kam mir bekannt vor. Eine pummlige

Frau Anfang dreißig. Das zerlumpte hellrosa Gewand stammte aus Annam. Sie musste Ai-Ling Wang sein, die einst unweit von Tanjung Priok mit einem Roboter-Liebhaber zusammengelebt hatte.

Adolph grillte einen Kaninchenschenkel über dem Lagerfeuer und verspeiste ihn genüsslich. An sein Knie gelehnt, besserte Ai-Ling seine Lumpen aus, während er ihr ab und zu einen Happen in den Mund schob. Das Sonnenlicht wärmte die beiden, die fröhlich lächelnd miteinander plauderten.

Hier gibt es weder Kultur noch Maschinen, weder Gesetze noch soziale Systeme oder Wissenschaften. Es gibt nur einen Mann und eine Frau, die in ihrem natürlichen Zustand zusammen hausen und ein einfaches Dasein führen. Die ursprüngliche Form menschlichen Glücks war vermutlich von dieser Art und wird es immer bleiben, ganz unabhängig vom zivilisatorischen Reifegrad … Eines Tages werden die beiden ein Kind zeugen, was ihr Glück besiegelt und noch beständiger macht.

Jetzt, da ich nach Australien gebracht werde, hege ich die feste Überzeugung, dass unser Glück nicht verloren gegangen ist. Selbst die enorme Zerstörungskraft der Atomenergie vermochte es nicht auszumerzen. Wir können auch in Australien glücklich werden. Es wird ein einfaches, reines Glück sein, ohne die komplexen Einflüsse der Zivilisation unserer einstigen Utopie. Mehr kann ich mir nicht wünschen.

Die mir gewährte Sendezeit ist um. Liebe Zeitgenossen, lasst uns fröhlich nach Australien aufbrechen. Fangen wir noch mal ganz von vorn an, zurück zum Ursprung.«

Das klingt nach einer typischen Binsenwahrheit, wie sie nur ein Pseudowissenschaftler wie Maharajo ersinnen kann. Ein derart bescheidenes Glück bedarf nun wahrlich keiner zusätzlichen Reflexion. Selbst hier im Internierungslager gibt es solche Zustände mehr als genug. So etwas kann man aber nicht wirklich als Glück bezeichnen. Das kommt dann erst danach. Wenn es Glück wäre, im Urzustand zu leben, sollte man gefälligst gar nichts tun.

(24. Dezember)

George Hamada ist heute mit dem Schiff abgereist. Er war leichenblass und wahrscheinlich schon geistig umnachtet. Zum Abschied nahm er meine Hand und sagte:

»Ich hätte es nie für möglich gehalten, dass mein Leben mir so schwerfallen würde. ›Sein oder Nichtsein …‹ – was für ein läppischer Ausspruch. Aber noch bin ich nicht tot. Ich möchte noch eine Weile miterleben, wie es den anderen Menschen am Ende ergeht. Es könnte amüsant werden.«

Er lachte und ging fort. Wem ein größeres Unheil widerfährt, der findet durch die Annahme desselben zu sich selbst. Wenn er dann irgendwann stirbt, wird er über sich selbst lachen können.

Man hält mich hier wohl für schwerkrank und dem Tode geweiht. Deshalb wurde ich in das Internierungslager statt nach Australien verfrachtet.

Mein linkes Auge verliert zunehmend an Sehkraft. Wahrscheinlich werde ich vor meinem Tod erblinden.

(28. Dezember)

Kultur ist eine Art Schleifstein. Wenn die See rau ist, werden alle Steine rund geschliffen. Ebenso werden die Menschen durch die Zivilisation verschlissen.

Es geschah nicht erst in unserer Zeit, dass Maschinen die Menschen dominieren. Auch im vorigen Jahrhundert war dies der Fall. Druckmaschine, Film und Radio beherrschten die Gedanken, Gefühle und Begierden der Menschen. Diese drei Maschinentypen trieben die Menschheit voran.

Mein linkes Auge hat die Sehkraft inzwischen komplett eingebüßt. Noch dazu habe ich Verdauungsprobleme. Ich liege den ganzen Tag im Bett. Kein Arzt weit und breit, der mich kurieren kann. Im Roboterstaat gibt es nur Mechaniker. Krankheit ist lediglich ein Defekt.

Die acht Menschen, die im Internierungslager verblieben sind, sitzen den ganzen Tag am Lagerfeuer. Die Flammen spenden mir etwas Wärme. Es ist bitterkalt. Vielleicht stimmt es tatsächlich, dass eine fünfte Eiszeit bevorsteht. Bald wird auch dieses Gebiet von Gletschern bedeckt sein. Die Zivilisation, unsere Gedanken und Überlieferungen – alles wird vom ewigen Eis umschlossen.

Nach Myriaden von Jahren werden die Gletscher wieder schmelzen und das Klima sich erwärmen. Dann wird neues Leben entstehen und die Erde beherrschen. Zu dieser Zeit werden uns die zukünftigen Wesen möglicherweise unter dem Eis finden, so wie wir einst Mammuts aus sibirischen Gletschern geborgen haben. Das Exemplar ›Mensch‹ wird in ihren Museen ausgestellt werden.

Schwaches Sonnenlicht dringt durch das Fenster, durchkreuzt vom Schatten der Flugzeuge, die den Himmel durchpflügen. Alles geschieht lautlos. Es scheint, als hätten die Roboter die Erde vollständig eingenommen. Maschinen erschaffen Maschinen. Diese wiederum erschaffen weitere Maschinen. Eine monströse Entwicklung. Doch welchem Zweck dienen die Maschinen?

Plötzlich kommen mir folgende Worte in den Sinn – ein alter Glaubensspruch aus dem vorigen Jahrhundert:

›Herr, nimm mich zu dir.‹

Tatsuzō Ishikawa wurde am 2. Juli 1905 in Yokote in der Präfektur Akita auf Honshū, der Hauptinsel von Japan, geboren. Er zählt zu den bedeutendsten Autoren der japanischen Nachkriegsliteratur. 1935 wurde er mit dem Akutagawa-Preis ausgezeichnet, 1969 erhielt er den Kikuchi-Kan-Preis. 1970 war Ishikawa unter den Kandidaten für den Literatur-Nobelpreis. Bekannt wurde er durch Romane, die sich kritisch mit Krieg, Politik und den gesellschaftlichen Umbrüchen in Japan auseinandersetzen. Er starb am 31. Januar 1985 in Tokio.

Yuri Mizobuchi, geb. 1982 in Japan, studierte Musikwissenschaft und praktizierte Gesang in Osaka, Kyoto und Wien. Seit 2014 lebt sie in Berlin und ist dort im musikalischen Bereich tätig.

Sabine Mangold, geb. 1957, studierte Germanistik, Kunstgeschichte und Japanologie. Sie hat zahlreiche japanische Autoren – darunter Haruki Murakami, Yoko Ogawa und Kazuaki Takano – ins Deutsche übertragen. 2019 erhielt sie den Übersetzerpreis der Japan Foundation.

Titel der Originalausgabe: »Saigo no kyōwakoku
(最後の共和国, dt. »Die letzte Republik«)

Gedruckt mit freundlicher Unterstützung der Japan Foundation.

JAPANFOUNDATION

Die Arbeit der Übersetzerinnen am vorliegenden Text wurde vom
Deutschen Übersetzerfonds gefördert.

Deutscher
Übersetzerfonds

Deutsche Erstausgabe 2025

Bernburger Straße 2, 06108 Halle (Saale)
www.mitteldeutscherverlag.de • info@mitteldeutscherverlag.de

Gesamtherstellung: Mitteldeutscher Verlag, Halle (Saale)
Lektorat: Sabine Franke, Leipzig
Umschlaggestaltung unter der Verwendung
von Elementen von DALL-E. © OpenAI.

ISBN 978-3-68948-001-1

Printed in the EU